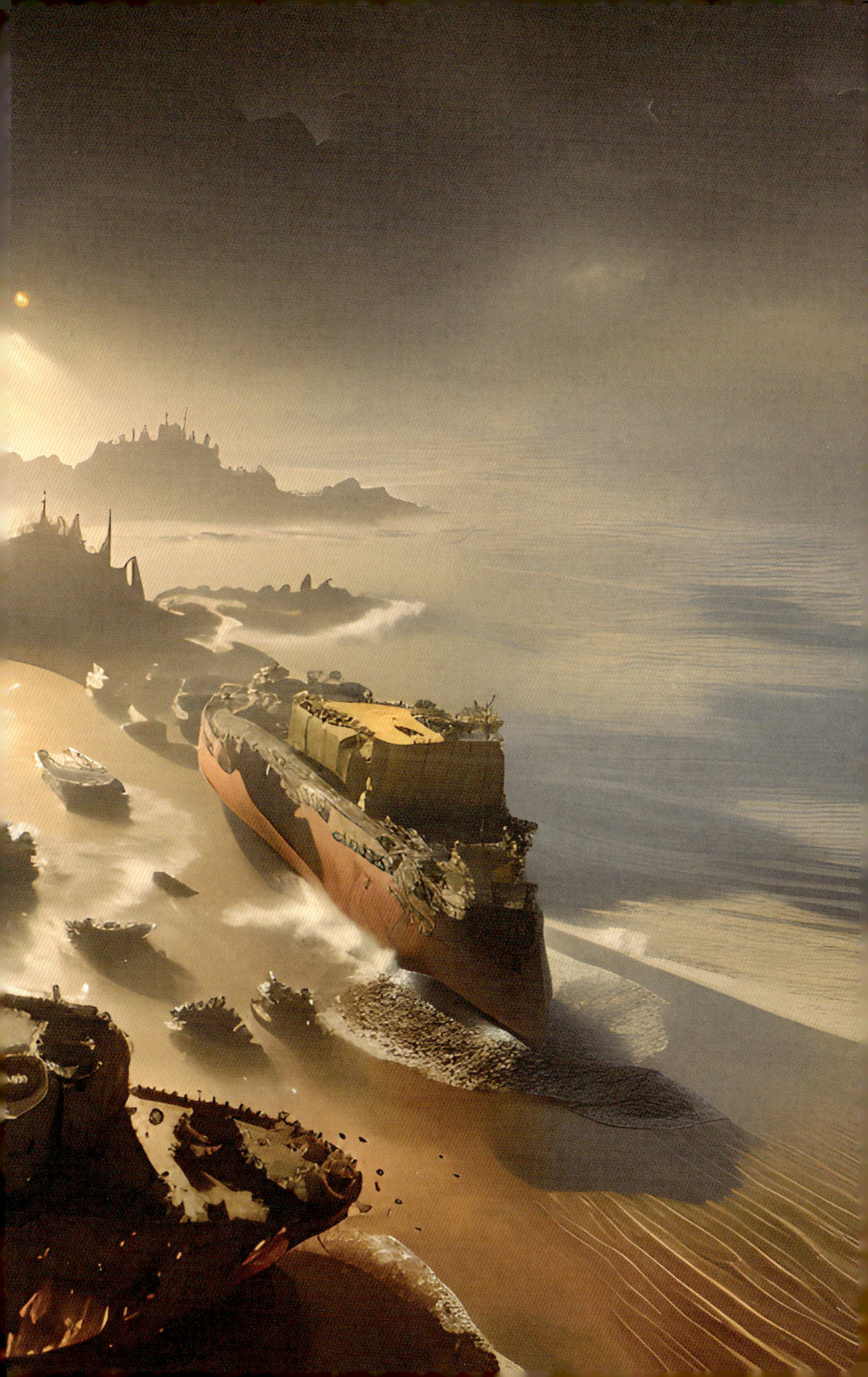

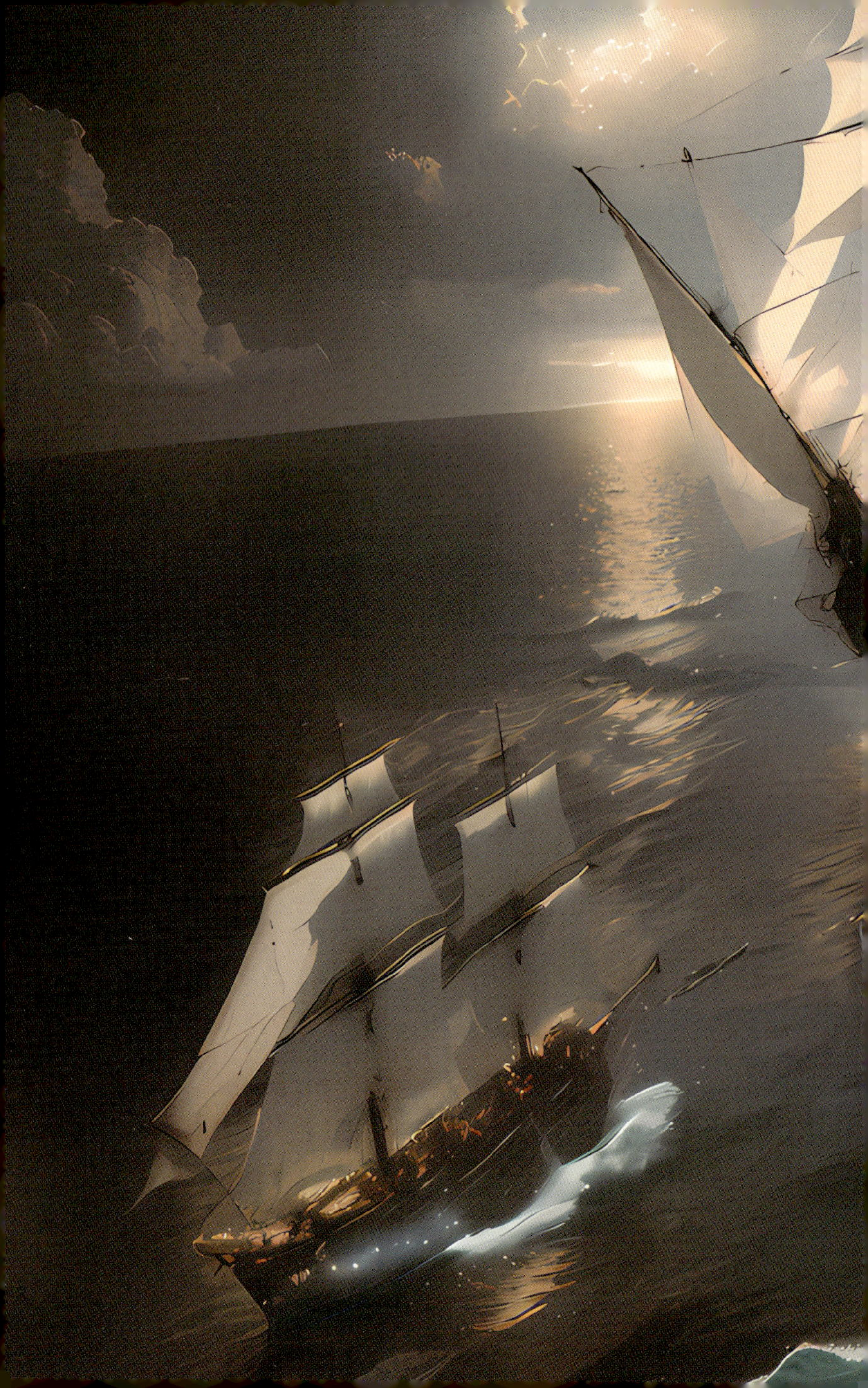

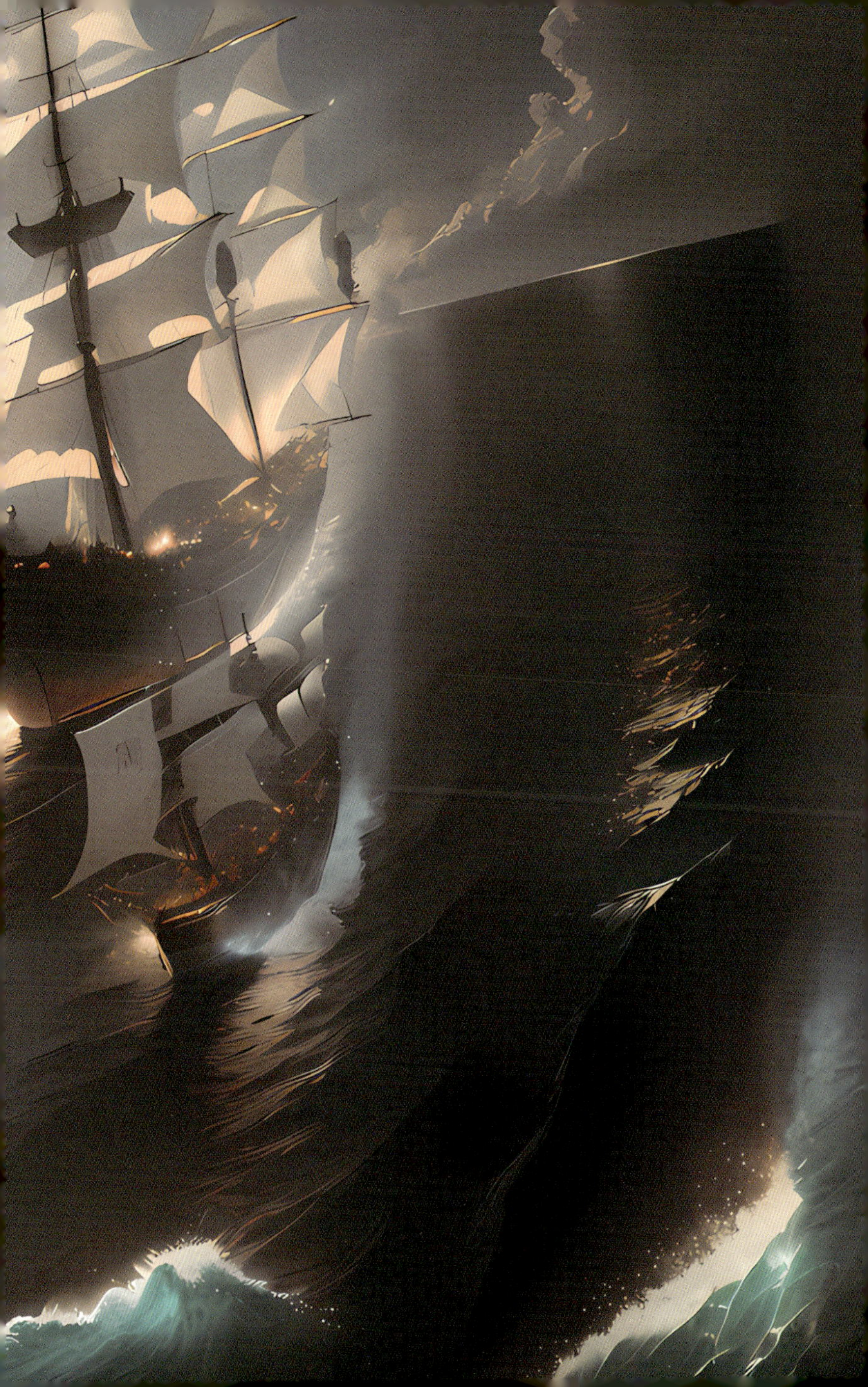

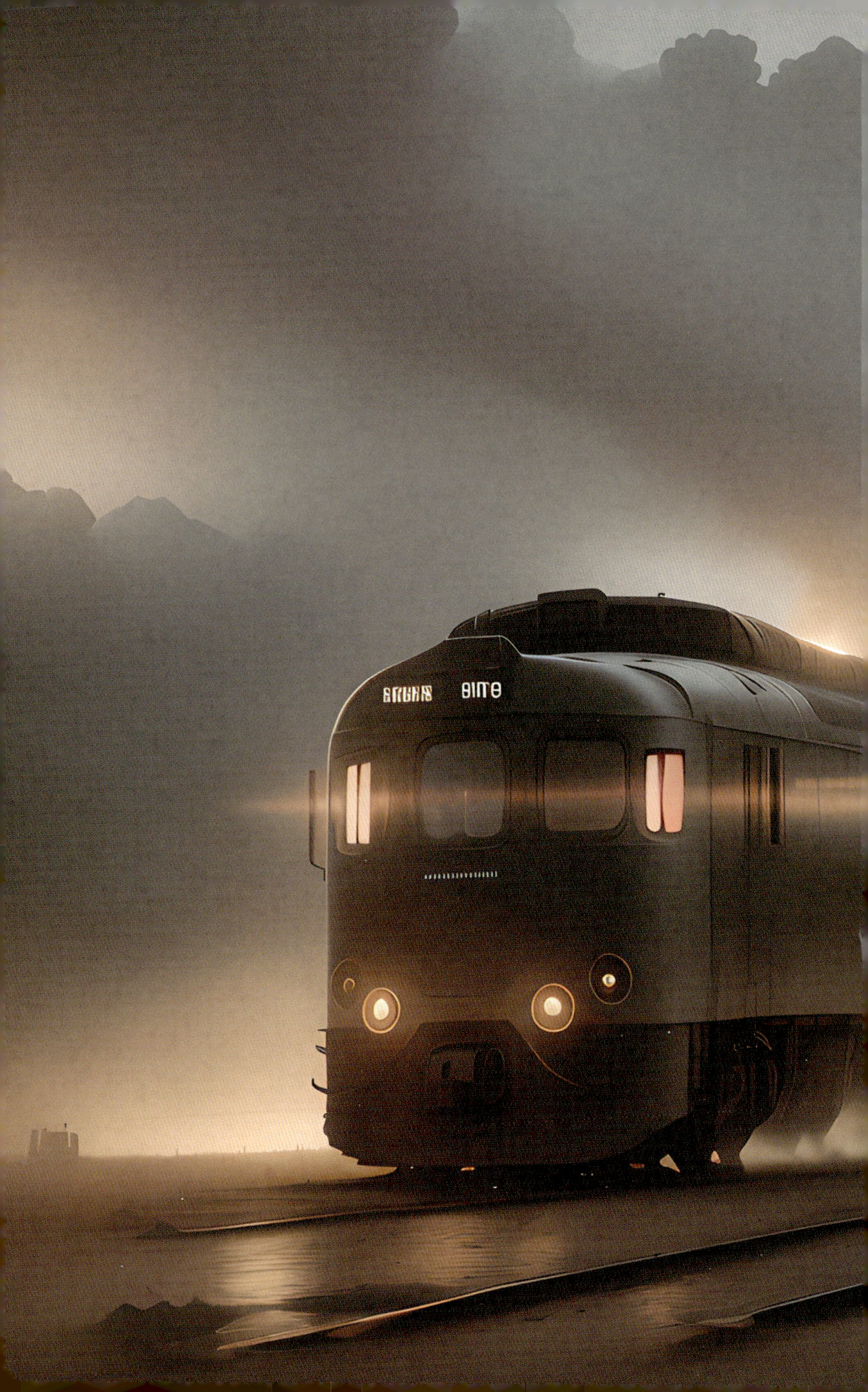

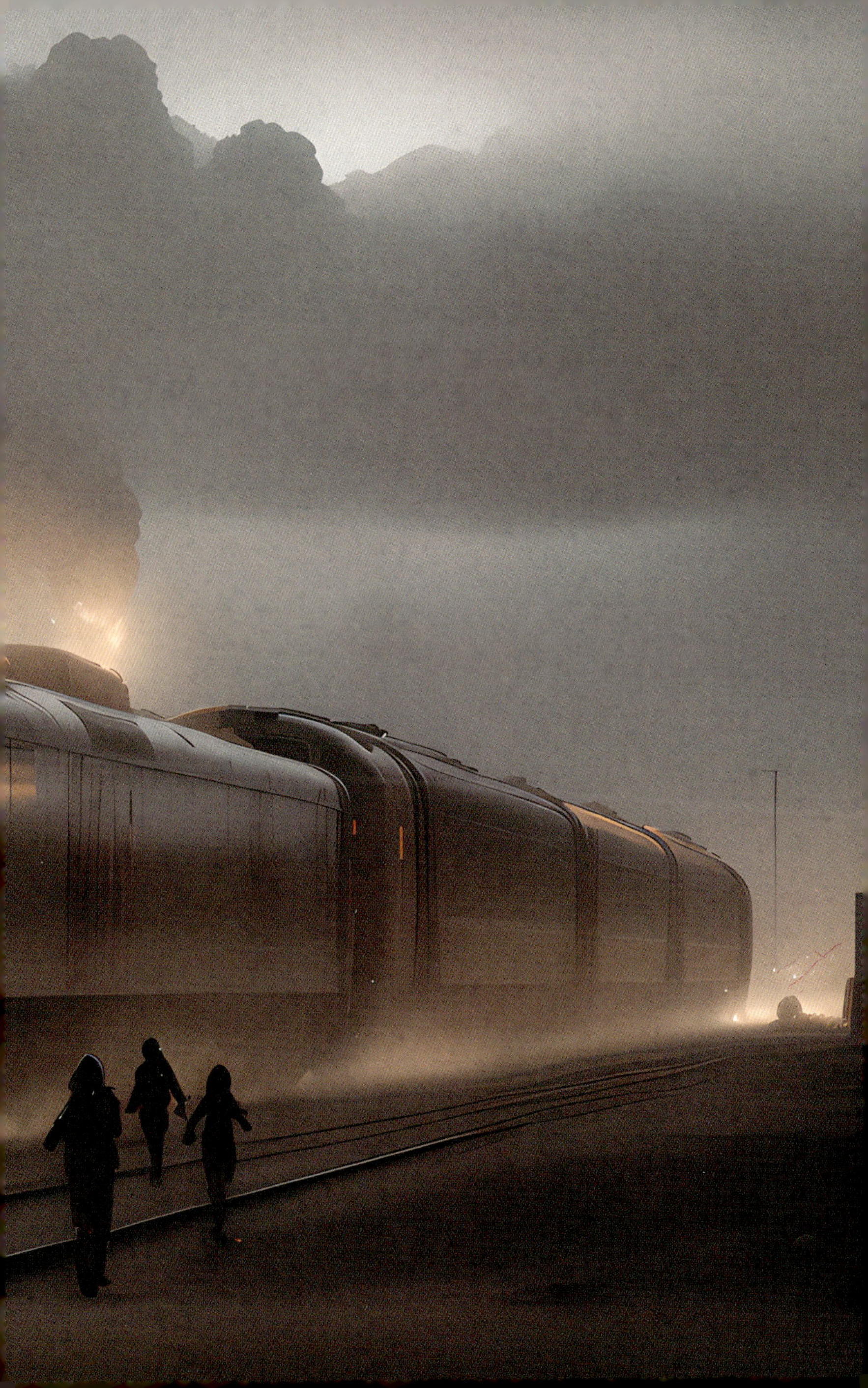

LC57-1844

"血与锈"经典科幻系列

# 海洋之神

[美]保罗·巴奇加卢比 著

万洁 译

中信出版集团|北京

图书在版编目（CIP）数据

海洋之神 /（美）保罗·巴奇加卢比著；万洁译 . -- 北京：中信出版社，2023.8
（"血与锈"经典科幻系列）
书名原文：Ship Breaker
ISBN 978-7-5217-5770-5

Ⅰ.①海… Ⅱ.①保… ②万… Ⅲ.①幻想小说—美国—现代 Ⅳ.① I712.45

中国国家版本馆 CIP 数据核字（2023）第 112421 号

Ship Breaker by Paolo Bacigalupi
Copyright © 2010 by Paolo Bacigalupi
Published by agreement with Baror International, Inc.,
Armonk, New York, U.S.A. through The Grayhawk Agency
Simplified Chinese translation copyright © 2023 by CITIC Press Corporation
ALL RIGHTS RESERVED
本书仅限中国大陆地区发行销售

**海洋之神**
（"血与锈"经典科幻系列）
著者：　[美]保罗·巴奇加卢比
译者：　万　洁
出版发行：中信出版集团股份有限公司
（北京市朝阳区东三环北路 27 号嘉铭中心　邮编　100020）
承印者：　北京盛通印刷股份有限公司

开本：880mm×1230mm　1/32　　插页：4
印张：9.75　　　　　　　　　　 字数：210 千字
版次：2023 年 8 月第 1 版　　　印次：2023 年 8 月第 1 次印刷
京权图字：01-2023-3259　　　　书号：ISBN 978-7-5217-5770-5
　　　　　　　　　　　　　　　定价：52.00 元

版权所有·侵权必究
如有印刷、装订问题，本公司负责调换。
服务热线：400-600-8099
投稿邮箱：author@citicpub.com

这些相反的命运就好像一枚硬币的两面。
你将运气抛向空中，待它落到赌桌上才见分晓，
要么生，要么死。

# 目 录

第一章　魔鬼之子　　　　　001

第二章　黑暗爬行　　　　　016

第三章　油层吞噬　　　　　021

第四章　逃出生天　　　　　032

第五章　护身符　　　　　　037

第六章　急风暴　　　　　　059

第七章　乌云散尽　　　　　065

第八章　幸运女孩　　　　　075

第九章　血与锈　　　　　　089

第十章　歃血为盟　　　　　102

第十一章　濒死之眼　　　　112

第十二章　我会回来的　　　124

第十三章　篝火夜谈　　　　139

| 第十四章 | 逃亡之路 | 157 |
| 第十五章 | 逃离海岸 | 173 |
| 第十六章 | 驶进奥尔良 | 179 |
| 第十七章 | 奥尔良二号城 | 189 |
| 第十八章 | 快跑！快跑！ | 204 |
| 第十九章 | 准备出击 | 224 |
| 第二十章 | 无畏而战 | 239 |
| 第二十一章 | "血缘"情 | 251 |
| 第二十二章 | 海上战火 | 257 |
| 第二十三章 | 尖牙城布局 | 266 |
| 第二十四章 | 绝境逢生 | 290 |
| 第二十五章 | 再次起航 | 298 |

# 第一章
## 魔鬼之子

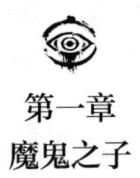

内勒艰难地爬过一条维修管道,用力拉扯里面的一根铜线。铜线越来越松动,终于被拽了下来。年头儿久远的石棉纤维和分解成粉末的老鼠屎也随之腾起,弥漫在他周围的空气中。他再次费力地往管道深处爬去,同时努力从U形铝钉下拽下更多铜线。U形铝钉纷纷掉落,弹在狭窄的金属通道内壁上,叮当作响,仿佛人们祭祀拾荒之神时投掷硬币的声音。内勒急切地跟着这声响向前摸索,追寻那些暗淡的光点,然后把它们通通收到腰上的一个皮袋里。他再次拉扯铜线,这回他扯下了一截一米长的宝贵铜线,一团灰尘顿时包围了他。

内勒额头上抹的LED发光涂料发出幽幽的绿光,照亮了占据他整个视野的维修管道。混合着尘垢的汗水刺激着他的双眼,几乎要沿着他的过滤面罩的边缘流下来。他抬起疤痕累累的一只手,小心翼翼地绕开LED发光涂料,将腥咸的、如小溪般淌下的汗水抹去。涂料让他的额头痒得要命,不过,他知道,在一片漆黑中他是不可能爬出这迷宫一样的管道的，所以他只有忍了这瘙痒，再次确认自己的位置。

在他前方，数根被锈蚀的管道消失在黑暗中。这些钢管道和铁管道都是重工的活儿。内勒只用管那些轻巧的东西，比如铜线、铝和钢夹，都是可以装进袋子或拽出管道、交给等在外面的轻工同事的东西。

内勒转身继续沿着维修管道往前爬，但不小心脑袋撞上了管道的顶。碰撞产生的巨大声响久久回荡在管道中，让他感觉自己好像正待在基督教会的一口钟里。灰尘扑簌簌地落进他的头发里。尽管戴着过滤面罩，他还是咳嗽起来，因为面罩边缘密封不严，终究还是有细细的灰尘漏进来。他打了一个喷嚏，紧接着又打了一个喷嚏，眼中顿时泪汪汪的。他抬起面罩，抹了把脸，然后又把它扣回到口鼻处，但愿这次能贴合好，但他知道希望不大。

这面罩是他爸爸留给他的，戴上不但让他脸上发痒，而且因为大小不合适，从来都密封不好，可这毕竟是内勒唯一的面罩。面罩一侧印着一行褪色的文字：使用 40 小时后请丢弃。但是内勒没有可替换的，别人更是一个面罩都没有。他能拥有一个面罩已经很幸运了，尽管其中的微纤维已经因为在海水中的反复洗涤打绺儿了。

他每次清洗面罩，女工友斯洛特都会拿他打趣，问他干吗还要找这个麻烦。戴面罩只能让本就糟糕的管道工作变得更热、更难受。"这样做毫无益处。"她说。有时候，他觉得她说得对。但是皮玛的妈妈曾告诫他和皮玛，无论如何都要戴着面罩工作。况且他在海里洗面罩的时候的确在过滤器里发现了不少黑色的污垢,这说明戴面罩有用。皮玛的妈妈说过,要不是面罩,这些污垢就进到他肺里了,所以他才始终戴着它,尽管每次透过这些被他的气息浸润过的细密纤维呼吸潮湿的热带空气,他都感到窒息般的憋闷。

管道中传来一个声音:"你拿到铜线了吗?"

是斯洛特,她就在外面等着呢。

"快好了!"内勒又努力往管道深处爬了几下,扯下更多铝钉,急急将更多铜线拽了下来。他还没爬到管道尽头,不过现在他得到的铜线已经够了。于是,他用轻工刀刀背上的锯齿将线割断。

"好了!"他大喊。

斯洛特也大声回应道:"明白!"

接着,那条铜线猛地被抽离了他身边,蜿蜒地穿过狭窄的管道,随之腾起一路烟尘。在错综复杂的管道之外,斯洛特正用曲柄转动卷筒,像从一碗陈记汤面中吸溜出一根米线似的将铜线盘绕起来。她皮肤上闪着亮晶晶的汗水,一头金发湿漉漉地紧贴在脸上。

内勒拿起轻工刀,将巴皮的轻工标记刻在了他刚刚割断铜线的地方。这个标记和内勒两颊上旋涡状的文身类似,这就是他的劳工标记,标志着他是巴皮手下的拆船工。内勒捏出一小撮粉末涂料,往上面吐了口唾沫,在手心里将粉末和唾液混在一起,然后将其抹在那标记上。现在,就算隔着一段距离,人们也能看到他刚才潦草画上去的标记闪闪发光。他用一根手指头和剩下的涂料在那标记下面写了一串之前记住的数字符号：LC57-1844。这是巴皮的许可代码。虽说目前还没人跟他们抢这片地盘，但标明势力范围总是明智之举。

内勒收好剩下的铝钉，手脚并用，急匆匆地沿原路退回，小心绕过金属管道中无法支撑他重量的地方，同时还警惕地听着他爬行时搞出的叮叮当当的动静，以便及时发现管道要散架的迹象。

借着他前额上发光涂料发出的微弱光线，他看到铜线刚刚在积着灰尘的管壁上划过的痕迹。他经过一具具老鼠的干尸和鼠穴。就算在这里，在这艘有年头的油轮深处，也有老鼠，不过这些老鼠很久以前就死了。爬到前面，他又看到了更多小的骸骨，应该是猫和鸟的。空气中到处飞扬着羽毛和纤细的绒毛。这里已经和外面的世界很近了，管道成了各种迷路的生物的坟场。

前方闪现出一缕阳光，明亮而耀眼。内勒朝着阳光爬去，眯着眼想：生命神教所谓的"重生"恐怕就是如此吧，就是向着纯净而强烈的阳光爬去的感觉。然后，他终于爬出了管道，来到了被晒得发烫的钢甲板上。

他扯下面罩，急喘了几口气。

沐浴在明亮的热带阳光和腥咸的海风中，他环顾四周，看到一群群男女聚在这艘破旧的油船上的各处，正努力将它拆散；耳畔尽是一把把长柄大锤敲击铁板的巨大声响。这些重工用乙炔割炬将铁板切割开。这些铁板像棕榈叶一样从船身两侧剥离，随着海浪冲上沙滩，插在沙子下面。沙滩上有更多工人将乘浪而来的船体部件拖走。像内勒这样的轻工则负责拆下船上的小配件，比如铜线、黄铜件、镍件、铝件和不锈钢件。其他人负责寻找隐蔽的汽油与船用油储藏点，找到后再将那些宝贵的液体用桶运出去。他们就像一窝工蚁，围绕着这具船骸忙忙碌碌，只为了从中获得这个新世界用得上的东西。

"你这次去的时间够长的。"斯洛特说。

她用铁锤敲打了几下卷筒的固定夹，它们纷纷从线轴上脱落下来。她苍白的皮肤在阳光下微微闪光，双颊泛起红晕，让上面那旋涡状的劳工文身看上去几乎是黑色的。汗水顺着她的脖子流下来。她长着一头金发，但短得和内勒的一样。剪成这样是为了在工作场所避免头发卡进数不清的缝隙里或绕到什么机械中。

"因为这次咱们下得深。"内勒说，"里头的电线虽然挺多的，可我花了好一阵儿才够到这根。"

"你总有借口。"

"行了，别抱怨了。咱们一定会完成任务的。"

"但愿如此。"斯洛特说，"巴皮说有个轻工也想来分一杯羹。"

内勒露出一副苦相。"这不新鲜。"

"是啊。没有哪件好事儿是长久的。来给我帮把手。"

内勒来到卷筒的另一边。他们闷哼一声，一起将它从线轴上抬起来。然后，他们把卷筒往旁边一倾，卷筒咣当一声落在了生锈的甲板上。内勒和斯洛特肩并肩，咬紧牙关，微屈着腿开始推。

卷筒开始慢慢滚动了。内勒站在被阳光暴晒过的甲板上，一双赤足被烫得要命。船身倾斜导致的这截上坡给他们造成了不小困难。不过，在二人的齐心协力之下，卷筒缓慢地隆隆向前，碾过甲板上起泡的防腐漆层和金属板，发出嘎吱嘎吱的声响。

从油轮上俯瞰，远方是一眼望不到头的金沙海滩，焦油遍布的沙滩上点缀着一个个蓄着海水的沙坑，里面尽是其他油轮和货船的残骸。有的船身相当完整，就好像是当初船长发了疯，临时决定把这一千米长的巨轮开上海滩，然后就弃船离开了一样。其他船则都是被搜刮过的，只剩下一副副锈蚀的钢铁骨架。这些船就像被人切成一块块的鱼：这儿是一座瞭望塔，那儿是船员居住舱，远处还有一截直指苍穹的油轮船首。

就像拾荒之神曾经降临，一番大力劈砍，把这些钢铁之躯的船都切成了丁儿，然后头也不回地走了，只留下一地七零八落的残骸。不管这些巨船躺在哪儿，像内勒他们这种拾荒团都会像苍蝇一样火速涌来。经过一番狼吞虎咽，他们终会将这些钢筋铁骨吃得渣儿都不剩。然后，劳森-卡尔森公司会将沙滩上这些旧世界的可用之材拖到称台上称重，再扔进回收熔炉中，一天 24 小时、一周 7 天，不间断地烧。可以说，这个公司就是在拿拆船工的血汗换钱。

内勒和斯洛特停下脚步，喘着粗气靠在沉重的卷筒上歇了一下。内勒擦掉快要流进眼中的汗水。海天相接的地方，被石油染成黑色的海水渐渐变为蓝色，映出天空与太阳的影子。白色的浪花泛着泡沫。海岸线一带的熔炉冒出的黑烟使得内勒周围笼罩着一层雾霾，但透过雾霾他能看见几片远帆。是新型的快速帆船，他和他的工友们成日里努力拆散的那种烧煤和烧油的大船的替代品——海鸥白的帆面、碳素纤维的船体，速度仅次于磁悬浮列车。

内勒的目光跟随着一艘划过海面的快速帆船，看着它轻盈而迅捷地驶出了视野。他现在推的卷筒上的铜线可能就会被这样的船运走，然后被火车拉到奥尔良，再然后被装进另一艘快速帆船的货舱中，漂洋过海，转运到某个能买得起这些回收品的人或国家手里。

巴皮有一张布朗-穆罕拉吉公司的里伯斯金设计的快速帆船的海报。那张海报就挨着他墙上的可循环使用的挂历，上面不仅画着一艘快速帆船，船的正上方的高空中还有一架拖曳伞。巴皮说过，这类拖曳伞能达到急流带的高度，拽着快速帆船以五十五节的时速驶过平静的海面，底下的帆船则展开水翼、掀起水波，披荆斩棘一般破浪前行，向着非洲、印度进发，甚至驶向欧洲与日本。

内勒热切地注视着远方的帆船，对它们的目的地充满了好奇，还想象自己也拥有这样一艘船，比现在海上那几艘都要棒。

"内勒！斯洛特！你们俩死哪儿去了？！"

内勒这才从白日梦中惊醒。皮玛正在油轮的下层甲板上向他俩挥手，看上去怒气冲冲的。

"我们都在等你呢，小子！"

"女大佬来找碴儿喽。"斯洛特嘟囔了一句。

内勒做了个鬼脸。皮玛是他们这些工人中年纪最长的,所以平日里有些专横。虽然他和她是很长时间的朋友了,但只要他的任务进度落后了,她还是一样会催他。

内勒和斯洛特把注意力重新放在那个卷筒上。哼哧了几声之后,他们终于把卷筒滚下了弯曲变形的甲板,将它推到了一架早已准备好工作的简陋起重机旁。他们用起重机那爬满铁锈的钩子钩住卷筒,然后抓着起重机索跳到卷筒上,随它一起摇摇晃晃、打着旋儿降落到下面那层甲板上。

二人一落地,皮玛和其他轻工就围了过来。他们把卷筒取下来,将它滚到靠近油轮船首的剥离工作区。那里到处都是从电线上剥下来的绝缘体,此外还有闪闪发亮的一卷卷铜线,后者被小心翼翼地收好再排放整齐,并标上了巴皮的轻工标记,和他们脸上文的旋涡图案一样。

所有人都开始上手去剥内勒带回的新电线,每人负责一段。他们动作很麻利,因为早就熟悉了相互配合的节奏和工作内容。皮玛,他们的"女大佬",虽然还没成年,但个子比其他人都高,身材丰满,像个成熟的女人,皮肤石油般黢黑,身板钢铁般结实。斯洛特则是个脸色苍白的皮包骨,膝盖等关节分外显眼,留着脏兮兮的金色短发;等内勒身体长开了,钻管道和舷窗的活儿就都得指望斯洛特了;她原本白皙的皮肤如今被晒伤了,正在脱皮。月亮女孩有着糙米般的肤色,她妈妈是个钉娘,死于疟疾;她干活儿比谁都努力,因为她知道不这样做自己会沦落到怎样的境地;她的耳朵、嘴唇和鼻子上都串着拾荒得来的钢丝,这是为了让别人对她没兴趣,从而避免自己重演母亲的悲剧。嘀嗒是个近视眼,看什么都眯着眼,肤色几乎和皮玛的一样黑,却不及她一半聪明;不过他手巧,只要你告诉他该干什么,他就能很麻利地做好,而且他这人从来不无聊。佩利是个印度人,他会讲湿婆、迦梨女神和黑天大神的故事,而且他非常幸运,父母双全,二人在做油料回收的工作;他一头黑发,有着热带人的那种深色皮肤,因为一次卷筒作业的事故,他的一只手缺了三根手指。

然后就是内勒了。有些人,比如佩利,知道自己是什么人,来自哪里。皮玛就知道自己母亲的故乡是海湾那边最后一个岛屿。佩利告诉过每个愿意听他讲话的人,他是百分之百的印度人,完完全全的印度马尔瓦尔人。就连斯洛特都知道自己是爱尔兰人。内勒则不同,他完全不清楚自己是哪里人。他可能有一半的血统来自什么地方,还有四分之一的血统来自别处,棕皮肤和黑头发像去世的母亲,但他那双奇怪的浅蓝色眼睛遗传自父亲。

佩利曾经仔细看过内勒的浅色眸子,然后他就声称内勒是魔鬼之子。不过,佩利老爱编瞎话,他说的并不可信。他还说皮玛是伽梨转世,所以她的皮肤才这么黑,所以她才在他们任务进度落后的时候凶神恶煞的。话说回来,事实上内勒的确继承了他父亲的眼睛和瘦长结实的体格,而且他父亲理查德·洛佩斯的确是个魔鬼。这一点谁也没法反驳:清醒的时候,理查德阴沉可怕;喝醉了的话,他就变身为魔鬼了。

内勒绕下来一截电线，然后在灼热的甲板上蹲下身。他用钳子将电线拧弯，然后撇下外面的绝缘套，露出里面闪光的铜丝。

如此这般，一遍又一遍。

皮玛就蹲在他身后，剥着她那一截电线。"你这次去的时间可够久的。"

内勒耸耸肩。"近的地方已经没有什么有用的东西了。我在管道里钻了好久才找到这些线。"

"你老这么说。"

"你行你上啊。"

"干脆让我上得了。"斯洛特自告奋勇。

内勒翻了个白眼。佩利也不屑地哼了一声。"你没有半兽人感觉灵敏。你在里面会像杰克逊男孩一样迷路的，到时候外面的我们什么也等不到。"

斯洛特使劲一拽。"快放线啊，佩利。我可从来不迷路。"

"在黑暗中也不会迷路？就算你周围的管道看起来都一个样，你都不会迷路？"佩利朝着船外啐了一口，可惜没吐出去，却正中栏杆，"'深蓝三号'船上的工人们听见船里的杰克逊男孩大声呼救，叫嚷了好几天。可他们怎么也找不到他。最后，这小子没吃没喝，死了。"

"这死法太糟糕了。"嘀嗒说，"没水喝，被黑暗包围着，而且是孤零零地一个人死去。"

"你们俩都给我闭嘴。"月亮女孩说，"想让死人听见你们在议论他吗？"

佩利耸耸肩。"我们只是说，内勒每次都能完成任务。"

"哼，"斯洛特伸手捋了捋泡在汗水里的金发，"要是我进去，我找到的东西会是内勒的二十倍。"

内勒大笑道："那你去啊。让我们看看你是不是能活着回来。"

"可这个卷筒都满了。"

"是啊，想做到和我一样可是不容易哦。"

皮玛轻轻拍了一下内勒的肩膀。"我是认真的，因为你迟迟不回来，我们都停工了。"

内勒接住皮玛的目光。"可我完成任务了。如果你觉得我工作不行，你可以自己上。"

皮玛抿紧嘴唇，生气了。这话说了等于没说，大伙儿都清楚。她体型太大了，她的脊背、胳膊肘和膝盖上结的痂和落的疤说明了这一点。做轻工得体型小才行。大多数孩子到了十五六岁就会被开除出轻工的队伍，哪怕他们为了保持瘦小的体型故意挨饿都难逃这样的结局。要不是皮玛的管理能力突出，她早就在沙滩上过忍饥挨饿的乞讨生活了。不过现在她又为自己争取到一年的轻工工作，也许等到一年后，她的身体将更加壮实，到时候便能和瞄着重工空缺的好几百人竞争了。但留给她准备的时间不多了，大家都清楚。

皮玛说："要不是你爸那麻秆儿似的身材，你现在肯定跟我一样，也不会摆出这副傲娇的嘴脸。"

"说得没错，我这身材还真是多亏了他的遗传。"

如果说他以后会和父亲的身材一样，那就意味着内勒永远都不会长得太开。他的行动会越来越利索，但永远不会长成大块头。不过，嘀嗒的爸爸说过，他们中任谁都不会长成大块头，因为他们摄入的热量不支持。据说生活在海景波士顿的人仍然保持着十分高大的体格，他们有的是钱，也有的是食物，永远不用挨饿，所以才会长胖、长高……

内勒常常饿得前胸贴后背，所以特别想知道衣食无忧是种什么体验。每每半夜里饿醒，他都一下下地咬自己的嘴唇，骗自己嚼的是肉。他真想有一天告别这样的日子，那该有多幸福。但这不过是他一厢情愿的幻想。听上去海景波士顿实在太像基督教里说的那个"天堂"了，也像拾荒之神所说的那种安逸闲适的生活，前提是你选对死后随自己的尸体一起烧掉的随葬品。

不管是哪条路，你都得铆足了力气去拼。

他们继续工作。内勒从电线上剥下更多绝缘套，然后把这些剥下来的垃圾扔下船。阳光照在每个人的身上，照得他们的皮肤闪闪发亮。汗水浸泡着他们的头发，还有汗珠滴进他们的眼睛里。不过他们干起这活儿都很熟练，红扑扑的脸上的劳工文身活像一个个复杂难解的绳结。他们有时会简单交谈几句，开几个玩笑，大多数时候都在安静地做工。于是，他们的面前堆起一摞摞铜丝，等待有钱人买走。

"工头来了！"

这声警告是从船下传来的。人人都蹲坐在甲板上，表现出忙碌的样子，等着看栏杆那儿出现的会是谁。如果是别家的工头，他们就可以松口气……

结果是巴皮。

看着工头气喘吁吁地翻过栏杆，爬上甲板，内勒做了个鬼脸。工头留着一头反光的黑发，挺着个大肚子，所以爬栏杆才这么困难。不过对于有钱赚的事儿，这家伙说什么也得克服困难。

巴皮倚着栏杆喘气，汗水沤湿了他特意为干活儿穿的无袖背心。那背心上还有黄色和棕色的污渍，估计是他中午吃的咖喱或者三明治留下的。光是看到巴皮胸前背心上留下的餐点污渍，内勒就已经感到很饿了。可要晚上内勒才能吃到饭，眼巴巴望着食物根本没有意义，巴皮根本不会与他们共享。

巴皮用他敏锐的褐色眼睛紧盯着他们，以防有人偷懒或者懈怠。尽管在他来之前大家谁也没有偷奸耍滑，但现在有巴皮盯着，他们干活儿的速度更快了，这是在极力向他证明自己有用。巴皮以前也是个轻工，他知道该怎么干活儿，也知道那些偷懒的伎俩，所以他才是个让人紧张的危险角色。

"你们弄到什么了？"他问皮玛。

皮玛抬起头，眯着眼看向太阳。"铜线。很多。内勒找到了'灿烂号'的船员没发现的管道。"

巴皮咧嘴笑了，露出一口反光的白牙，还有之前打架丢掉的两颗门牙留下的窟窿。"有多少？"

皮玛朝内勒点点头，示意他回答。

"到现在为止，差不多有一百……一百二十公斤吧。"内勒估计了一下，"下边还有好多呢。"

"是吗?"巴皮点点头,"那就赶紧把线弄出来啊。剥绝缘套这事儿可以先放放,先把线都搞出来。"他朝天边望了望。"劳森-卡尔森公司说会有风暴,而且挺大的。咱们得离开废旧船只一段日子,所以我想让你们多弄点儿电线,接下来几天咱们好在沙滩上开工。"

内勒想到需要再下到黑魆魆的船肚子里去就觉得反胃。虽然他及时收住了厌恶的表情,但还是被巴皮看出了端倪。

"你有问题吗,内勒?你以为风暴来了你就能闲待着不干活儿了?"巴皮朝沙滩边上的密林处建起的劳工营挥了挥手。"从那边我能找到一百个臭小子来代替你,你难道不知道吗?为了来当拆船工,就算我挖他们一只眼睛,他们也愿意。"

皮玛插话道:"他没问题。您想要多弄点儿电线,我们搞到就是了。没问题。"她怒气冲冲地瞪了内勒一眼。"我们都是给您干活儿的,老大。什么问题都没有。"

大家都赶紧跟着点头。内勒站起身来,把他手里剩下的电线递给嘀嗒。"没问题,老大。"他附和道。

巴皮气哼哼地瞪了内勒一眼:"你确定要帮他说话吗,皮玛?我完全可以用小刀把他的劳工刺青剜下来,然后把他丢到沙滩上。"

"他是个优秀的拆船工。"皮玛说,"多亏有了他我们才越来越接近任务目标。"

"是吗?"巴皮口气稍微缓和了一些。"反正你是管他们的,我就不插手了。"他看了内勒一眼。"你小心点儿,小子。

我知道你这种人都是怎么想的。你总以为自己是另一个'幸运星',总是一副志在必得的样子,以为有一天会找到巨大的旧油库,然后这辈子都不用再工作了。你老爸就是个那样的懒蛋,看看他最后的下场吧。"

内勒一股怒气冲了上来。"我可没说过你爸爸什么。"

巴皮哈哈大笑。"怎么着?你还想揍我不成,小子?想像你老爸常干的那样,从后边给我来一下?"巴皮摸了一下匕首,"皮玛为你打包票了,但我觉得你根本不知道她这是帮了你多大忙。"

"行了,内勒。"皮玛劝道,"你爸爸不值得你这样。"

巴皮静静看着这一幕,嘴角挂着一丝微笑。他的手始终在离匕首很近的地方晃悠。他们二人都知道,巴皮占着上风。内勒低下头,把怒火强压了下去。

"我会把你要的回收品拿上来的,老大。没问题。"

巴皮向内勒短促有力地点了一下头。"看来你比你老爸聪明。"然后他转过身,面对所有工人,"你们大家听好了。我们没那么多时间了。如果你们能在风暴来之前拿到比既定任务更多的回收品,我就给你们发奖金。马上又有一队轻工要来,你们可不希望让他们来捡便宜,对吗?"

他咧嘴一笑,露出一副凶恶的表情,大伙儿看了都连忙点头表示明白了。"绝不让他们捡便宜。"大家附和道。

## 第二章
## 黑暗爬行

内勒从来没有到过油轮腹内这么深的地方。在这片黑暗中看不到任何轻工标记的荧光,通道里的灰尘和老鼠屎也没有留下任何其他轻工来过的痕迹。

他头顶上有三条独立的铜线,碰上这种情况可以说非常幸运了,这意味着他甚至可能完成巴皮下的任务,但是内勒无暇顾及。他的面罩不太透气,而且因为急着钻回洞里,他忘了涂上新的 LED 发光涂料。现在,随着黑暗渐浓,他深深地感到后悔。

他扯下更多悬着的电线。虽然前方的铜线越来越多,但通道似乎越来越窄了。于是他停止前进,周围的管道都在吱吱作响,仿佛是对他的重量表示抗议。汽油的烟气似乎在他的肺中燃烧。他真想撒手不干了,爬出去。要是他现在转身回去,只需二十分钟就能爬上甲板,呼吸到新鲜空气。

但要是没找到足够的回收品怎么办?

巴皮已经对他很不满了。斯洛特又眼巴巴地盼着取代他的位置。她的话仍在耳畔:"要是我进去,我找到的东西会是内勒的二十倍。"

这是一个警告。他现在有竞争压力了。

就算有皮玛作保也没用。要是内勒没法完成任务,巴皮就会把他的轻工标记划掉,然后让斯洛特顶上。到时候皮玛只能干看着,什么都做不了。不管是谁,只要他不能给工头赚钱,就没有留下的价值。

内勒匍匐向前,他的动力就是斯洛特那句透着觊觎之心的话。于是,他手里的铜线越来越多了。但他的 LED 发光涂料的光线已然黯淡下来。此时此刻,他只身一人,除了一条松松垮垮的电缆,没有别的东西能为他指引出去的方向。他有生以来头一遭害怕自己找不到路。油轮是个庞然大物,是石油时代的机械巨兽,本身可以算得上是一座漂浮的城市了。现在,他正在这头巨兽的腹中。

杰克逊男孩死后,没人找到他的尸体。他们只听到他曾在这金属巨兽的腹内敲打、喊叫,最后声音越来越小,但没人能在这个有双层船体的油轮中确定他被困的位置。一年后,重工切开了一段钢铁船体,这个小工的干尸突然冒了出来,就像从一板药上挤出来的小药片。他咔嗒一声落在甲板上,干瘪得像一片枯叶。尸体不仅被风干了,还遭到了老鼠啃噬。

别瞎想了。想多了没准儿会在这儿撞上他的鬼魂。

管道越来越窄,挤压着内勒的双肩。内勒开始觉得自己就像一个瓶塞,被钉在黑暗中,永远无法脱身。他拼命挤向前，挣扎着又拽下一截电线。

够了。比原本需要的还多呢。

内勒掏出小刀，在管道的金属内壁上刻上了巴皮的轻工标记。虽说是摸黑刻的，但至少也算是画了地盘，为以后再继续向前做准备。他把身体蜷成一个球，转身时膝盖抵着下巴，手肘和脊椎都蹭着管壁。他呼出一口气，把身体又抱紧了一些，拼命不去想瓶塞和瓶子以及杰克逊男孩被困在黑暗中、最终孤独死去的样子。他蜷得更紧了，缓缓转身，聆听管道因为他身体的挤压而产生的嘎吱声。

最后他终于到了宽松的地方，畅快地大喘了几口气。

再有一年，他的骨架就更大了，干不了这活儿了，到时候斯洛特肯定会抢了他的饭碗。也许在和他同样年纪的孩子中，他算身形小的，但最后，他们每个人都会长大，都会失去轻工的工作。

内勒扭动着退出管道，一边往外爬一边盘卷着他身前的电线。此时最大的声音就是面罩中他自己那粗重的喘息声了。他停了一下，伸手去够那根松垮的电缆，确定了它还在那儿，可以指引他返回光明。

别害怕。你自己把这条线缆一路带下来的，现在只需要跟着它走就行……

突然，他身后传来了窸窸窣窣的动静。

内勒僵住了，身上起了一层鸡皮疙瘩。也许，是只老鼠，但听起来是个挺大的东西。他实在无法压抑住自己的想法，一个画面闯入他的脑海——杰克逊男孩。内勒幻想着，那死去的男孩的鬼魂与他同在管道中，于黑暗中缓缓爬行，跟在他身后，干枯见骨的手指向他的脚踝伸来。

内勒努力克服内心的恐惧。这是迷信。只有月亮女孩才爱胡思乱想，他才不是那样的人。但是恐惧已经深深扎根于他的脑海。他开始把回收的电线推向一边，突然迫切地想要新鲜空气和光明。他想先爬出去再说，等涂了新的 LED 发光涂料再返回来，到时候就能清楚地看到管道内的情况了。什么斯洛特和巴皮，都见鬼去吧。他不管，此时此刻他需要新鲜空气。

内勒开始抱紧他缠好的那捆铜线。他扭动着经过时，管道发出危险的吱嘎声，好似是在抗议他和那捆电线的重量。他真傻，收集了这么多线。他真应该把线切成几截，然后让皮玛和斯洛特用卷筒把它们卷上去，也就不用像现在这样手忙脚乱了，都怪他贪心，收集的线太长太多了。内勒用手扒拉着往前爬，同时把线挤到身侧。当把最后一捆乱麻般的电线踢开的时候，他心中涌起一股胜利的狂喜。

他身下的管道颤抖着发出巨大的呻吟声。

内勒一下子僵住了。

他周围的管道发出更大的嘎吱声，开始慢慢地倾斜、下沉。整条管道都在崩溃的边缘。内勒疯狂的挣扎给管道又增加了额外的负担，让管道变得更加脆弱。

内勒尽可能静止地平躺在管道中，让身体的重量分散到各处，心脏狂跳。他努力感觉这条金属管道的动态。但这条管道又忽然变安静了。内勒等待着，倾听着。最后，他开始小心地转移重心,朝前挪动。

管道发出一声尖叫,然后坠了下去。内勒几乎也要滑下去,情急之下他伸手向四周乱抓,正巧拽住了他回收的那些铜线。他拉着铜线悬在无底的深渊之上。但铜线只坚持了一秒就松了,他垂直落了下去。

我可不想做杰克逊男孩,我可不想做杰克逊男孩,我可不想……

结果他掉到了某种液体的表面,温暖而黏稠的液体。然后,连一串涟漪都没留下,他就被黑暗吞噬了。

## 第三章
## 油层吞噬

快游上去啊，快游上去啊，快游上去啊……

快游！

内勒像颗石头一样，在暖烘烘的、冒着臭气的液体中不断下沉，就好像是在密度极大的空气中而不是水中游泳一样。不管他扑腾得多厉害，他身下的温暖液体都无法助他上浮，反倒将他往更深处吸去。

我为什么游不动？

他的水性特别好，就算遇上大浪，也从未担心过会淹死在海里。可他现在却不断下沉。他的一只手被什么东西缠着，是铜线。于是他赶紧伸出另一只手紧紧抓住线，寄希望于它还连着上方的管道。

结果铜线黏糊糊、滑溜溜的，从他的指尖脱了出去。

油！

内勒竭力保持镇定。油是不可能让人游起来的，它只会像流沙一样将人吞噬。他再次抓住铜线，将它在自己手上绕了两圈，避免它再次滑脱。这次他终于不再向下沉了。

于是他开始尝试将自己一点点拽出油面。他的肺此时正强烈渴望着空气。他一把又一把地将自己往更高的地方拽，同时压抑着自己想呼吸的本能，如果放弃的话，他的肺里就会灌满油。要是……

他像鲸鱼浮出水面一样冒出油面，脸上的油膜也褪去了。他张开嘴要呼吸，却吸不进空气，只感到脸上有一种奇怪的压力。

是面罩！

内勒连忙把面罩扯掉，大口喘气。弥漫在空气中的石油蒸气被一道吸了进去，让他感到肺部有种灼烧感，但无论如何他能呼吸了。他用面罩干净的内侧刮了刮眼窝，将眼周积聚的油清除掉。然后他睁开双眼，感到强烈的刺痛和烧灼，眼眶里立刻噙满了泪水。他快速地眨动双眼。

四周一片黑色——沥青的黑色。

他应该是在一个储油罐里，也许是泄漏的油池，或者一间中级储油室，要不就是……他不知道自己在船的哪个部分。要是特别不走运的话，他可能在一座主要储油库里。他擦好眼睛之后就把现在完全用不到的面罩扔了。油气熏得人头昏脑涨。他握着电线，努力让自己尽可能小口地呼吸。他的皮肤因为附着在上面的石油而烧得难受。远方传来微弱的锤子敲击声，工人们正在拆船，全然不知道他现在的紧急处境。

他的手逐渐从电线上滑脱。内勒努力伸出手臂，穿过乱麻似的线团，挣扎着想抓住更牢靠的东西。头顶上的管道发出危险的嘎吱声。他感到一丝恐惧。就是连着上方高处的管道的那几束电线才让他免于被油淹没。但是这安全只是暂时的。很快,那截管道就撑不住了,然后他就会再次下沉,一边扑腾,一边咕嘟咕嘟地大口喝油,最后肺里逐渐灌满石油……

冷静,你这个白痴。

内勒考虑过再试试能不能游起来,但很快放弃了这个想法。这是他的大脑在作怪,幻想着他周围的液体实际上是水。但油是截然不同的物质,它无法让人体浮起,不管你多希望它能。它只会把你吞下去。内勒亲眼见过一个重工就这样丢掉了性命。那人惊慌失措地尖叫着,只在油里扑腾了几下,还没等其他人向他抛根绳子,就消失在油下了。

别慌。快想办法。

内勒伸出一条胳膊,竭尽全力将手指向黑暗中探去,心想,抓到什么都是好的,不管是一堵墙还是浮着的垃圾,只要能告诉他这是个什么地方就好。可他所及之处除了空气和黏稠的石油什么都没有。他的动作扯得头顶上的管道嘎吱作响。上头的管道继续下塌,他手中的电线稍稍往下降了降。内勒屏住呼吸,等待着下沉的一瞬到来,可电线马上就不再往下掉了。

"皮玛!"他大喊。

回音很快就返了回来,回荡在他四周。

内勒吃惊地抓紧电线。从回音判断,他所在的空间并不像他之前以为的那么大。附近应该就有墙壁。"皮玛!"

回音再次很快传来。

这不是什么大油罐，而是小得多的储油空间。因为了解到墙壁就近在咫尺，内勒振作起来，再次向四周摸索。不过这次他没有用手，而是用脚在黑暗中探索。

试了两次之后，他触到了一个粗糙的金属面。这应该就是墙壁吧，墙上还有别的东西……内勒开心地深吸了一口气。墙上是一段细细的管子，尽管直径只有一厘米，但还是比那连着摇摇欲坠的管道的铜线束要可靠得多。

内勒没再多想，猛地向墙壁荡了过去。

伴随着他的动作，上方的管道发出一声尖叫，然后塌了下来。内勒顿时一沉，赶紧拼命去够那条细管子。他滑溜溜的双手终于触到了墙壁，随后又从墙面上滑开了。抓住了。他把自己拽到紧贴着墙的位置，用指尖紧捏着管子。因为用力过大，他的手指一直在颤抖。可石油一点儿浮力都没给他，而且他越来越疲惫，无法支撑太久。

内勒沿着墙快速地寻找更牢靠的把手。如果他够幸运，没准儿能找到梯子呢。这时，他摸到了管子的弯曲处。这截管子突然直直地弯向下方，然后消失在油中。

内勒大失所望，差点儿哭出来。这回他死定了。

别慌。

要是他开始哭，那才是真完蛋了。他现在需要思考，而不是像婴儿一样放声痛哭，可他像喝醉了酒一样，思绪变得混乱起来。油气味儿实在是难闻。内勒已经看到了自己的结局。他会像甲虫趴在墙上一样，再撑一段时间，吸入越来越多有毒的空气，最后意识不清，力量不济，放手沉入油底。

他怎么会以这么蠢的方式死去?这里连储油罐都算不上,只不过是个废油池。这就是个笑话,真的。幸运星在船上找到一个储油槽,然后过上了自由、富足的日子。内勒也找到了一处,却要因此丧命。

我要在这片该死的财富之池淹死了。

想到这个,内勒差点儿笑出声来。没人知道幸运星找到并私运走了多少油。他花了相当长一段时间来做这件事,一桶接一桶地偷偷往外运油,直到最后积累的财富足以解除契约、去掉他的劳工文身。而且,他剩下的那些财富足够他摇身一变成为劳工中介,从此以兜售他以前从事的重工岗位的名额为业。就那么一小点儿石油,就让幸运星的命运发生了天翻地覆的变化,可内勒现在身陷油中,油层都没到他的脖子了。

"内勒?"

一个微弱的声音从远方传来。

"斯洛特!"内勒松了一口气,大声回答,"我在这儿!在下面!我掉到底下了!"他激动地扑腾着,身边的油面荡起一圈圈涟漪。

如豆的绿光照亮了上方的黑暗。斯洛特的身影出现在管道口,那绿光来自她脑门上涂的 LED 发光涂料。

"该死的,内勒,你这次碰上大麻烦了吧?"她问。

"是啊,大麻烦。"他有气无力地咧嘴一笑。

"是皮玛派我下来找你的。"

"告诉她我需要绳子。"

长时间的沉默。"巴皮不会允许的。"

"为什么？"

又是一段长时间的沉默。"他想要铜线，其实让我下来也是为了趁着风暴还没来多搞些铜线。"

"扔给我一条绳子就行。"

"可我们有任务要赶。"她发着微光的脸消失了，"要是我告诉皮玛我找到了你，你需要帮助，她一定会送营救工具下来，就会耽误任务。"

内勒苦笑着说："那你能帮我看看附近有梯子吗？"

又是一阵长时间的沉默，二人都借着斯洛特脸上涂料发出的绿光向黑暗中凝视。结果什么都没有。没有梯子，没有门，只有一个锈迹斑斑、黑魆魆的房间。

"你怎么了？"斯洛特问，"摔骨折了吗？"

内勒摇摇头，随后想到她可能并不能看清他的动作。"我正在石油里游泳。你告诉巴皮现在我已经被淹到脖子了。这里有几千加仑的石油。花点儿功夫把我救出去是值得的，因为这儿有大量的石油。"

又是一阵沉默。

"是吗？很多？"

内勒感到一阵恶寒，他意识到斯洛特正在默默计算自己能得到的好处。

"别以为你能做第二个幸运星。"他加了一句。

"但幸运星成功了。"她回应。

"我们是工友啊。"内勒说，他努力让自己显得不那么害怕。"你告诉皮玛这里有石油,告诉她这里有个秘密储油室。如果你不这么干,我死后就像杰克逊男孩一样,做鬼也要缠着你,趁你睡觉的时候掏出你的内脏。"

沉默——斯洛特在思考。

内勒感觉自己突然对她涌起一股恨意。这个骨瘦如柴、忍饥挨饿的女孩高高在上。对他来说,她手中握着世界上所有的生杀大权。她至少可以告诉巴皮,救内勒有利可图,可她就坐在那儿不动。

他出声提醒:"斯洛特?"

"闭嘴,"她说,"我在考虑呢。"

"我们是工友。"他提醒她,"我们是发过血誓的。"但是他很清楚她正在打什么算盘,她那颗聪明的脑瓜里正衡量着方方面面,估算这池财富有多少,想着她能否先瞒下不报,日后再偷偷运出去,如果命运女神和锈蚀之神保佑她的话。他真想向她尖叫,抓住她,然后把她拖下来,让她也尝尝将要淹死在石油中的滋味。

但是他不能冲她大吼。他不能惹她生气。他需要她,需要说服她把他救出去。

"我们可以共同保守这个秘密,"他提出一个方案,"然后一起发财,像幸运星一样。"

又是沉默。接着,她说:"你说你泡在石油里,那么只要有人看见你,他们就会知道你找到了储油的地方。"

他苦笑了一下。太聪明了。斯洛特这样的女孩就这点不好。她们太聪明了,对他没什么好处。"我们是工友。"他重复了一遍,但是他知道这话对她根本没什么用处。他太了解她了。他太了解这类人了。他们总是吃不饱肚子,全都想过要是像幸运星那样发现了宝藏该怎么做。现在,斯洛特终于碰上了这样来之不易的机会,她一定会赌一把。谁让好事儿落到她头上了呢。

但愿,他祈祷,但愿她像皮玛一样善良,像皮玛和她的妈妈一样善良。她可别像我老爸一样。命运女神,别让她像我老爸一样。

斯洛特打断了他的轻声祈祷。"皮玛说,如果我发现了你,我应该把你完好无缺地吊上来。"

"你已经发现我了。"

"是啊,没错。"沙沙声响起。"给你,这是食物和水。"

她前额上的发光涂料洒下的绿光中有一个黑影坠下。那黑影砸进油池中,溅起一朵油花。内勒只看到油面上有若干浅灰的物体,它们正在缓缓下沉。他伸出一只手努力去够,另一只手牢牢地抓着墙。最后,他设法搞到了还没来得及沉下去的一瓶水。投下的其他东西都已经消失不见了。斯洛特离开了,他所在的整个储油室又重归黑暗。

"谢谢你……什么忙都没帮!"他冲着她的方向高喊,但她已经无影无踪了。

他不知道斯洛特是否会把所见报告给皮玛,还是会急匆匆赶回去把铜线拽出去,下定决心取代他,然后想办法独占这里的油。有一点他敢肯定,她不会告诉巴皮的,巴皮只会宣布这里是他的轻工队伍负责的地盘,然后把油都据为己有。

这意味着他们会在风暴来之前,花好几个小时的时间收集铜线……这也意味着,就算皮玛知道他在这儿并且需要帮助,他还是得等上好几个小时,

靠着一只滑溜溜的手和两排牙齿,内勒设法打开了塑料瓶。他一边扒着墙,一边往嘴里倒水。他先是噙住一口水,漱了漱口,然后吐了出来,清理掉他口中的油和污泥,然后又急又快地灌了一大口。真是痛快。直到第一口水咽下去,他才意识到自己有多渴。于是,他贪婪地喝光了剩下的水,然后把瓶子扔到一边,任它漂浮在黑暗中。如果他死在这儿,这就是他留在油面上的最后一样东西。

上方突然传来摸索、刮擦的声音。

"斯洛特?"

那声音消失了,然后又响了起来。

"求你了,斯洛特,把我弄出去吧。"

他也不知道自己为什么还要说这么一句。她都已经做出决定了。在她眼中,他恐怕已经是一个死人了。他听到她正忙着把剩余的铜线的绝缘体剥掉。他的手指已经没力气了。油面已经到了他下巴的高度。命运女神啊,他实在是太累了。他不知道杰克逊男孩是不是也被他的工友抛下过。如果这是一年后那小子的尸体才被找到的原因,那么也许是有人故意不管他,他才会送命的。

你不会死的。

但其实这是自欺欺人。他会被淹死的。没有梯子,也没有门……

内勒的心跳突然加快了。

如果这是意外被油灌满的房间，那墙上肯定有门。但是门应该都在油面以下。他必须冒着无法再游上来的风险潜下去。真是危险。

反正你现在死定了。斯洛特不会回来救你的。

这才是真相。他可以再撑一段时间，但他的力气会越来越小，最后手指会累得抓不住墙，然后他就会滑下去。

反正你死定了。

这是个能让人想得开的奇妙念头。他真的没什么可失去的了。

内勒沿着墙壁缓缓向下滑，用他的脚趾在黑暗中探索，感知是否有隆起或突出的地方。如果有，那就说明下面有门。第一次尝试，他无功而返；但是第二次，他让自己又往下沉了沉，油已经漫到了他的下巴。他的脚趾终于探到了一样东西。他仰面向天，保持鼻子在油面上，同时让油面漫上双颊，包围了他的嘴和鼻子。

是一段突出的平台。他碰到了一圈金属。

内勒用脚趾沿着平台继续探索。这可能是一扇门的上沿，他猜测。这段平台不到三英尺宽，差不多可以让他踮脚站在上面歇脚，这样也就给他颤抖的手指减轻了一些压力。此时此刻，他觉得，对他来说，这台子仿佛是一座豪华宫殿。

你现在还不能休息，他想。你可以等皮玛。斯洛特会告诉她你在这儿。你可以等着她来救你。

但他不想抱这份希望。也许皮玛会来救他，但也许关于他的下落斯洛特一个字都不会提。他只能靠自己了。内勒在台子上站稳,反复思量着该做怎样的决定。

要么活,要么死。他想。要么活,要么死。

他潜了下去。

# 第四章
## 逃出生天

从某种意义上来说,和上边的黑暗相比,这池黑乎乎、黏糊糊的石油并没有糟糕到哪里去。内勒以手为眼,摸索着在油中潜行,沿着那扇门的边缘一直往下,沉至深处,意在探明门的轮廓。

他的双手触到一个轮盘锁。

内勒的一颗心犹如石头落了地。这轮盘锁是用来在船身发生破裂时避免海水内灌的,有这种锁说明他摸到的是一扇结实的密闭门。于是,他一边拼命回忆人们是怎么转动轮盘锁的,一边努力地扳动它。结果纹丝不动。他暂时放下内心的慌乱,再次猛拉轮盘。依然无果,就是转不动。可他现在已经快屏不住呼吸了。

内勒以轮盘为借力点,一蹬腿,向油面冲去,心中祈祷着千万要成功。最后,他终于扑腾着冒出了油面。他伸手去抓那节细细的管子,奇迹般地在再次下沉前抓到了它。然后他开始疯狂地擦脸,紧闭着眼清理鼻子里的油污。他长呼一口气,把嘴里的油吹出去,然后又深吸一口气,尽管空气中尽是油烟味儿。

他依然闭着双眼，用脚趾再次去触碰门框。有那么一刻，他以为自己够不到它了，但紧接着他就蹭到了一层锈，再然后他又站到了轮盘上。他微微一笑。这是一扇带轮盘的门，是一个机会。只要他能转动这个该死的东西就好。

油面上方又传来了摸索声。是斯洛特依然在工作。

他喊了她一声："嘿，斯洛特！我自己找了条路出去。我来找你了，我的工友。"

那声音消失了。

"你听见我说话了吗？"他的声音回荡在四周，"我要出来了！我出来先找你。"

"是吗？"斯洛特回答。"你是找我去帮你叫皮玛吗？"她的声音里带着一丝嘲弄。内勒真想上去把她拽到油里来。不过，内勒克制了一下，换了个通情达理的说话方式。

"如果你现在去帮我叫皮玛，我就当你故意撇下我想让我淹死的事儿没发生过。"

漫长的沉默。

最后斯洛特说："太晚了，对吗？"她继续道："我知道你，内勒。不管怎样你都会告诉皮玛的，到时候我就会被开除出队伍，然后会有新人替代我。"她顿了顿，然后说，"现在全看命运女神是否眷顾你了。如果你设法出来了，那我们就在外面见。到时你想报仇再说。"

内勒沉着脸。不管怎样，他总算试了一次。他想到脚下那道门，它的另一侧可能被锁上了，也许就是因为这样轮盘才转不动。也许……

如果门是锁上的,那你就死定了。和之前没什么区别,所以也用不着为此烦恼。

他深吸一口气,再次潜入油中。

这次他吸的气更多,而且知道自己要干什么,所以很快就找到了轮盘,然后开始耐心转动它。他双脚撑在舱门框上,到处摸索闩锁的把手。首先他得解锁轮盘,然后他要猛地拉一下把手。于是,他又尝试着转动了一次轮盘。什么都没发生。他背靠轮盘,借着双腿的力量向对侧拼命推,同时努力保持自己的姿势。

还是什么都没发生。

他用胳膊箍住轮盘。虽然现在已经快憋不住气了,但他还是不想就此放弃。他继续拉,再拉,一次比一次用力,轮盘已经深深埋在他的臂弯中了。他感觉肺要炸了。

轮盘转动了。

内勒加倍用力,眼前甚至出现了金色、蓝色和红色的波浪线。轮盘再次转动,越来越松了。他此时快被憋疯了,但他依然留在下面,压抑着自己想冒出油面的冲动。随着轮盘转得越来越快,他感到肺抑制不住地要膨胀起来,这才再次蹬腿向油面游去,冒出油面时心中充满了生的希望。

此刻他越发急切了,最后深吸一口气,憋足了气再次扎进黑暗中。

下潜。

轮盘转啊,转啊,转啊,他的肺要炸了,要么逃出生天,要么死在这里。为了出去,他拼了。内勒猛地一拉闩锁的把手。有那么一瞬间,他担心门是向内开的,要是那样的话,他无论如何也不能在这一池子油的压力下把门打开……

但结果门是向外开的。

内勒被卷入了黑色的急流。他被拍到了墙上,然后赶紧在翻滚的过程中蜷成一个球。油咆哮着裹挟着他。他的脑门狠狠磕在金属壁上,让他差点儿在油中吸气。他蜷得更紧了,任凭急流带着他旋转起伏,左冲右突地穿过船的走廊,就好像被碎浪抛向礁石的水母。

他终于被甩到了空中。

接着是自由坠落。内勒差点儿把胃吐出来。他身不由己地睁开双眼,不仅被油刺得生疼,还要忍受烈日的灼烤。身下是镜子般明亮的大海,因为反光太强烈,海面几近白色。蓝色的浪花争相跃起,舔舐他。他刚要扭身,不到一秒……

他便落进了水里。腥咸的海水吞噬了他。这片汹涌的油海扬起一排碎浪。内勒随着海流奋力向上游去,蹬出水面,终于来到了阳光下,然后在浪花中大口喘息起来。他吸入空气,只觉得肺好似沉醉在洁净的氧气中,享受着他原本以为这次肯定会失去的生命。

他上方是油轮船体的一道缝隙,缝中依然有油汩汩冒出,那就是他被船吐出来的地方。黑色的原油沿着船体流下,形成滑溜溜的溪流。他从五十英尺高的地方跌入这片浅水区,竟然还活着。内勒大笑起来。

"我还活着!"他先是高喊一声,然后开始呐喊,他终于摆脱了死亡的恐惧，胜利的喜悦潮水般地涌来，这让他醉心于阳光与海浪，全然不顾岸上的人盯着他的目光。

他一边向沙滩游去，一边为劫后余生放声大笑。海浪涌过来，将他推到岸上。他意识到自己真是一等一的幸运。若不是刚好有大浪经过，他肯定就被直接拍在沙滩上了，而不是掉进水里。

内勒从碎浪中爬起来，站在沙滩上。因为刚才在海里游了很长时间，他的双腿还有点儿软，但他毕竟站在干爽的陆地上了，而且他还活着。他朝着巴皮、李、雷恩和几百号工人发疯似的大笑，大家全都呆若木鸡地看着他。

"我还活着！"他冲他们大喊，"我还活着！"

他们一句话也说不出来，只是盯着他看。

内勒正要接着大喊，但他们脸上的表情让他将视线移到了身下。

他的脚踝四周聚着海水的泡沫，还缠绕着被锈蚀的电线、贝壳和被剥下来的绝缘体，还有他的血。血沿着他的双腿如注般流下，鲜红鲜红的，不断地流下，随着他的心跳染红了海水。

## 第五章
## 护身符

"你很幸运,"皮玛的母亲说,"你本来难逃一死的。"

内勒累得几乎说不出话来,但他还是努力挤出一丝浅笑。"可我没死,我还活着。"

皮玛的母亲将一片生锈的金属片举到他面前。"这东西要是再深一英寸,冲上岸的就是你的尸体了。"塞德娜认真地注视着他。"你很幸运。看来命运女神今天对你呵护有加啊,不然这世界上又多了一个杰克逊男孩。"她把那锈迹斑斑的金属片递给他。"留着当个护身符吧。它选择了你,会保佑你以后呼吸顺畅。"

内勒接过差点儿害他死掉的金属片,动作中牵扯到了缝针的伤口,他被疼得一哆嗦。

"看见了吧?"她说,"你今天受到了神的眷顾。命运女神青睐你。"

内勒摇摇头。"我不信命运女神。"但他的声音很轻,轻到她压根儿没有听见。如果命运女神果真存在,她们把他交到了他父亲的手上,这就说明她们不是什么心存善意的神祇。

与其认为世界是故意与你作对,不如认为生命中充满了变数。如果你有皮玛的命,拥有一个好妈妈和一个好爸爸,他们没等开始打你、教训你就早早过世了,那么命运女神还真是可敬可信的。如若不然,那你可要小心了。

皮玛的母亲抬起头来,用那双深褐色的眸子端详着他。"不管你信什么神,一定要在心里念他的好。我不管是象头神犍尼萨、耶稣基督、锈圣还是你去世的母亲,总之冥冥中一定有谁在保佑你,别对这份恩慈不屑一顾。"

内勒顺从地点了点头。皮玛的母亲是他目前生活中最好的存在了,所以他不想惹她不快。虽然她的窝棚是由塑料布、旧木板和破烂棕榈叶搭起来的,但这里是他所知的最安全的地方。在这儿,他总能吃到大家共享的蝌蚪或米饭;就算是没有吃的,在这处悬挂着蓝色命运女神之眼吊饰、陈设着斑驳的锈圣雕像的小屋里,他也安心——这儿没人想用刀伤害他,没人打他,也没人偷他的东西。在这儿,有塞德娜护着,恐惧和焦虑都不见了。

内勒小心翼翼地挪动身体,看了看她刚才为他清理并缝好的伤口。"感觉还不错,塞德娜。谢谢你照顾我。"

"希望对你有好处吧。"她头也不抬地继续在水桶中清洗不锈钢小刀,桶中的水慢慢变成红色。"你还年轻,没对任何东西上瘾。随便你说你父亲什么坏话,你总归是洛佩斯家的人,遗传了家族不屈不挠的品质。你是有前途的。"

"你觉得我会感染吗?"

皮玛的母亲耸耸肩,背心下紧实的肌肉块跟着微微耸动。

她黑色的皮肤在小屋的烛火中闪烁着微光。她离开劳工班子，暂时把她们班组的活儿搁到一边，这才帮他把伤口料理好。这还多亏了皮玛，当她听说她失踪的手下劳工没在船上，反而出现在浅滩上的时候，她赶紧丢下手中的活儿，去向母亲求助。

"我也不知道，内勒。"她说，"你身上的割伤很多。按说你的皮肤会保护你免受感染，但这儿的水实在是太脏了，更何况你之前泡在油里。"她摇摇头，"毕竟我不是医生。"

他接着话茬儿开了个玩笑。"我不需要医生，我只需要一根针、一截线，只需要你像缝船帆那样把我缝好，我就焕然一新了。"

她没有微笑。"保持伤口清洁。如果你发烧了，或者皮肤开始化脓，就来找我。到时候我们就把蛆放在伤口上，看看有没有用。"

内勒先是做了个鬼脸，但还是在她严厉的目光下点头表示听话，然后格外小心地坐了起来。他双脚着地，看着塞德娜在小屋里忙活，端着盛有他血水的水桶走进黑暗里，然后又回来。他下了地，小心翼翼地走到门口，推开用塑料废品改成的门，远眺沙滩。

即便是在晚上也有工人在有条不紊地拆船，废弃船只被火把照得通明。在满天灿烂的星光和浩瀚的银河下，一艘艘轮船化为一幢幢巨大的黑影。火炬的火光闪烁跳跃、颤动不已。大锤敲打的声音响彻海面。人们忙碌工作的动静令人感到心安；空气中弥漫着烧熔炉的煤炭臭味儿，十分刺鼻；海上还刮来阵阵腥咸味儿的微风。此情此景,真美。

他在经历濒死体验之前是没有这种体会的。但是现在他劫后余生,立时觉得金沙海滩是他这辈子见过的最好的景致。他盯着这片沙滩看,怎么都看不够。面对沙滩上经过的人,看着人们为了烤从浅滩钓上来的罗非鱼燃起的篝火,听着钉娘馆传来的刺耳的音乐和喝酒的吵闹声,他止不住地微笑。此情此景,真美。

不过,更美的一幕还要数他正在缝伤口时,斯洛特被踢倒在沙滩上痛哭流涕的样子。巴皮亲手用刀子剜下了她的轻工文身,彻底和她解除了雇佣关系。她再也不能当拆船工了。可能其他任何地方都不会收她了。因为她违背了血誓,自此谁都无法信任她了。

内勒吃惊的是,斯洛特丝毫没为自己辩解。他并不准备原谅她,但巴皮掏出刀子来的时候,她既没求饶,也没道歉,内勒反倒因此对她生出一丝敬佩。人人都知道这是怎么回事。她赌了一把,输了就得认。这就是人生。有的人像幸运星,有的人像斯洛特;有的人像杰克逊男孩,有的人像他一样撞了大运。这些相反的命运就好像一枚硬币的两面。你将运气抛向空中,待它落到赌桌上才见分晓,要么生,要么死。

"是命运女神保佑。"皮玛的母亲喃喃道,"她们是眷顾你的,不知道下次还会不会眷顾你了。"她注视着他,脸上挂着好似悲伤的表情。他想问她这话是什么意思,但此时皮玛带着其他工友走进门来。

"嗨,嗨!"皮玛招呼道,"看看咱们的工友!"她检查了一下他皱巴巴的伤口和缝针处。"内勒,以后你会收获几条看着不赖的疤呢。"

"幸运的疤痕。"月亮女孩说,"比锈圣脸上的文身还棒。"她递给他一个瓶子。

"这是什么?"内勒问。

月亮女孩耸耸肩。"庆祝你大难不死的礼物。现在你是上帝的宠儿,我也算趁机沾沾光。"

内勒微微一笑,举起瓶子抿了一口,嘴里顿时有种火烧的感觉。他很惊讶她竟然搞到了这么好的酒。

皮玛大笑。"这酒叫黑伶醉。"她附身靠近他,"嘀嗒偷的。这疯疯癫癫的小子大摇大摆地把它从陈记汤面馆顺了出来。他这人做事没什么头脑,但唯独手脚麻利。"然后她拽着他朝岸边走去。"我们生了堆火,咱们今晚喝个痛快。"

"明天的工作怎么办?"

"反正巴皮说风暴马上就到了。"她咧嘴乐着说,"我们就算喝醉,明天也可以剥电线,没问题。"

工人们聚到篝火旁,喝了起来。皮玛离开了一下,回来的时候手上多了一锅米饭和豆子,还有让内勒大为惊喜的烤鸽子。看他一脸的吃惊,她说:"其他人看你这么幸运,都想来沾沾福气。人们看见你从那艘船里出来了。谁都没有你那样的好运。"

他没有多问,低头狼吞虎咽地吃起来。能活着,还能吃到这么美味的东西,他开心极了。

他们一边喝酒,一边传递着看那片差点儿害死他的锈迹斑斑的金属片。内勒琢磨着想把它改造成护身符,当饰品挂在脖子上。辣乎乎的酒让他感到周身暖和,也让他眼前的世界变得比以前美好了。他还活着。他的每一寸肌肤似乎都在歌颂着生命的可贵。就连他肩背上被金属片割伤的地方,疼痛都变得可爱起来。濒死体验让他生命中的一切都变得光彩夺目。他转了转肩头,仔细咂摸那疼痛的滋味。

皮玛隔着火光看着他。"你觉得你明天能和我们一起干活儿吗?"

内勒笃定地点点头。"不过是剥电线罢了,可以的。"

"那谁去钻管道啊?"月亮女孩问。

皮玛面露难色。"原本该是斯洛特的。咱们得找个新人代替她,而且还得让新人发血誓。"

"好像发誓真顶什么用似的。"嘀嗒嘟囔道。

"是啊,不过有的人还是信守承诺的。"

他们望向斯洛特被抛弃的那片沙滩,她很快就会饿的,会需要别人保护。在无法工作的日子里,她需要依靠别人才能活下去。对未加入劳工队伍的人来说,这片海滩是个艰苦的地方,一般人很难在这儿生存下去。

内勒盯着篝火,想着运气到底是个什么东西。斯洛特的一个临时决定竟然影响了她未来的一切。她现在余下的选择不多了,而且仅有的那几条路都不好走,等待她的将是血泪、痛楚和绝望。他举起瓶子,又灌了一大口酒。他现在也不知道自己是不是该可怜她,毕竟她做出了抛下他、让他等死这种事。

"我们可以让缇拉上，"佩利建议道，"她个头小。"

"可她有畸形足，"月亮女孩说，"行动起来能有多快呢？"

"当了轻工，她会尽力的。"

"以后再说。"皮玛说，"也许内勒好得快呢，那我们就不需要找新人替代他了。"

内勒露出酸楚的微笑。"或许巴皮会解雇我，再把我的名额卖给别人，到时候咱们谁都没法子了。"

"有我在就不允许这种事发生。"

大家都沉默了。设想各种糟糕的结果无益，毕竟谁都不愿破坏这个美好的夜晚。其实不管巴皮做什么，任谁都无法阻止，但是他们没必要今晚把这层窗户纸捅破。

皮玛似乎感受到了大家的担忧。"我已经和巴皮谈过了。"她继续说，"内勒可以有几天假期，他欠下的任务可以一笔勾销。就连巴皮都想沾沾他的好运气。"

"可是那些原油便宜给别的工人了，他没因为这个生我的气吗？"

"虽然生气，但是你至少把铜线一起带出来了，所以他还是挺高兴的。你可以歇一段时间好好养伤。我说的话，锈圣为证。"

他真想相信这些好消息。内勒又喝了一口酒。大人的誓言转瞬成空，他亲眼见过很多这样的例子。他明天必须接着上工，必须看起来很快就能干活儿。他小心地活动了一下肩膀，希望伤势已经有所好转。如果接下来几天都是剥电线的活儿，那对他来说绝对是福音。要说在这场劫难之后还有什么事能称得上幸运,那就是风暴要来了。

要是没有风暴,那他每天都得钻两次管道。

内勒又喝了一口酒,欣赏着海滩的风光。在夜里,你几乎看不到海面上的浮油,只能望见映出月亮倒影的银色海水。海中更远处有几盏或红或绿的灯,那是横穿海湾的快速帆船的舷灯,好似童话中小仙子的光团。这些帆船悄无声息地在海平线上滑过,速度飞快,灯光从出现到消失在视野尽头只消数分钟。他想象自己就站在其中一艘船的甲板上,飞快地把海滩和轻工队伍甩在身后,自由地翱翔于天地之间。

皮玛从他手中抽出酒瓶,问道:"做白日梦呢?"

"什么白日梦啊,明明现在是晚上。"内勒如痴如醉地看着遥远的彩色灯光,"你坐过吗?"

"快速帆船?"皮玛摇摇头,"我才没坐过呢。不过,我看见过一艘快速帆船入港。上面有一大群半兽人守卫把守,他们不会让海滩上咱们这些捡垃圾的人靠近的。"她苦笑了一下,"那帮狗脸还给附近水域通了电。"

嘀嗒大笑道:"我记得。我当时想游过去,结果开始全身发抖。"

皮玛皱着眉说:"对啊,然后是我们像拖死鱼一样把你拖了回来。那次可把我们累坏了。"

"其实你们不管我我也没事的。"

月亮女孩哼了一声。"得了吧,狗脸半兽人非把你生吞活剥了不行。他们一向那样,吃肉都不做熟了吃。这些怪物老是吃生的。要是我们不管你,他们早就用你的肋骨剔牙了。"

"先不说那个。幸运星手下就有一个半兽人……它叫什么来着?"嘀嗒顿了一下,"哎呀,反正我见过它,那家伙长着一口大牙不假,但是它不吃人。"

"你怎么知道啊?它吃掉的人又不会活过来到处嚷嚷。"

"山羊。"皮玛突然开口,"那些半兽人吃山羊。他第一次出现在海滩上的时候,他们安排他干重工的活儿,给的酬劳就是山羊。我妈妈告诉我,他三天就能吃光一只羊。"她做了个鬼脸。"月亮女孩说得对。你要是敢惹那些怪物就傻透了。谁都说不准他们什么时候会兽性大发,把你的一条胳膊卸下来。"

内勒依然注视着那些不断消失在远方的灯火。"你们有没有想过乘上快速帆船是什么感觉啊?乘着那样一艘船出海。"

"我不知道。"皮玛摇摇头,"应该会很快吧,我猜。"

"特别快。"月亮女孩回答。

"闪电一样快。"佩利说。

他们现在全都在渴望地盯着海面看。

"你们觉得他们知道咱们在这儿吗?"月亮女孩问。

皮玛往地上吐了口唾沫,说:"对他们来说,咱们就像垃圾堆上的苍蝇一样。"

舷灯还在继续掠过海面。内勒想象自己站在其中一艘船的甲板上,乘风破浪。巴皮的监工窝棚里有个抽屉,里面放着各种杂志。内勒偷过其中一张照片,他好几个晚上都盯着照片里行驶在海中的快速帆船看,但也仅此而已,那就是他和帆船最近距离的接触了。他曾花数小时的时间凝视着帆船那流线型的轮廓,细细端详船帆与水翼,还有精心设计过的光滑表面,那表面与他每天打交道的那些锈蚀的油船残骸的外壳截然不同。此外,他还喜欢看甲板上那些欢笑饮酒的人,他们是如此美丽。

帆船似乎在窃窃私语,向他描绘速度、腥咸的海风和开阔的海平线。有时候,内勒真希望他能走进杂志,逃到快速帆船的船首,在想象中从每日的拆船工作中逃走,乘船远航。还有的时候,他会把照片撕成碎片扔掉,因为他憎恶自己因此产生的渴望;若是他没有看到那些帆船,他就不会知道自己想要。

风向变了。冶炼炉的烟聚成的黑云被吹到了海滩上空,他们顿时被雾霾与尘灰笼罩了。

大家纷纷咳嗽起来,感到呼吸困难,拼命想呼吸到新鲜空气。风向又变了,但内勒还是不住地咳嗽。在储油室里待的那段时间给他造成了伤害,他的肺依然能感受到口中残留的原油味儿。

内勒一边咳嗽一边抬头望,就在这时,那些快速帆船消失了。越来越多的浓烟向他们的篝火飘来。

内勒在刺鼻的风中苦笑。一心只惦记帆船就是这个下场。吸了一肚子烟就是因为没留神周围的情况。他又举起瓶子喝了一小口,然后把它递给佩利。

"谢谢你给我的幸运礼物,"她说,"我以前不知道黑伶醉这么好喝。"

月亮女孩微笑道:"就是这么好喝的酒才配得上你这么

幸运的浑小子。"

"他确实幸运,没错,"皮玛说,"是我见过的最幸运的浑小子。"

她扫了一眼今晚大家凑的其他幸运礼物。还有一串烤鸽子肉,内勒把它让给大家传着吃;一包手卷烟,一瓶从吉姆·汤普森蒸馏器酿出来的廉价酒,一只粗重而宽大的银耳环。还有一个被海水冲刷得十分光滑的贝壳,一袋半公斤的大米。

"有幸运星幸运吗?"内勒开玩笑说。

"你要是把油也弄到手就比他幸运。"月亮女孩说,"你要是有幸运星的脑子,肯定会想法子把原油偷偷运出来而不是白白浪费掉。到时候,你就是大富翁了,还能把整片海滩包下来。"

其他人纷纷表示同意,只有皮玛无动于衷,她黑色的肌肤让她看上去好像一道黑影。"没人能那么走运。"她的语气流露出些许苦涩,"人人都在做成为下一个'幸运星'的白日梦,所以斯洛特才起了坏心。"

"说得没错。"内勒耸耸肩,"但不管怎样我今天都觉得自己很幸运。"

皮玛做了个鬼脸。"你不只是幸运。"她说,"你还聪明。幸运星,他也是个聪明人。这里的人有一半都发现过储藏油、铜或者其他东西的地方,结果他们谁都没想到接下来要怎么办。最后都是工头把这些资源攥在手里,然后把为此失去健康的工人杀掉了事。该死的。"她又拿起瓶子喝了一口,然后用胳膊抹了抹嘴才把瓶子递给月亮女孩。月亮女孩喝了一口，然后咳嗽起来。"你现在可不需要幸运，"皮玛说，"你需要的是聪明。"

"幸运还是聪明，我不关心，只要不死就好。"

"那就为不死喝彩。但我们还是梦想着有朝一日能像幸运星一样出人头地，为此丧失了理智。我们把所有的钱都花在掷骰子上，只为了能离幸运近一点儿，成为生活的大赢家。我们祈求得到锈圣的保佑，得到我们能够真正拥有的财富。见鬼，就连我妈妈都把好米放在拾荒之神所执的天平上，想以此换来好运。可最后我们的下场免不了像斯洛特一样。"

皮玛朝着重工在海滩上升起篝火的地方点了下头。钉娘们在他们身边嬉笑挑逗着，一个个伸出细长的双臂，揽住男人们的腰，怂恿他们大口喝酒，大把赏钱。"斯洛特现在就在那儿，我看见她了。她成天做梦想成为幸运星，结果劳工刺青被剜去了，还落得和一群烂人为伍。"

内勒注视着那群人的篝火。"你觉得她会冲我来吗？"

"会的，"皮玛说，"她现在是光脚的不怕穿鞋的。"说着她朝内勒的那堆幸运礼物点点头。"你最好找个好地方把它们藏起来。我想她可能会设法偷走你的礼物。她也许会找个'干爹'罩着她，因为其他人都不会收留她。首先餐馆肯定都不要她，因为拆船工不会从劳工刺青被剜掉的人手中买东西。熔炼工也不会搭理背信弃义之徒。像她那样的骗子是没什么选择的。"

月亮女孩说："她可以卖掉一个肾或者卖给收割者几品

脱血，他们一直都有这个需求。"

"当然了，她还有一双漂亮的眼睛。"佩利说，"收割者肯定会毫不犹豫收下的。"

皮玛耸耸肩。"医用器官买家能把她当半扇猪肉给切了，可人的器官有限，过不了多久就没的可卖了。到那时她该怎么办呢？"

"还有生命邪教的人，"内勒说，"他们可以买她的卵子。"

"拉倒吧，"月亮女孩做了个怪相，"谁会想要长得像斯洛特一样的半兽人啊。"

"狗脸怪物的基因也算是对她的提升了。"佩利说，"至少他们一向忠心。"

他们都大声坏笑起来，开始打趣说哪种动物有助于强化斯洛特的基因组成：公鸡至少起得早，蜥蜴美味好吃，蛇则擅于钻管道的活儿，而且没有手，这样就不能在背后捅别人了。他们说的每种动物都比叛徒强。若是缺乏信任，拆船会是特别危险的工作。

"斯洛特已经无路可走了。"皮玛说，"但是我们也面对着同样的问题。也许今年还好，但迟早要面对。"她耸耸肩，"现在我妈每次都会多做些饭给我吃，好让我以后面对重工岗位时有竞争力。"她犹豫了一下，再次望向沙滩上的篝火和旁边的男人们，"但我觉得自己不行。做轻工我体形太宽，做重工我又太瘦小。到时候可怎么办啊？有多少帮派能接纳外来的孩子呢？"

"别说傻话了。"佩利说,"你其实根本不用辞掉轻工的工作。在搜找可回收废料方面,你比船上的任何人都做得好。你很快就可以胜任巴皮的工作,只要勤快,双倍的任务你都能完成。"他打了个响指,"这样的话,你肯定能得到巴皮的工作。"

皮玛微笑道:"想得到他那份工作的人多了去了,可轮不到咱们。就算有瓷器活儿,咱也没有金刚钻。"

"这么想可就大错特错了。"佩利说,"你要是当工头肯定比他强。"

"是啊,"皮玛苦笑了一下,"这就要说到运气了。"她认真地看了一圈大家,"你们应该记住我说的,你们所有人都要记住。如果你只有聪明或者只有运气,那连一码铜线都换不来。只有同时拥有二者才行,不然,你就会落得和篝火边的斯洛特一样的下场,求着别人来拿自己当工具一样用。"她又拿过瓶子喝了一口,然后把它递了出去,站起身来。

"我得睡一会儿了。"她朝沙滩走去,扭头朝内勒说,"明天见,幸运男孩。别迟到哦。你要是不来和我们一起干活儿,巴皮肯定会开除你的。"

内勒和余下的工友注视着她远去的背影。篝火里的最后一段木柴裂成两半,爆出一串火星。月亮女孩赶紧伸手将那段木柴往中间推了推。"她肯定当不成重工。"她说,"咱们谁都不是当重工的料。"

"你非要破坏今晚的欢乐氛围吗?"佩利问。

月亮女孩脸上的饰环在火光中闪闪发亮。"我们都知道,皮玛比巴皮强十倍，但这并不代表什么。再过一年，她就会陷入和斯洛特一样的困境。要么交到好运，要么一无所有。"她举起脖子上戴的蓝玻璃护身符，"我们亲吻这象征着命运女神的眼睛护身符，希望一切如意，但最终我们都会落得和斯洛特一样的下场。"

"不。"嘀嗒摇摇头。"不一样，斯洛特活该，而皮玛不该落得那种下场。"

"是否应该和人们最后的命运没关系。"月亮女孩说，"如果大家都是善有善报、恶有恶报，那内勒的妈妈现在还应该活在世上，皮玛的妈妈则应该是劳森-卡尔森公司的老板，而我一天能吃到六顿饭。"她冲火堆啐了一口。"你们谁都没有什么应得的东西。斯洛特是个背信弃义的人，但她至少聪明，知道没有什么是谁应得的，只有奋力争取才是王道。"

"我不信你这一套。"佩利摇着头说，"不遵守誓言的人还有什么可说的？那种人什么都不是，都不配苟活于世。"

内勒说："你是没看见那池石油，佩利，那是我迄今见过最多的一次。我们可以假装自己和斯洛特不同，但你们这辈子都还没见过那么多油。换作我们任何人见了当时的情形，都会变成背信弃义之徒。"

"我不会。"佩利激动地反驳道。

"是啊，咱们谁都可以说不会。"内勒说，"但你得承认，你没见到过这么大的诱惑。"

"皮玛不会。"嘀嗒说，"她永远不会那么干。"

这句话终结了这场讨论，因为不管其他人怎么自欺欺人，嘀嗒说的都没错。皮玛从来都是坚守誓言的人。她永远都不会背信弃义，她会一直守护自己的工友。就算她催着你完成任务，她也会保护你的安全。内勒突然希望自己能把所有的幸运都转给她。如果说还有人值得拥有更好的东西，那就是她了。

大家都被这场对话搞郁闷了，于是开始默默收拾晚餐的残局，用沙子将火盖熄，准备回家，有的是回自己家，有的则是回监护人的住处，还有的只能回庇护所一类的地方。

吹向他们和内勒的风变得强劲而冷冽。可以肯定，风暴就要来了。他在海滨地区生活得久了，所以可以感觉到。风暴不远了，马上就到，而且势头相当猛，至少会让他们停工好几天。也许他能趁机好好休息养伤。

他迎风吸了一口新鲜、腥咸的空气。海滩上其他几堆篝火也逐渐被吹熄了。眼看要变天了，海滩住户们纷纷忙活起来，匆匆将拥有的为数不多的物品收好。

海天交接处，有一艘快速帆船轻捷地跨过夜幕下的海湾，蓝莹莹的舷灯一闪一闪的。他深吸一口气，注视着船快速地驶向某个将为它避风的码头。内勒头一回为自己在岸上感到庆幸。

他转过身，拖着沉重的脚步向自己的茅草棚走去。如果他真够幸运的话，他的父亲应该还在外面喝酒，这样他就可以悄悄地溜回屋了。

内勒的家坐落在丛林边缘，周围尽是葛藤和柏树。那棚子以棕榈叶为墙，以竹筒为柱，以马口铁皮为顶。铁皮上有他父亲用拳头留下的标记，这是为了白天他们不在家的时候别人不会把这些当废品收走。

内勒把他的幸运礼物放在门外。他还依稀记得自己对这扇门尚未心生恐惧时的日子。那时，他的母亲还没有发烧，他的父亲也不会整日醉醺醺的。可现在，每次推开门都是一场赌博。

要不是因为内勒身上这身衣服是借的别人的，他压根儿不会冒险回家。他的另外一套衣服就在屋里。如果他走运，他父亲应该还在外面喝酒。于是，他小心翼翼地打开门，缩手缩脚地走进黑暗中。他打开盛放荧光涂料的罐子，从里面取了一些涂料抹在额头上。借着微弱的光线，草棚里的事物投下一个个暗淡的影子……

突然，一根火柴燃了起来。内勒急忙转身。

他父亲倚在门后的墙上，正盯着他，一只手里攥着一个几乎要喝空了的酒瓶。

"很高兴见到你，内勒。"

理查德·洛佩斯身材精瘦，肌肉强壮，而且有着旺盛的精力。他两条胳膊上都有龙文身，两条龙的尾巴卷曲着盘上他的脖颈，与他早年做轻工时文的、现在已经有些褪色的文身交织在一起。他胸膛上还隐约可见各种代表胜利的疤痕，似乎比文身更新，看起来也更凶狠。这些疤痕代表着他在搏击场上打败的男人。他的胸口一共有十三道醒目的红色长疤。每次提起来，他都会咧嘴笑说自己和面包师一样，他们的"一打"不是十二而是十三。[①] 然后他就会问内勒以后会不会成为像老爸一样的硬汉。

理查德点燃了挂在头顶上的防风灯,然后拨拉了一下,令其来回摇摆。内勒一动不动地站在原地,小心翼翼地猜测着他父亲的心情。他父亲拉过来一张捡来的椅子,跨坐在上面。摇摆的防风灯投射出他们的身影,那影子时隐时现,剧烈地晃动着。在苯丙胺和酒精的作用下,理查德·洛佩斯情绪高亢,用充血的双眼紧盯着内勒,好似一条伺机发动攻击的蛇。

"该死的,你这是怎么了?"内勒努力克制自己的恐惧。面前这男人没拿着任何伤害他的东西:没有刀,没有皮带,也没有柳条鞭。虽然有时候他的蓝眼睛变得清澈透亮,似乎要随时爆发,但他目前还算是风平浪静。

"我上工的时候发生了意外。"内勒说。

"是意外还是你犯蠢了?"

"不是我……"

"走神想女人了?"他父亲追问道,"还是什么都没想,像你以前那样做白日梦来着?"他向内勒粘在墙上的那张从杂志里撕下来的快速帆船的照片歪了歪头,"还是想你的那

---

① "一打"本来是指的十二个。在十四世纪的英国,不少面包师为了多赚钱,在制作面包时偷工减料,克扣分量。人们怨声很大,于是官方制订了制作面包时投料的标准,凡达不到标准的就要受到处罚。但当时技术有限,面包师很难做到让面包个个合乎标准。为了避免被罚,面包师们就在出售面包时每打多给一个,即十三个为一打。因此,在俚语中,"面包师的一打"就是指十三个。

些宝贝帆船了?"

内勒没傻乎乎地接话茬儿。他知道,要是他为自己申辩,事情会更糟糕。

他的父亲说:"你要是丢了工作,日子该怎么过下去?"

"我没丢工作,"内勒说,"明天我就回去继续干。"

"是吗?"他父亲狐疑地眯起充血的眼睛,朝挂在内勒肩头的破布悬带点点头,"就凭这条残废胳膊?巴皮又不是慈善家。"

内勒告诫自己别输了气势。"我好着呢。斯洛特被开除了,所以没人可以取代我进管道工作了。我身材比别人小……"

"小个屁。行吧,这算是你的长处。"他父亲拿起酒瓶,咕嘟喝了一口,"你的过滤面罩呢?"他问道。

内勒愣住了。

"在哪儿呢?"

"丢了。"

二人顿时陷入了沉默。"丢了,是吧?"他父亲只说了这么一句,但是内勒感觉到危险的齿轮正在运转;此情此景下,药物和他父亲那丧心病狂的职业带来的愤怒、疯狂和残忍更是火上浇油。这个刺青男人的体内正酝酿着一场风暴,到处是汹涌的暗流、滔天的巨浪和水龙卷。内勒每天都要在这致命的天气中挣扎,奋力游向他父亲无常的情绪的边缘。理查德·洛佩斯正在思考。现在内勒需要揣测他的内心,设法在不受皮肉之苦的前提下逃离这个棚屋。

内勒尝试着解释道:"我通过一截管道时掉进了一个储

油池，怎么也找不到出口。戴着面罩我没法呼吸。那儿满满都是石油，我差点儿完蛋。"

"别跟我扯什么完不完蛋的，"他父亲发火了，"这话不是你该说的。"

"是，父亲。"内勒谨慎地住了嘴。

理查德·洛佩斯懒洋洋地用他手中的酒瓶敲打着椅背。"我猜你现在一定想要一个新面罩吧。你以前老是抱怨戴着旧面罩下管道不得劲儿。"

"不是的，父亲。"

"不是的，父亲。"他父亲学着他的口气说，"内勒，近来你学聪明了啊，从来都只捡对的说。"他微微一笑，露出一口稀疏的黄牙，依然用酒瓶敲打着椅背，内勒担心父亲或许会用那瓶子砸他。酒瓶再次轻碰在椅背上。理查德·洛佩斯用凶狠的眼神打量着内勒。"你最近真是个滑头的小浑蛋。"他喃喃道，"我甚至觉得你太过聪明了，这对你来说不是什么好事。也许你现在开始言不由衷了，动不动就'是，父亲''不是，父亲'。"

内勒紧张得快要窒息了。他清楚，父亲可能马上就要暴跳起来，揪住他，用拳脚教他该如何尊重长辈。内勒向门口瞟去。一旦被父亲捉住，接下来他就免不了被揍得鼻青脸肿，那样的话他肯定无法及时回去干活儿了，最后一准儿被巴皮开掉。

内勒后悔没有直接住进皮玛的棚屋。他又瞟了一眼门口。要是他能……

理查德注意到了内勒的眼神,脸色一沉。他站起身来,把椅子推到一边。"小子,给我过来。"

"我收到一份幸运礼物,"内勒突然开口说,"还挺不错的。因为我能逃出储油池实在是太走运了。"

内勒尽量让自己的声音不发颤,假装不知道他父亲正琢磨着给他一顿胖揍。他摆出一副无辜的样子,像平常一样说话,就当过会儿压根儿不会发生伤害和追打,他也不会有痛苦和尖叫。"我放那儿了。"他说。

慢点儿走。别让他以为你要跑。

"就在那儿呢。"内勒一边说,一边打开门往外走。他抓起月亮女孩送的幸运礼物,将它递给父亲。酒瓶在灯光下闪闪发亮,好似一个护身符。

"黑伶醉。"内勒说,"工友给我的,还说我应该和您一起喝,因为我的幸运都是因为有您照顾我。"

内勒屏住呼吸。他父亲用冰冷的眼神扫过那瓶酒。父亲也许会喝,也许会抄起酒瓶打他。内勒不知道。父亲干正经工作的时间越来越少,反倒是越来越沉溺于海滩上那见不得光的世界,性情也随之变得反复无常;再加上药物对精神的耗损,他现在已经变成暴力与饥饿的化身了。

"让我看看。"父亲从内勒手中拿过瓶子看了看。"没给你老爸剩下多少嘛。"他抱怨说。不过,他还是拔出瓶塞闻了闻。内勒一边等待,一边祈祷好运。

他父亲喝了一口,露出满意的表情,说:"好酒。"

屋里刚才的火药味儿顿时散了。他父亲咧嘴一笑,朝内勒举了举瓶子,"这真是好酒啊!"说着他把之前那瓶酒扔到角落里,"比那瓶泔水强多了。"

内勒大着胆子迎合地微笑道:"您喜欢就好。"

他父亲又喝了一口,然后擦擦嘴。"上床睡觉,你明天还要上工。你要是去晚了,巴皮肯定开了你。"他朝床铺的方向挥挥手,示意内勒去休息。"幸运男孩,"他又咧开嘴笑了,"也许今后我就这么叫你了,幸运男孩。"这男人的大黄牙闪过一道光,他突然变慈祥了。"你喜欢'幸运男孩'这名字吗?"他问。

内勒迟疑地点了点头:"是的,我喜欢。"他努力露出更多的笑容。为了让他父亲保持住这来之不易的好心情,让他说什么都行。"我非常喜欢这名字。"

"很好。"他父亲点点头,表示满意。"上床睡觉吧,幸运男孩。"他父亲又喝了一口内勒的幸运礼物,然后开始专心致志地凝望正在向他们逼近的风暴。

内勒扯过一条脏兮兮的床单盖在身上。屋子那头传来他父亲的咕哝声:"你做得不错。"

听到这句夸奖,内勒顿时松了口气。这句话带着他记忆中那个父亲的影子。当时他还小,他母亲还在世。彼时的父亲完全是另一个人啊。在昏暗的灯光下,理查德·洛佩斯似乎还是那个帮内勒在母亲病床挨着的墙上雕刻锈圣的父亲。但那已经是很久以前的事情了。

内勒蜷缩成一团,为今晚的安全感到欣慰。明天也许会再起风波,但起码今日平安无事。明天的事,明天再说吧。

## 第六章
## 急风暴

风暴像旧世界开足马力的坦克一样,势不可当地登上了海滩。高耸的云堤积聚于地平线上,向内翻卷着,开始连绵不断地降雨。海洋上空,雷声隆隆,闪电照亮了云层下端,在海天之间来回穿梭。

风暴降临了。

内勒被竹墙外的风暴声吵醒了。裹挟着雨水的大风涌进敞开的屋门,一时间电火花乱窜,响起噼噼啪啪的声音。他父亲就躺在他身边,张着嘴,鼾声大作。风打着旋刮进棚屋。内勒感觉脸上像有冰冷的手指在刮。接着,旋风飞速地席卷墙壁,揭掉了内勒贴在上面的快速帆船的照片。那照片先是疯狂地打旋,然后便被吸出了窗外,坠入黑暗,还没等内勒伸手去抓就消失得无影无踪了。屋顶的棕榈叶早就被不断涌入的风掀翻了,冰冷的雨水拍打在他的皮肤上。

内勒从他父亲身上爬过去,跌跌撞撞地走向门。外面的海滩上,人们忙成了一团,有的往树林深处搬小艇,有的在驱赶家畜。通过云层卷动旋转的样子和海面上漂浮的残骸间零星的闪电就看得出,这场风暴没那么简单,说不定有毁屋摧城的力量。尽管已经退潮了,但巨大的波涛和碎浪依然拍打冲刷着海岸,风暴即将登陆。

他父亲说过,风暴一年比一年厉害,但是内勒从未见过此时向他们逼近的怪兽般的狂风巨浪。他转身回到棚屋内。

"爸!"他大喊,"人们都逃到高处去了!咱们也得赶紧跑,躲开巨浪!"

他父亲没有回答。船骸上的夜班工人鱼贯而出,男人女人们混乱地沿着绳梯往下滑,荡到半空,再纵身一跃,笔直地跳进不断高涨的浪涛中,好似从狗身上跳下来的一只只跳蚤。几道闪电劈下,夜空被照得亮如白昼,衬得岸上黑色的船体轮廓分明;紧接着,一切又都消失在黑暗中。大雨狠狠地拍打着沙滩。

棚屋里,内勒开始收拾尚可抢救的财物。他匆匆穿上他的最后一套衣服,抓起一罐发光涂料,找到别人送他的一只银耳环和一袋大米。一阵狂风吹来,棚屋吱嘎作响,开始倾斜。马口铁皮和竹筒根本撑不了多久。

这绝对是能毁屋摧城的那种风暴,有人管它叫"派对破坏者"或者"奥尔良风暴潮"。内勒扭头望向屋外肆虐的风暴中的世界,只看到现在人人都抢着往更坚固的房屋里躲。人们纷纷从暗处爬出来,弓着身子,顶着风雨,冲向安全的地方。他们都往回收废品运输火车之类的地方跑,大概是觉得火车的铁皮车厢不会被风刮走。

内勒拽着他们所有的财物朝一动不动的父亲走去。他把床单从床上掀下来,然后用单手揽过那堆财物。这一系列剧烈的动作让他受伤的肩膀火辣辣地疼。他把所有东西都推到床单上,然后打了个包袱。这间即将分崩离析的棚屋里的雨下得更大了。雨水打在他父亲苍白的皮肤上,亮晶晶的,可他还是一动不动。

内勒拉着他的一条花臂大喊:"爸!"

没有回应。

"爸!"内勒继续摇晃他,指甲几乎要刺进这个有龙文身的男人的肉里,"醒醒!"

男人毫无动静。他之前服用过苯丙胺,现在药劲儿过了,正处于沉睡状态,无论怎样都无法醒来。

于是,内勒又去摇晃他的腿。

这场有摧城之力的风暴过境之后,他们这儿就什么都不剩了。他听说过,有时候一场风暴潮会把海岸线向陆地推移一英里,把海滩和树林变为一片黑暗的泥沼;上升的海平面则会留下参差不齐的新潮痕。单是大风也能轻而易举地移动海滩上的油船残骸,即使不把它们卷上天,也可能会推着它们碾过房屋。

内勒挺了挺胸。他试着提了提包袱,太沉了,不禁哼了一声。他挪步来到门口,却迎面遇上了裹挟着雨水、沙子和树叶的一阵疾风。借着时隐时现的闪电,他看到一只鸡笼从身边滚了过去,里面是空的,每一只家禽都已经消失在咆哮的风暴中了。内勒回头看看他的父亲,内心很是纠结。

父亲一动不动。他脑子里的药物化学成分耗尽了,所以就连风暴都无法将他叫醒。严重的话,药劲儿过后他父亲能睡上整整两天。内勒巴不得他父亲时时处在这种平静的状态下,那样他的日子就好过多了……

内勒放下包袱,一面骂自己蠢,一面冲进风暴里。虽说这个男人是个酒鬼加浑蛋,但他们之间还是血浓于水。他们长着一样的眼睛,对他的母亲有着同样的记忆,吃相同的食物,喝相同的酒……亲人,这是他在世上唯一的亲人了。

裹挟着沙砾、铜螺丝和塑料碎片的旋风旋转着向他靠过来。他赤脚跑在海滩上,朝着皮玛的棚屋狂奔,拆船留下的垃圾纷纷划过他的皮肤:铁屑、绝缘体的碎屑,还有一卷电线。这些被剥落的垃圾像刀子一样在空中飞舞。

一阵大风经过,内勒被吹得跪倒在地,只得匍匐前进。他感到肩膀阵阵刺痛。此时,他头顶上是风筝般飞旋的金属板——有可能是房顶,也有可能是船上的一部分,很难讲。总之,那块金属板猛地砍进一棵椰子树的树干里,那树即刻便倒下了,但是因为风的呼啸声太大了,内勒都没能听到树倒的声音。

他蹲在沙滩上,在迅疾的雨水中眯着眼看——皮玛的棚屋不见了,但她和她母亲的身影还在,她们正在风暴中挣扎着拖拽缆绳,绳子另一头连着一个模糊的影子。

皮玛的妈妈是重工。内勒以前一直觉得她身材高大、体格健壮,但如今在风暴中,他觉得她和斯洛特一样瘦小。大雨短暂地停下了。塞德娜和皮玛用缆绳将一艘小艇捆紧,将它系在一截树干上。可那棵树被风吹折了,枝杈劈头盖脸地压下来。等到了跟前,他才看到皮玛脸上多了一道伤口,血从她的额头上流下来,但她还在和她的母亲一同拉着缆绳。

"内勒!"皮玛的母亲向他挥手,"快来帮皮玛捆住那边!"

她扔给他一条缆绳。他把绳子在他好使的那条胳膊上缠了几圈,然后开始用力拉。他们俩肩并肩捆住了小艇的一端,然后皮玛飞快地打了个结。绳结刚打好,皮玛的母亲就向他打手势并大喊:"起来,去树林子里!高点儿的地方有一块凹进去的岩石!我们可以躲在那儿!"

内勒摇头道:"我爸!"他朝他住的那间棚屋挥了挥手。棚屋竟然还没有被刮倒,这简直是个奇迹。"他怎么都醒不过来!"

透过黑漆漆的雨幕,皮玛的母亲望向棚屋。她抿紧了嘴唇。

"见鬼。好吧。"她朝皮玛挥挥手,"你带他上去。"

塞德娜转身投入风中,沿着海滩向棚屋跑去,四周环绕着一道道闪电,这是内勒最后看到的一幕。接着皮玛就拽着他穿过鞭子般抽打着他们的枝丫和呼啸的狂风,跌跌撞撞地躲进了树林里。

他们拼命地往上跑,竭尽全力逃出潮水漫延的地方。内勒再次回头望向海滩,什么都没看到。皮玛的母亲不见了踪影,他父亲的棚屋不见了踪影。什么都没了。海滩被潮水冲了个干干净净。海面上却着了火——不知怎的,尽管风急浪高,漂浮的石油却燃了起来,烧成一片。

"快点儿!"皮玛拉着他继续向前跑,"还有很长一段路呢!"

他们逃入丛林腹地,踉踉跄跄地穿过泥沼,跨过粗大的柏树树根。他们脚下是一道道湍流,它们沿着伐木者踩出的林间小径奔流,汇成一条条泥河。最后,他们终于到了皮玛要找的目的地。那是一处小小的石灰岩洞穴,刚好够他们二人藏身。他们缩在洞里。大雨如注,在洞口形成一道水帘,不一会儿,他们脚下就出现了一片齐踝深的冷水泡儿。但至少这里能让他们避风。

内勒盯着外面,心想,这绝对是毁屋摧城的那种风暴。

"皮玛,"他开口道,"我……"

"嘘。"她把他往洞里拉了拉。"她不会有事的。她很厉害,比风暴还厉害。"

一棵树飞过,就好像是孩子扔出去的一根牙签。内勒咬住嘴唇。他希望皮玛是对的。他为了父亲向她们求助真是蠢透了。像他父亲那样的人,一百个也抵不上皮玛的母亲。

他们在瑟瑟发抖中等待着。皮玛把他拉到身边,二人抱在一起,相互取暖,等待着大自然的怒火平息。

# 第七章
## 乌云散尽

风暴肆虐了两夜,将所有没固定好的东西撕成了碎片,让海岸线变得面目全非。望着洞穴外面的凄风苦雨,皮玛和内勒被冻得嘴唇青紫,身上起了一层鸡皮疙瘩。他们抱在一起,终于熬了过来。

第三天早晨,天空放晴了。内勒和皮玛拖着僵硬的四肢,和三三两两的其他幸存者一道,跟跟跄跄地朝海滩走去。

走出树林,内勒立时停下了脚步,目瞪口呆。

海滩一片空旷,丝毫人类居住过的痕迹都没有。在湛蓝的海面上,油轮的影子仍然若隐若现,好似被随意丢在四处的儿童玩具。除此之外,再无其他。煤烟不见了,海中的石油也难觅踪影。在热带清晨的阳光下,一切都熠熠生辉。

"真蓝啊,"皮玛喃喃道,"我从来没见过这么蓝的海。"

内勒惊讶得说不出话来。他这辈子还从未见过这么干净的海滩。

"你们还活着?"

月亮女孩笑嘻嘻地向他们走来。虽然她身上裹着不知道从哪个避难所蹭的一层泥巴，但不管怎么样，她还活着。在她身后，佩利和他的父母也朝海边走来，脸上都带着震惊的表情，似乎正在艰难地接受风暴带来的变化。

"我们都没事。"皮玛搜寻着海滩，"你看见我妈了吗？"

月亮女孩摇摇头，她的饰环在阳光中亮闪闪的。"她可能在那边。"说着她朝火车站那一带指了指。"幸运星正在给人们发吃的。大家开工以前都可以从他那儿领到食物。"

"他有食物储备？"

"满满好几车呢。"

皮玛拽了拽内勒："走吧。"

一群人正围着回收废品运输火车，他们都在等着幸运星发放补给。皮玛和内勒扫视着这些面孔，却始终没看到塞德娜。

幸运星大笑着说："别担心！食物充足，人人有份！劳森-卡尔森公司的人从米思梅回来之前，大家谁都不用挨饿。见风暴来了，废品收购客商都去别处避难了，但我幸运星会照顾你们每个人的。"

幸运星咧嘴笑着，长长的黑色脏辫儿扎在脑后。内勒知道，他这样是在安抚大家的情绪，以免人们为了抢吃的而爆发骚乱。如果说大家还愿意听谁的话，那就是幸运星了。

自从赚了第一桶金，不用再做重工，幸运星便逐渐掌握了真正的权力。现在，他从事各种商品的走私——从抗生素到违禁品，他都能弄上金沙海滩。他和很多公司老板都有贸易往来，而且凡是看上的生意他都做——除了赌场、钉娘馆，他还经营着十余种别的生意,赚了好多钱。他把钱换成金疙瘩系在脏辫儿末端,闪闪发亮,耳朵上还戴了金耳环,可以说是富得流油了。

"保持秩序!"幸运星高喊,"保持住秩序!"他面带微笑,看上去很自信,但其实他雇了一排保镖站在身后,为他撑场面。内勒扫了一眼那排保镖,认出其中几个人是他父亲的朋友。看来,幸运星从恶棍里挑选了几个最厉害的来保护他的安全。就连半兽人也在场。半兽人魁梧的身材和巨大的肌肉块让其他保镖相形见绌。他露出獠牙,像恶犬一样咆哮着。饥饿的人们被此情此景震慑住了,纷纷后退。

皮玛顺着内勒的视线看过去。"它和我妈妈在同一个重工队伍里工作,是负责拉铁的。据说它拉的重量是一般人拉的四倍。"

"它怎么会在那儿?"

"大概是觉得给幸运星当保镖比当重工挣的钱多吧。"

半兽人再次露出獠牙,低吼着发出警告。逐渐靠近火车的人群再次向后退去。

幸运星大笑,"不错,你们还知道听我的狗保镖的话。对,就这样,大家都往后退一退。不然我的朋友图尔就会给你们好好上一堂礼仪课。我说到做到。大伙儿给我们让出点儿空间来。如果图尔不喜欢谁,他就会把谁生吞活剥了。"

人群发出一阵不满的抱怨,但是在图尔凶狠的目光下,他们很快就让出了空间。

"皮玛!"

听到声音，内勒和皮玛一起转过身。向他们跑来的是塞德娜，和她在一起的还有内勒的父亲。塞德娜飞奔过来抱住皮玛。

内勒的父亲跟在她身后一步远的地方。他歪了歪头，说："据说是你救了我的命，幸运男孩。"

内勒小心翼翼地点点头："算是吧。"

他的父亲突然大笑起来，伸手抓住他。"嘿，你小子！你就不想拥抱一下你老爸吗？"这个动作扯到了内勒肩膀上的伤口，把他疼得龇牙咧嘴；但面对父亲的拥抱，他并没有躲。他父亲说："我在该死的风暴里醒过来，完全不知道发生了什么，差点儿把塞德娜弄死，幸好她后来跟我解释明白了。"

内勒抱歉地瞟了皮玛的母亲一眼，塞德娜只是耸耸肩，说："我们现在没事儿了。"

"是啊。"他父亲笑呵呵地摸着下巴说，"她抡起拳头来跟抡大锤似的。"

有那么一瞬间，内勒还担心父亲会记恨在心，但这次他父亲似乎相当清醒。此时他的体内和风暴肆虐过的海滩一样，干干净净。现在他已经伸长脖子去看食物分发的情况了。

"图尔也在那儿呢！"他大笑着拍了拍内勒的肩膀，"要是幸运星肯雇那条狗，他肯定也愿意雇我。咱们今晚能吃顿好的了。"他走进人群，朝着幸运星的保镖队伍挤过去，都没有回头看塞德娜、内勒或皮玛一眼。

内勒长呼一口气。看来他是真没记仇。

海滩上的食物都集中运送到这里，拆船工们也络绎不绝地赶来。有传言说，风暴的中心并没有从此处经过，而是擦边过境后往东边去了，咆哮着沿奥尔良路刮过已成废墟的旧城，然后向北部腹地推进，一直席卷了堆满船只残骸的奥尔良二号城。据说那里被风暴搅了个天翻地覆。

也就是说，住在金沙海滩的他们非常幸运，躲过了被夷为平地的劫难。

可就算风暴只是擦肩而过，金沙海滩也蒙受了巨大的损失。他们发现到处都是尸体，有的挂在丛林的葛藤上，有的卡在高高的树杈上，还有的被浪头卷进了大海。为了让此地免于瘟疫，幸运星开始组织各拾荒队伍处理尸体，根据习俗或火化，或土葬。死亡名单越来越长。

巴皮依然失踪。他要么是被暴风撕成了碎片，要么是被卷进浪里淹死了，反正人不见了。至于斯洛特，没人知道她是死是活。嘀嗒和他全家人也被找到了，虽然他们从外表看都没有受伤，但还是死了。

和劳森-卡尔森公司签约的所有废品收购客商都去内陆躲风暴了。如今，既没有像通用那样的公司买废料回去制造加工，也没有像帕特尔全球运输公司那样的买家收购废品转销到海外，拆船场就停工了。原来负责称重、采购废品上剩余的原材料的会计师、化验员和公司保安也都纷纷离开了。既然没人来买产品，闲下来的拆船工们就开始修葺棚屋，到雨林中拾荒，去海里钓鱼以补充食物。总之，趁着一切还没走上正轨，大家都各忙各的。

皮玛和内勒也一起去找吃的，收集了一些树上刚刚掉下来还没滚进水坑或被海浪卷走的青色椰子。远处，一座几乎被海水淹没的小岛露出一岬。

"那儿有螃蟹。"皮玛说。

"是吗？我们要去那么远的地方吗？"

皮玛耸耸肩，"去没人跟我们抢的地方找吃的才好呢，不是吗？"她指着那些沉默的船说，"反正走远了又没人想我们。"

他们带上一个麻布口袋和一只水桶便出发了，一路穿过沙滩，沿着海岬登上了小岛。四周的海面犹如闪闪发亮的镜子。排排碎浪翻卷着冲上海岸，洁白得犹如孩童的牙齿。太阳下面，船只残骸投下黑魆魆的影子，好似一座座纪念碑，纪念着这个分崩离析的世界。

海平线上，一艘扬起风帆的快速帆船驶过。内勒停下手头的食物采集工作，视线追随着它掠过湛蓝的水域。那么近，又那么远。

"你就准备站在原地做白日梦吗？"皮玛问。

"抱歉。"内勒弯下腰，把手伸进潮水留下的又一片水洼里。虽然因为这个动作疼得一哆嗦，他还是感觉身体比以前好多了。尽管胳膊还是用绷带吊着，肩膀依然传来阵阵恼人的刺痛，但好歹他身上的淤青都消散了。他们继续沿着海岬低头搜寻螃蟹。透过清澈的海水，他们可以看到一些地方还有残留的水泥地基，这代表该地曾经有房屋。

"看看啊，"皮玛指着一个地方说，"这以前肯定是座大宅子。"

"要是这些人真有钱的话，"内勒不解地问，"那为什么要选注定被淹没的地方盖房子呢？"

"我知道才怪。可能有钱人里也有蠢货吧。"皮玛指着海湾深处说，"不过，谁都没有造尖牙城的那些人蠢。"

尖牙城上方的水域十分宁静。一阵轻风吹过，水面泛起的涟漪向他们荡来。几根黑色的柱子和几处建筑露出水面，其下是砖石与钢筋建起的高楼大厦。这些残破的楼宇就这样静悄悄地伏在水下。建尖牙城的人们没想到海平面会上升这么多。如今，只有落潮的时候，大家才能一睹部分建筑的真面目。其余的时间里，整座城市的废墟都只能待在海底。

"你就从没想过这底下有没有什么宝贝？"内勒问。

"没想过。即便有，容易弄到手的宝贝也早被别人捡走了。"

"那倒是，不过肯定还有可以回收的钢铁废料，还有人们弃城而逃的时候还不太稀缺的东西。"

"咱们有那么多船可以拆，谁还会费劲来这儿找锈蚀的钢铁啊。"

"是啊，你说得对。"可是，想到海浪下埋藏着不知什么宝藏，内勒就心烦意乱。

他们围着富人区的废墟边缘涉水而行，绕过海岬，向岛上冒尖的丛林地带走去。最后他们要经过的是一片宽阔平坦的沙原，那儿也是仅在退潮的时候才看得见，但是更好走些。

他们登上小岛，穿过树林、葛藤与灌木，向高处爬去。

尽管内勒的一侧肩膀仍不方便，但他们行进的速度还是很快。最后他们终于来到了小岛的顶端。广阔湛蓝的海洋一览无余。此时此刻，他们离海岸如此远，就好像站在大海的中央一样。风从海上吹来，内勒觉得自己仿佛身在一艘远洋航船上，正向海天交接处疾驰。他极目远眺，望向世界的另一端。

"愿你在此。"皮玛喃喃道。

"是啊。"

这是他距离深海最近的一次。若是再多想片刻，他便觉得心里难受——有些人就是生来幸运，可以乘着快速帆船到处航行。

可有些人，就像他和皮玛一样，生来就得待在海滩上。

内勒将目光从天边收回来，转而望向海湾。在深水区，他能看到尖牙城起伏的影子。有的船只不熟悉本地海滨情况，就会在尖牙城遗址搁浅。他就亲眼见过一艘渔船被水下丛立的高楼困住了，无法脱身，最后撞上几根柱子，沉入了海底。也有拆船工在此潜入水下寻宝。随着潮水涨落，这片水域的情况也不断变化；有的时候，尖牙城还真会咬人呢。

"快来，"皮玛说，"咱们可别被潮水困在这儿。"

内勒跟着皮玛往下走去，在她的帮助下穿过那些难行的地段。

"你爸还喝酒吗？"皮玛突如其来地问道。

内勒的思绪回到当天早晨，他父亲心情大好，目光炯炯，笑声爽朗，似乎已经准备好了开始一天的工作——不过就是身子有点儿发抖。

"他应该会好上一阵……"

"我不懂你为什么要救他。"皮玛说,"他老是打你。"

内勒耸耸肩。岛上的灌木丛出奇地茂密,他不得不伸手将草丛拨拉到两边,穿过的时候才不会被它们划到脸。"他以前不那样。从前的他和现在完全不同,那时候他没这样,我妈妈也还在世。"

"以前他也没多好,现在更糟糕了。"

内勒苦笑了一下。"是啊……"他耸耸肩,心中五味杂陈,"要不是因为他,我可能都没法从储油池里逃出来。是他教会我游泳的。就冲这个,你不觉得我欠他一条命吗?"

"他一天暴打你好几次,所以就算你欠他的也早还清了。"皮玛做了个鬼脸,"要是你再任由他欺负,早晚有一天会被打死。"

内勒没说话。要是认真思考这个问题,他也搞不明白自己为什么要救父亲。肯定不是因为理查德·洛佩斯的存在能让他的日子好过起来,事实恰恰相反。也许是因为人们都说亲人很重要。佩利这样说过,皮玛的妈妈也说过这话。人人都这么说。不管理查德·洛佩斯怎么样,他都是内勒仅存于世的亲人,虽然内勒忍不住想和塞德娜、皮玛而不是理查德·洛佩斯一起生活。他忍不住想象,如果自己不是有时躲去皮玛家,而是始终跟皮玛母女住在一起是什么样;如果不用过一两天就回到父亲的棚屋是什么样;如果能和关心爱护自己的人生活在一起是什么样。

他们走出灌木丛,穿过落潮形成的星罗棋布的水洼,绕过小岛顶端犬牙交错的山岩,面前出现了伸出水面的一截截花岗岩。它们形成了一道防浪堤似的屏障,保护小岛不受到风暴的侵袭。皮玛开始捕捞被风暴吓蒙了的黄花鱼和鲷鱼,把它们统统扔进水桶里。"这儿的鱼可真不少,比我料想的还多。"

内勒没有说话。他的目光越过那些花岗岩,落在了岩石之间一个白花花的东西上,那玩意儿像镜子一样,反射出耀眼的光芒。

"哎,皮玛。"他拍了一下她的肩膀,"看那儿。"

皮玛直起腰。"什么东西?"

"那是一艘快速帆船,对吧?"他咽了一口唾沫,向前走了一步,然后停下来。那是海市蜃楼吗?他等待着眼前的画面消失,可白色的船身、被风鼓动的船帆依然存在。"是。一定是。那就是一艘帆船。"

皮玛在他身后大笑。"不是,你错了,内勒,那根本不是快速帆船,"她突然蹿到他前面,向那艘船冲过去,"那是宝藏!"

她的笑声随风飘到他耳畔,惹得他也想笑。内勒甩甩头,从如梦似醒的状态中挣脱出来,跟在她身后飞奔起来。他跑过沙滩,情不自禁地发出欢乐的呐喊。

前方,搁浅船只的船体如海鸥的羽毛般洁白,在阳光下闪闪发光,令人怦然心动。

# 第八章
## 幸运女孩

帆船一侧着地，泡在水中，船体多有破损，船底断裂。虽然彻底没法用了，但它依然不失美感，与他们每天拆的那些破铜烂铁全然不同。

船很大，可载人，也可载货，应该是在极地航线上跑速运的，绕过世界的顶端，驶向俄罗斯和日本。或许它的使命是横跨艰险的大西洋，抵达非洲和欧洲。它的水翼收起来了，但透过残破的碳纤维船体，内勒能看到它的内部结构：水翼的叶片、复杂的液压装置和精密电子设备由巨大的齿轮连接着。

船的甲板向他们这边倾斜着，上面装有一台巴克尔大炮和为帆伞配备的高速卷线筒。有一次，巴皮心情不错，他告诉内勒这种大炮可以把帆船送到几千英尺的高空去，帆船被高空疾风猛地向上一拉，展开水翼，然后就能以超过五十节的速度飞驰了。

内勒和皮玛停下脚步，端详着眼前半隐半现的帆船残骸。"命运女神啊，这船真是太漂亮了。"皮玛深吸一口气。

虽然它已经搁浅，残破不堪，但依然像只威严的雄鹰，野性而优雅的轮廓线显露出它与生俱来的美。这艘帆船好似海上捕猎者，光滑的外形无处不符合空气动力学设计，每个角都是精心打造的，只为将摩擦力减到最小。内勒的视线扫过这艘破损快速帆船的上层甲板、浮筒、稳定装置和固定翼船帆残骸，它们无一例外，都是白色的，在太阳下几乎白得耀眼。任何角落都没有哪怕一丁点儿煤灰或锈渍，也没有漏出哪怕一滴油，只是船体破了。

拆船场上的老油轮和旧货船根本没法和它相提并论，前者不过是些锈迹斑斑的庞然大物，没有宝贵的油做动力，它们就是一堆废铁。如今，它们就像翻倒在地的巨怪，身上的污垢和毒质逐渐溶解在水中。这些船都是加速时代的产物，从诞生之初就散发着臭气，带着有毒害的因子；即便是报废之后，也依然破坏着这个世界。

快速帆船则是全然不同的另一个物种，是天使打造的珍奇。船首有这艘船的名字，但他们俩都不识字，皮玛只认出了下面的一个词。

"这船是从波士顿来的。"她说。

"你怎么知道的？"内勒问。

"我有一次在一条波士顿货船上做轻工，那上面有个词和这艘船上的一模一样。拆船的时候，我曾在那破船的每扇门上都见过这个词。"

"我怎么不记得了。"

"那是你加入我们队伍之前的事。"她停顿了一下，"第一个字母是'B'，后面是个'S'——长得跟蛇一样的字母——反正是一样的。"

"真想知道这船发生了什么。"

"肯定是那场风暴让它搁浅了呗。"

"按说他们应该避过风暴的啊，因为这些船上都配有卫星对讲机。卫星就好像云层上的大眼睛，什么都能看到，所以他们应该永远都不会出事故。"

现在轮到皮玛问内勒了："你怎么知道的？"

"你还记得老迈尔斯吗？"

"他不是死了吗？"

"是的，死于肺部感染。他以前就在一艘快速帆船上的厨房里打工，不过后来被开除了。他知道关于快速帆船的各种事儿。他还告诉我这船体是用一种特殊的纤维做成的，所以船才能像油花儿一样漂在水上，而且船上还用计算机系统来保持船身平衡、计算水速和风速。我记得清清楚楚，他跟我讲他们可以与气象卫星通信，就像劳森-卡尔森公司在风暴来临时做的那样。"

"也许他们以为自己可以赶在风暴到来之前驶出这片水域。"皮玛猜测。

二人都注视着船的残骸。"这里面可回收的东西可不少。"内勒说。

"是啊。"皮玛顿了顿，"你还记得几天前的晚上我说的话吗？人得同时拥有幸运和聪明。"

"记得。"

"你觉得我们可以把这个秘密藏多久?"她朝海滩和拆船场的方向歪歪头,"我是说不让他们知道。"

"也许一两天吧,"内勒琢磨着,"如果我们走运的话。然后就会有人过来了。就算别的海滩耗子没发现,渔船或者商船也会发现它的。"

皮玛抿紧嘴唇。"我们得独占这个宝藏。"

"机会不大。"内勒打量着搁浅的帆船,"我们可没法儿独占。海上巡逻队可能正在找这艘船呢。那些公司雇的暴徒。劳森-卡尔森公司肯定也想分一杯羹,如果全面打捞……"

"打捞财物不难,咱们自己来就行。"皮玛插嘴说,"你好好看看,这船就停在咱们眼前,又不会跑。"

内勒固执地摇摇头,"我还是觉得咱们没法完全独占。"

"我妈,"皮玛建议道,"可以叫我妈帮忙。"

"她是重工。要是重工队伍里不见了她,人们一定会注意到的。"内勒扭头望望海滩,"如果我们明天不回轻工队伍,人们也会想我们去哪儿了。"他揉了揉疼痛的肩膀。"我们需要雇保镖,但是一旦他们知道了这艘船的存在,他们肯定会把它据为己有的。"

皮玛咬着嘴唇,想了一会儿。"我都不知道该怎么正式登记拆船项目。"

"听我说,没人会让我们正式登记,然后开展拆除回收工作的。"

"幸运星呢?他和那些大老板们不是有联系吗?也许他能和咱们合作,帮咱们瞒过劳森-卡尔森公司。"

"和其他人一样,他要是知道了也会从我们手中夺走宝藏的。"

"他现在正忙着分发食物,"皮玛指出,"除了他没人做这件事。而且他还承诺,恢复工作之后,无论是谁,只要能找到两个朋友做担保,证明自己有工作技能,都可以给他打工,还能得到预付工资。"

"我们对他来说一文不值。咱们那点儿技能他也用不上。分发食物完全是另一回事……"内勒沮丧地看着破损的帆船。这么大的宝藏,要是他们能把它锁起来独享就好了。"说了半天都是废话。咱们成天就知道钻进管道里收集铜线,还不知道船上都有些什么呢。咱们还是上船看看有什么宝贝吧。"

"是啊。"皮玛点点头,"你说得对。也许有又贵重又轻巧的宝贝,也容易藏。看看再说。"

"对了,没准儿咱们跟上面汇报之后还能得到报酬呢。"

"报酬?"

内勒耸耸肩:"我有一次在陈记汤面馆的收音机里听到的,帮助人之后可以得到赏金。"

"那你干吗不说'赏金'。"

内勒做了个怪相。"因为收音机里用的是'报酬'这个词。"他啐了一口,"走吧,我们上去看看。"

他们翻过最后几块岩石,靠近帆船。现在是落潮期,船体周围的水只有及踝深。有几尾鱼被困在水洼里,还有几尾鱼和一绺绺海草躺在沙地上,散发出腐烂的腥臭味。他们靠近后抬头看,这船就更大了。虽然与加速时代造出来的那些锈蚀的巨轮不一样，但对他们来说这依然是庞然大物。皮玛攀上快速帆船破损的外缘，溜了进去。因为在拆船队里工作多年，她不仅手快，而且动作灵巧。

因为船是侧着地，所以爬进船内的走廊和钻管道有点儿像。二者本该是截然不同的体验，却有着意料之外的相似。内勒扫了一眼船上的情形，几件金属物品泛着微光，甲板上散落着几件衣服，还有各种各样的垃圾，此外空气中还弥漫着烂鱼的腥臭味。

"都是华而不实的东西。"他说着用一根指头挑起一件貌似用丝绸做的长袍，"看看这件衣服呀。"

皮玛一脸不屑地说："谁会要这种衣服？"她爬出下层通道，来到上层的甲板上，摸索着找到一个舱口。不一会儿，她的喊声响起："我找到厨房了！"然后吹了声口哨："快来看看这个！"

内勒慌忙向她赶过去。厨房天翻地覆，一片狼藉，只有食品柜固定在原位，里面的米面都装在密封好的容器里。皮玛拉开橱柜抽屉的插销，几个瓶子掉出来，摔得粉碎，瓶子里的香料像下雨一样撒得到处都是。她皱皱鼻子，咳嗽起来。

内勒打了个喷嚏："悠着点儿，姐们儿。"

"抱歉。"她又咳嗽了一声，然后打开一扇柜门，这回掉出来的是肉，已经因为高温腐坏了。这些松软的牛排比他们在海滩上能搞到的任何食物都高级。一股酸臭味儿扑向他们，二人赶紧用双手掩住口鼻，浅浅地呼吸。

"我想之前这个柜子是可以制冷的，现在没电了。"内勒说,"只有用冷柜才能放住这些肉。"

"妈的,他们可真会享受啊!"

"是啊,怪不得老迈尔斯被赶下船时那么伤心。"

"他犯了什么事儿?"

"他说是因为有一次他喝醉了,我觉得他可能是在船上卖了什么不该卖的。"

皮玛把头探进柜子里,想看看是否有什么值得拿的,结果却干呕着把头抽了出来。腐肉的臭味儿太强烈了。于是,他们继续去搜索船上别的地方。

在一个船舱里,他们发现了第一具尸体,那是一个赤裸着上半身的男人,眼睛还睁着,肚子上破了个大口子,几只螃蟹在里面爬来爬去。皮玛转过身,密闭的船舱中弥漫的死人的气味儿让她干呕不已,呕完了她又继续查看。男人额头上有一道很深的伤口,十分丑陋。他脑袋旁边还有一个浅浅的水洼,扑通一声,里面竟然蹦起一条鱼。很难讲这个男人是因为脑门上那道丑陋的伤口而死,还是被旁边的水洼淹死的,总之他是死了。

"他不会介意我们搜他的身吧。"皮玛嘟囔了一句。

"你要搜他有没有宝贝吗?"内勒问。

"他有口袋,干吗不搜。"

内勒摇摇头:"我可不想碰他。"

"别犯傻了。"皮玛深吸一口气,匍匐着靠近那具死尸。他身上的苍蝇立刻炸开,形成一团嗡嗡叫的云,在热烘烘的船舱里乱飞。皮玛抻了抻那人的裤腿,将手指伸进了他的裤袋。她是故作镇静,但内勒知道她其实慌得很。他们都听过搜刮死人的故事。尸体衣兜里往往有宝贝,但真要直视死人的眼睛还是很可怕的,尤其是想到这个人不久前还在甲板上走动,后来因为风暴丢了性命,这才落到了海岸上两个孩子的手里。

内勒扫视了一周船舱。舱室很大,地板上摔裂的一个相框里有那个男人的照片,他穿着一件袖子上带条纹的白夹克。内勒捡起照片,仔细端详一番,说道:"我觉得他就是船长。"

"什么?"

内勒环视船舱四壁。一侧墙边立着一个带支架的老式望远镜,另一侧墙上贴着几张写满字的纸,还挂着私章和公章。这个男人在照片中面带微笑,肩膀上饰有穗带,身后就是一艘快速帆船。内勒不知道那艘船是否就是他们登上的这艘,但那男人显然很骄傲。内勒的目光从照片上移开,落到那具胀裂的尸体上,感慨地长吁了一口气。

皮玛似乎知道他在想什么,她抬起头说:"都是运气,内勒。人啊,就是看运气和命。"她特意将刚搜到的硬币在他眼前晃了晃。这些足够他们一周的吃食开销了。她不仅捡到了铜币,还得到一沓湿哒哒的红色纸币,是人民币。"今天算我们走运。"

"是啊,"内勒点点头,"明天也许就不走运了。"

这位船长就不走运,内勒和皮玛却因为他的不走运捡了大便宜,想到这个真是奇怪。船长那肿胀的尸体躺在地上,脸涨得青紫，在太阳的灼烤下逐渐腐烂。苍蝇悠闲地围着他的脸飞，尤其是爱聚在他的嘴唇和眼睛、额头的血迹和肚子的伤口上。皮玛走开后，那群苍蝇又落到了他身上。

内勒又打量了一遍这间船舱，陷入了沉思。舱室四壁包着黄铜，里面有各种各样可回收的废品。无疑，这是一艘华丽的船。船长住的舱室就很奢华；另外，尽管这艘船和货船一样大，但它看起来并不像工作用船，因为一切似乎都太考究了，所有的走廊里都装饰着丝绸和地毯，金属件大多是黄铜和红铜的，天花板上还吊着小巧的玻璃灯。他和皮玛穿过一间又一间船舱，参观了起居室、娱乐室、满地碎酒瓶的酒吧、特等房舱，见识了雕花家具，还看到墙上挂着破损的艺术品，几幅油画凌乱地躺在地上，画布都被划破了。

下面的机舱是控制整条船的机械系统所在的舱室，在那里，他们发现了更多尸体。

"半兽人。"皮玛低声说。

一共有三具半兽人的尸体，都已经肿胀了，是溺水而亡。他们野兽般的脸上挂着一副饥渴的表情，长长的舌头从长满獠牙的嘴里伸出来，黄色的狗眼目不转睛地盯着皮玛和内勒，在照进残破舱室的热带阳光下反射出了无生机的光。

"有钱雇用这些半兽人，这帮人肯定富得流油。"

"那个半兽人有点儿像你。"内勒开玩笑说，"你真没卖过卵子？"

皮玛冷笑一声，用胳膊肘捅了捅内勒的肋骨。她没有想过搜他们的身，因为这些基因技术的产物实在太骇人了，她根本就不想靠近他们。

内勒和皮玛开始分头搜索这艘帆船。皮玛在上层甲板又发现了一具半兽人的尸体，它被绑在舵轮上，也是溺死的。死了这么多，内勒心想。这些人竟然不知道避开那场要命的风暴，可真是彻头彻尾的蠢蛋。他推开另一扇门，惊讶地吹了声口哨。

一张桌子倒在墙边，是黑檀木做的，色泽宛如黑夜。地上到处是碎玻璃，还有几只高脚杯……

"皮玛！快过来看！"

皮玛跑过去。房间里到处是银器：银烛台、银餐具、银盘子、银碗……真是一个巨大的宝藏，而且可以随意拿取。

"好多宝贝啊！"皮玛气喘吁吁地说。

"这些钱足够偿还我们所有的债务了，还能自己当老板，甚至把巴皮的轻工名额都买下来。"皮玛说，"赶快拿吧，趁别人还没发现，我们把这里扫荡干净。我们有钱啦，幸运男孩！"她一把搂住内勒，左亲一口，右亲一口，又正对着他的嘴结结实实地亲了一口，然后看着他惊呆的样子哈哈大笑。"啊哈哈，幸运男孩，我们有钱了！我们比幸运星还有钱！"

受她的情绪感染，内勒也开怀大笑起来。他们将银器收集到一起，在身边摞成高高的一堆，然后在碎瓷器、破高脚杯和制作精美的半月形玻璃制品之间继续翻找，收集更多的宝贝。

皮玛去寻找装这些宝贝的容器，带回来一只麻袋。几分钟前，他们还会把这麻袋当宝贝，拿它换取一截铜线，然后美上一整天。而现在,这个麻袋只是用来装真正的宝贝——银器——的容器而已。他们把托盘和刀叉统统装进口袋。那些叉子太小了,放到内勒的手里毫不起眼;不过汤匙很大,可以送给陈氏汤面馆,陈师傅一次要供应一百个人的饮食。

内勒站起身说:"我去看看还有什么,船上没准儿还有很多类似的房间。"

皮玛哼了一声,表示同意。内勒沿着来时的路爬回主通道,然后经过一间起居室,那里到处是从墙上掉下来的油画和摔碎的雕像。即使是一整队轻工也要花几天时间才能收集完这艘船里的所有红铜、黄铜和电线。等他和皮玛把这第一批财宝带回去之后,他们一定得制订一个计划,把剩下的宝贝也弄到手。

幸运和聪明。想做到这一点,他们得同时具备幸运和聪明。

问题是,要处理好这么大的宝藏,需要极其聪明的头脑。

内勒又发现了一个船舱,他把门踹开,发现这是间很奇怪的舱室,里面有很多玩具娃娃和被海水浸透了的玩具熊;还有几辆光可鉴人的木制小火车,是磁悬浮火车的模型;墙上挂着一张破了的油画,上面是一艘快速帆船的俯视图。也许画的就是内勒所在的这艘船。画中帆船甲板上的人全都仰着脸,凝望天空。画家的手法很高明,把画画得跟照片一样。但内勒越看越觉得毛骨悚然,他感觉自己仿佛要跌入画中,落到画中船的甲板上,又仿佛要砸在那群身着华服、用冰冷的眼神仰视自己的人头上。内勒头晕目眩。他将目光从油画上移开，再次打量起船舱。最里面还有一道门。他沿着现在已经成了地板的那面墙爬过去，打开了那扇门。

这是一间卧室，床单被罩散落在各处，还有一张残破的大床。在一片狼藉中，他发现一个死去的漂亮女孩。她那双大大的黑眼睛正直勾勾地盯着内勒。

内勒倒吸一口凉气。

这个女孩被压在她的床和一大堆别的东西下面，身上青一块紫一块的，而且已经死了，可她还是很漂亮。黑色的发丝凌乱地贴在脸上，像一张湿漉漉的网。她那对黑色的眸子圆睁着，身穿一件彩线和银线混织的衬衫，不过衬衫被扯出了几道口子，还被海水浸透了。她很年轻，和皮玛差不多大。她和船长和半兽人截然不同，她戴着一个钻石鼻环，一看就是有钱人家的小姐。

她如果还活着的话，他肯定会嫉妒她的。

他大声朝皮玛喊道："又发现了一具尸体！"

"又是半兽人吗？"皮玛也大声回答。内勒没吭声，他的眼睛已经离不开这死去的女孩了。这时，身后传来窸窸窣窣的动静，皮玛出现了。

她说："真见鬼。"

"很漂亮，是吧？"

皮玛大笑。"没想到你竟然喜欢尸体。"

内勒做出恶心的表情。"想亲近女孩的话，有好多活儿等着我呢，谢谢。"

皮玛乐了，"话是这么说，可你若是去亲这个女孩一口，她一定不会像月亮女孩那样给你一巴掌。不过，看起来她的嘴唇有些冷。亲上一口，她准会拉你到拾荒之神的天平上做客。"

"真恶心。"内勒做了个鬼脸。皮玛经常混迹于重工队伍，因此她的幽默有点儿重口味。

"她身上有金子。"皮玛说。

内勒一直盯着女孩的眼睛，都没有注意到。皮玛说得没错，她那纤细的茶色脖颈上挂着金项链，手指上戴着金戒指。如果这些都是真金的话，那比他们目前为止发现的所有宝贝加起来都值钱。

他和皮玛一起穿过狼藉的房间，来到尸体旁。女孩被埋在倒塌的家具下。这些家具全都没有固定好。这些有钱人似乎以为风暴不敢动他们的家具，以为自己是神仙，不仅能通过仪器和卫星预测风暴，还能控制风暴。

内勒看着伤痕累累的富家女孩，打了个寒战。塞德娜以前给他讲过他们那代人的成长生存史，故事里都是血泪教训，残酷而震撼。自认永远都是轻工工头、得意忘形的巴皮也好，这个生前坐拥一屋子精巧玩具、金银珠宝、锦衣玉食的女孩也罢，人人都要知道，荣耀与死亡都一样，它们总会不期而至。

他们蹲在尸体旁。"还好这儿没有螃蟹。"皮玛嘟囔了一句。她捏起女孩的项链，用力一扯，女孩的头像牵线木偶一样猛地一动，链子断了。金项链从皮玛的手中垂下，在他们面前摇摆着,闪耀出令人迷醉的金光。这么一扯,他们也许就成了除幸运星之外最富有的人。然后他们开始一起从女孩的冰凉的手指上取金戒指。

"该死。"内勒骂道,加大了手劲,"她的手指都僵了。"

"你的那边戒指也卡住了?"皮玛问。

"手指都被海水泡涨了,一个戒指都取不下来。"

皮玛取出小刀。"用这个。"

内勒做了个嫌弃的表情。"你打算把她的手指切下来?"

"跟切鸡头没什么区别,而且她不会像鸡那样咯咯叫着乱扑腾。"皮玛将小刀抵住女孩的手指,"一起来?"

"我切哪儿?"

"关节。"皮玛指挥道,"你切不断骨头的。从关节下手,指头很快就能掉下来。"

内勒耸耸肩,拿出自己的小刀,对准容易脱落的指关节。刀刃切入女孩的皮肉,血涌了出来。

这时,女孩的黑眼睛突然眨了一下。

## 第九章
## 血与锈

"血与锈啊!"内勒惊得瞬间弹开,"这不是尸体!是活人!"

"什么?"皮玛也连忙退到远处。

"她的眼睛动了!我看见了!"内勒的心脏狂跳。他抑制住逃出船舱的冲动。虽然现在女孩一动不动地躺在原地,但他鸡皮疙瘩掉了一地。"我刚割破她的手,她就动了。"

"我可没看见……"皮玛话说一半就住了嘴。

溺死的女孩那双黑漆漆的大眼睛正盯着她呢。她先是看看皮玛,再看看内勒,最后目光又回到了皮玛身上。

"命运女神保佑。"内勒轻声说。他感觉似乎有一只冰冷的手摸上了他的脊梁,害怕得简直要崩溃了。他们的刀子似乎把她的鬼魂召唤进了她的身体。死去女孩的双唇动了动,但没说出一个字,只发出了一串几不可闻的咝咝声。

"太邪乎了。"皮玛嘟囔道。

女孩继续发出声音,那是一串连续的咝咝声,是呻吟,是求助,但声音很低,他们几乎听不出她说的是什么。内勒被她的眼睛和绝望的神情吸引,不顾自己脑子里理智的劝阻,凑上前去。女孩抬起戴满金戒指的手指,抽搐着伸向他。

皮玛跟在他身后。女孩竭力伸手去够他们,但他们始终保持一定距离,不让她碰到。女孩发出了更多的声音,似祷告,似乞求,又似对风暴和大海的恐惧。她打量着这个船舱,圆睁着双眼,似乎被什么只有她才能看见的东西吓到了。最终,她那绝望的求助目光再次落到内勒身上,嘴里依然不断发出声音。内勒靠近一些,努力想听清她说什么。女孩的双手搭在他的胳膊上,虚弱地颤抖着向上挪动,动作轻如蝴蝶振翅。她想去碰他的脸,让他靠近些。内勒俯下身,让女孩的手指抓住他。

她向内勒喃喃细语,嘴唇轻轻蹭着他的耳朵。

她在祈祷,向犍尼萨、佛陀、迦梨、仁慈的玛利亚和基督教的上帝祈祷,也向世上一切神祇祈祷,祈祷命运女神助她走出死亡的阴影。祷词从双唇间流出,仿佛一条绝望的小溪。她身上到处是伤,即将死去,但祈祷的声音稳定平缓。*万福玛利亚,救我脱苦海……*

他直起身子。她的手指从他脸颊上滑落,好似凋零的兰花花瓣。

"她快死了。"皮玛说。

女孩的眼神变得涣散了。她的嘴唇依然在动,但似乎她现在正一点点地失去力量,失去继续祈祷的意愿。外面,海鸥在鸣叫,海浪在咆哮,帆船发出吱嘎声,她的祈祷声就是这些声响的间奏。

她的声音渐渐消失了,身体一动不动。

皮玛和内勒面面相觑。

女孩手指上的金戒指闪闪发亮。

皮玛举起小刀。"命运女神啊！吓死我了。咱们拿了金戒指就赶快离开这儿吧。"

"她还有气儿，你非要这时候把她的手指切下来吗？"

"她一会儿就没气儿了。"皮玛指了指压在她身上的床、储物箱和各种杂物。"反正快死了，割开她的喉咙反而是帮她的忙。"她靠近女孩，捅了捅女孩的手。女孩没有任何反应。"她已经死了。"皮玛再次将小刀抵在女孩的手指上。

女孩突然睁开双眼。

"别。"她发出微弱的声音。

皮玛紧抿双唇，对女孩的哀求置若罔闻。女孩伸出一只手摩挲着皮玛的脸，但皮玛一把将她的手拍掉，然后一刀切下去，鲜血立刻涌了出来。女孩任凭小刀切进她棕色的皮肤，没有把手缩回去，也没有挣扎，只是用那双黑色的眼睛注视着皮玛，默默乞求她停手。

"求你了。"她又说了一句。

内勒起了一身鸡皮疙瘩。"住手吧，皮玛。"

皮玛抬头向他翻了个白眼。"你别跟我发神经了好吗？你难道要救她吗？像小孩儿听的童话故事里一样做她的白衣骑士吗？你是海滩耗子，她是阔小姐。这船是她的，她要是得救了，咱们什么也得不到。"

"事情不一定是这样的。"

"别傻了。只有她不站在船上宣称这一切都是她的，咱们才能把这船宝贝据为己有。看看我们找到的那些银器吧！看看她手上戴的那些金戒指吧！你知道这船就是她的。你很清楚。看看她住的房间吧！"皮玛伸手在屋里比画了一圈。"她可不是女仆，这是肯定的。她是个有钱人。我们救了她就等于失去了一切。"

她看着那女孩说："抱歉，阔小姐。对我们来说，你死了比活着好。"她瞥了内勒一眼，"我可以先把她弄死再接着干，如果这样能让你好受点的话。"说着她的小刀已经移到了女孩细嫩的棕色脖子上。

女孩看向他，眼神中尽是求救的意思，但没有再开口说话，只是定定地看着他。

"别这样。"内勒说，"想像'幸运星'那样脱贫致富，也要取财有道啊……可别跟斯洛特学。"

"这根本就是两码事。斯洛特是我们的工友，她跟你发过血誓，却做出背信弃义的事，跟我怎么对这个阔小姐可不是一回事。"皮玛用小刀轻轻拍了拍那女孩。"她又不是工友。她只是个穿金戴银的富家女。"说着她做了个鬼脸，"如果把她做了，我们就发财了，这辈子再也不用做工了，懂吗？"

女孩手指上的戒指闪闪发亮，内勒的内心在挣扎。这些戒指比他以往见过的所有宝贝都值钱，比绝大多数拆船工打好多年的工挣的钱还要多，可对女孩来说，它们只是饰品而已，就像月亮女孩套在嘴唇上的钢丝一样平常。

皮玛进一步强调："内勒，这可是千载难逢的好机会啊！这时候我们可不能感情用事，不然这辈子都是穷命。"

说到这里,她激动得浑身发抖,晶莹的泪水在眼眶里直打转。"我也不想这么做。"她低头看着那女孩,"我不是要针对她,可眼下这事就是有我们没她,有她没我们。"

"也许我们救了她,她会酬谢我们呢。"他说。

"你我都知道这不可能。"皮玛悲伤地看着他说,"你说的只在童话故事里才可能发生,就好像佩利他妈妈讲的国王爱上女仆的故事一样。我们如果不能变有钱,就只能做重工做到死——这还算幸运的,没准儿我们会沦落到去回收石油,直到双腿溃烂或者你爸爸打烂你的头。除了这些,我们没有别的结局。难道要我把器官卖给收割者吗?还是要我去钉娘馆做皮肉买卖?我们也可以去走私,然后把东西卖给拆船场的工人,直到劳森-卡尔森公司把咱俩逮住绞死。这就是我们的未来。可这个阔小姐呢?她会回去过她的富贵生活。"

皮玛顿了顿,然后说:"或者,我们也可以带着这些金子离开,再也不回来。"

内勒凝视着女孩。要是几天前的话,他肯定早把她杀了。他会看着她那双绝望的眼睛说声"抱歉",然后割断她的脖子,速战速决,尽量减少她的痛苦。虽然他不会像父亲那样故意折磨人,但最后他一定会结果了她,然后从尸体上把金饰统统取下来,一走了之。他也会感到内疚,甚至会在拾荒之神的天平上摆上祭品,祈祷她顺利转世——不管她信仰的宗教里人死后将有怎样的来世。但他肯定会杀死她,然后还觉得自己撞了大运。

内勒脑海中突然浮现出他在那个黑黢黢的、充斥着石油味儿的储油罐里的情形:他脖子以下都浸泡在热烘烘的石油中,他看着高高在上的斯洛特,看着她脸上发出的 LED 发光涂料的光芒。当时,只有说服她,他才能得救。他知道,斯洛特心中有一根操纵杆,只有拉动它,她才会去叫人,他才能获救,所以,他试着去触碰她内心柔软的一隅,想方设法唤起她对除她自己之外的人的关心。

当时他是那么渴望唤起斯洛特的良心。

但他没能找到那根操纵杆。也许所谓的操纵杆根本就不存在。有些人只看得到自己,斯洛特就是。

他父亲也是这样的人。

理查德·洛佩斯可不会迟疑。他会一刀割断这个阔小姐的喉咙,夺走戒指,甩掉上面的血,然后放声大笑。内勒知道,自己一周之前也会这么做。这个女孩不是他的工友,所以他对她没有任何亏欠。但现在,经历了储油罐里那场生死考验之后,他唯一想到的就是当时他是多么渴望斯洛特能够明白,他的命跟她自己的命同样重要。

女孩手指上的金戒指闪闪发亮。

他到底是怎么了?内勒想用拳头捶打墙壁。能不能别这么感情用事?为什么不能狠下心给她一刀然后夺走金戒指?内勒几乎听见了父亲嘲笑他犯蠢的声音。但当内勒看到女孩乞求的眼神时,他才意识到,他也拥有过同样的眼神。

"对不起,皮玛。"他说,"我不能这么做。咱们得救她。"

皮玛顿时泄了气:"你确定?"

"我确定。"

"该死的,"皮玛擦擦眼角的泪花,"我就该一刀捅死她,你以后会感谢我的。"

"别那样。我们都知道那样做不对。"

"不对?那你告诉我怎么做是对的。看看那些金子啊!"

"别割断她的脖子。"

皮玛做了个凶狠的表情,但还是把刀子放下了。"也许她会允许我们拿走银器。"

"是啊,也许吧。"

马上要实现的富贵梦破灭了,他已经在后悔刚才做出的决定了。明天,他和皮玛又将继续拆船工的生活,而这个女孩将活下来,然后离开这里,或许她还会引起金沙海滩上的其他拆船工的注意,把他们都招到这里淘宝。不管结局如何,内勒反正是没福可享了。他曾将运气紧握在手,也是他自己决定把好运扔掉的。

"对不起。"他再次道歉,也不知道自己是在对皮玛还是对自己说,或者是对眨着圆圆的黑眼睛的女孩说。话说回来,如果他真幸运的话,这女孩也许撑不过今晚,所以他要说:"对不起。"

"涨潮了。"皮玛说,"你要想当英雄的话,最好动作快点儿。"

女孩被好几个储物箱和巨大的四柱床压住动弹不得,他们花了将近一个小时才将这些重物从女孩身上移开。女孩没有再说话,只是当他们将一只储物箱移开时,女孩疼得倒吸了一口气。内勒其实担心船上的残骸早已压断了她的肢体,但将浑身颤抖、湿漉漉的她抬出来之后,在微弱的光线下他们才发现,她的身体完好无损,只不过有些皮外伤,所以才血迹斑斑的。她身上的衣服早已被海水浸透,破得不成样子,但她好歹没有丢了性命。

皮玛检查了一下她的身体:"嘿,内勒,她和你一样幸运。"然后她想起来内勒伤了一条胳膊,救援工作只能落到她头上,便摆出一副生无可恋的样子。

"你要是不主动点儿,她是不会献上香吻表示感谢的。"她假笑道。

"闭嘴。"内勒低斥一声,随即注意到,在湿透的衣服下,女孩身材苗条、曲线玲珑;几乎变成布条的衬衫和裙子下,女孩的大腿和脖颈若隐若现。

皮玛大笑,她半背半搀地将女孩弄出船舱,穿过倾斜的走廊,从船体上破的大洞探出身去。女孩很沉,完全无法行走,更谈不上帮忙省力了。皮玛拖动女孩的时候抱怨说,这和搬尸体没什么两样。皮玛和内勒一起才把女孩抬出洞口,慢慢放到船外摇晃的水面上。随后,内勒笨拙地抱住她,将其放入皮玛向上伸着的手臂中,最后二人一起在逐渐上涨的潮水中摇摇晃晃地往回走。

"拿上银器,"皮玛嘟囔说,"至少把麻袋从船上拿下来。就算别人发现这艘船,咱们也不能让他们知道咱们来过。"

于是,内勒又回到船上收集宝贝。当他再次站在船体上那个破洞的边缘时,他看见皮玛独自一人站在海水中,海水漫过了她的大腿。他一度以为皮玛淹死了那个女孩,但接着,他看见女孩就躺在小岛腹地的岩石上。

皮玛咧嘴一笑:"你是不是以为我把她弄死了?"

"没有。"

皮玛自顾自地大笑起来。浪花在她身边绽开,舔舐着她黝黑的双腿,打湿了她的短裤。帆船在连绵的波涛中发出嘎吱声。"涨潮了。"皮玛说,"咱们得抓点儿紧。"

内勒眺望着沐浴在夕阳余晖中的拆船场。"想把她抬到那边海滩上时间不够了。"

"你想让我去叫条船来吗?"皮玛问。

"不。我累了,咱们就在岛上过夜吧,第二天一早再回去。也许到时候我们就想明白该怎么把船上剩下的宝贝也弄到手了。"

皮玛回头瞥了那女孩一眼,后者正衣衫不整地躺在地上瑟瑟发抖。"好吧。她反正在哪儿过夜都一样。"她又扭头指了指帆船,"如果我们今晚留在岛上,那不如现在去看看船上还有什么。船上有吃的,还有很多其他东西。咱们就在岛上扎营,然后明天再把她带到海滩上。"

内勒滑稽地行了个礼:"好主意!"

于是他回到船上的厨房去找吃的,找到了被海水泡过的松饼,被压出一块块黑斑的杧果、香蕉和石榴,这些食物散落在厨房各处。腌牛肉似乎还没变质,而且基本没人动过。另外他还发现了一块腌火腿。他不敢相信船上有这么多肉,不知不觉流下了口水。

他拖着装有战利品的口袋,小心翼翼地爬至船壳裂口处,并将沿途发现的所有物品都装进网兜里。水越来越深，不过一切还好。口袋很沉，拖起来很费劲。内勒将食物放在口袋的最上层，防止被水浸湿。终于，他将这些东西都拖了出来。他发现女孩还在颤抖，于是便再次返回帆船，这时船内已是黑黢黢一片了。他找到几条上好羊毛织成的毯子，虽然被打湿了，但仍能保暖，便将这些毯子与其余的东西带出船来。

他头顶用毯子打成的包袱，被泛着白色泡沫的海浪轻轻推着穿过齐腰的海水，跟跟跄跄地爬上岸，然后把裹着一堆东西的毯子放到地上。他瞟了一眼正在发抖的女孩，"你还没杀了她呢？"

"都跟你说过了我不会杀她的。"皮玛朝发抖的女孩歪了歪头，"你有生火的家伙吗？"

内勒耸耸肩说："没。"

"真是的，内勒！"皮玛故作夸张地说，"你还说要救她，结果连人家需要生火取暖都看不出来。"说完她朝搁浅的帆船走去，在越来越暗的海浪中奋力游了起来。

"顺便看看里面有没有淡水！"内勒在她身后喊。

他抓住那团毯子，拖着它往更高的地方走，想在这片山坡上找到一处平整的地方。最后，他终于在一棵柏树的树根旁边找到了一块不错的平地，于是便开始清理此处的石头和葛藤。

内勒再次返回海岸时，皮玛已经带回了一口袋帆船上的木家具碎片，还有从厨房的垃圾堆里捡到的一罐煤油和一个电火花器。接着，他们分批将食物和燃料运到那块空地上，将女孩也抬了过去。内勒的右肩膀和上背疼痛不已，但幸好今天不必回去工作。仅仅眼下这点活儿他的身体就已经吃不消了。

很快，他们用家具碎片生起了一堆旺旺的篝火。为了方便大家吃，内勒把火腿切成片。皮玛吃完一片又伸过手来要，"这顿吃的真不错，是吧？"内勒说。

"是啊，有钱人的日子真舒坦啊。"

"现在咱们也算是有钱人了。"内勒说着冲身边那堆宝贝比画了一下，"今天晚上咱们的伙食就比幸运星强。"

话一出口，他便知道事实也许果真如此。他面前的篝火跳跃着，将火光投在皮玛和那女孩身上，也照亮了装着食物、银器和各种餐具的麻袋，来自北方的厚重的羊毛毛毯，还有女孩手上的金戒指，它们一闪一闪的，好似噼啪燃烧着的篝火中蹦出的点点火花。他们现在拥有的财富比任何一名拆船工都要多，这一切都来自女孩那艘搁浅的帆船。她拥有的财富实在惊人，不仅有满船的食物和奢侈品，她的脖子、手指和腰间都挂满了黄金和珠宝；同时，她还有内勒这辈子见过最美的面容，连巴皮的杂志上的封面女郎都输她三分。

"她可真是富得流油。"他嘟囔着，"看看她拥有的东西吧，比杂志里的还多。"事实上，他很清楚，杂志照片里的场景都是在拼命模仿这种档次的奢华生活，但其实模仿得十分拙劣，差之千里。"你觉得她会不会有自己的别墅？"内勒问皮玛。

皮玛做了个鬼脸。"那还用说？所有有钱人都有自己的别墅。"

"那你觉得那别墅有她的船大吗?"

皮玛想了一下,"我觉得有。"

内勒咬着嘴唇,脑海中浮现出他住的简陋窝棚。那棚子是由树枝、棕榈叶和从残骸中淘来的板子搭建的,只要风暴一来,它就会像垃圾一样被吹跑。

篝火让他们暖和起来,把衣服也烤干了。有很长一段时间,他们就默默地坐着,看着船上家具的碎片燃烧并发出噼噼啪啪的声音。

"看啊。"皮玛突然说。

之前女孩闭着眼躺了好一会儿,现在又把眼睛开了。她也在盯着篝火看。皮玛和内勒开始打量那女孩,女孩也打量起他们。

"你醒了?"内勒说。

女孩没搭话。她像个孩子一样静静地注视着他们,嘴唇一动不动。她现在不祈祷,也不说话,只是眨巴着双眼盯着他们看,一声不吭。

皮玛凑到她跟前,跪下身问她:"你想喝水吗?渴吗?"

女孩的目光落到她身上,但依然保持沉默。

"你觉得她会不会疯了?"内勒问。

皮玛摇摇头,"我怎么知道。"她拿起一个小银杯,往里面倒了点儿水,然后递到女孩面前,看着她的眼睛说:"你渴不渴啊?想喝水吗?"

女孩略微移动了一下身体,伸手去接水杯。皮玛配合地把杯子递到她嘴边。女孩开始笨拙地小口喝起来。过了一会儿，女孩缓过神来，继续盯着他俩看。皮玛想多喂她一点儿水，女孩却把脸扭到一边，坐起身，用胳膊抱住蜷起的腿。跳动的篝火在她的脸上映照出橘黄色的明亮光芒。皮玛又尝试着把水递给她。这次，女孩一饮而尽，然后还不过瘾似的望着一旁的水壶。

"再给她倒点儿。"内勒说。然后女孩又喝了一杯水，这次她是用颤抖的手接过去自己喝的。她贪婪地大口喝水，也不管有水溢出来沿着下巴淌。

"嘿！"皮玛把杯子抢回去，"悠着点儿！咱们今天晚上只有这点儿水。"

她有些气恼地白了女孩一眼，然后转过身拿起内勒搜集的一袋水果，从里面找出一个橘子，掰成几瓣递给女孩。女孩接过一瓣橘子，贪婪地吞掉，然后又接过一瓣。她用极其渴望的眼神看着皮玛掰橘子。吃了几瓣之后，她又躺下了，仿佛已经精疲力竭。

她虚弱地微笑了一下，喃喃道："谢谢。"然后就闭上眼睛不说话了。

皮玛噘起嘴，站起来拉过毯子给女孩盖上。"这下你真有'活的'女孩可亲近了。"

"看来是的。"面对活下来的女孩，内勒不知道自己是该感到轻松还是沉重。她现在闭着眼，安详地躺在地上，呼吸均匀，看上去已经睡熟了。要是她死了，或者疯了，那接下来的事就好办了。

"希望你知道自己在干什么。"皮玛嘟囔了一句。

# 第十章
## 歃血为盟

说实话,内勒压根儿不知道自己在做什么。慢慢地,他才逐渐清楚自己内心的想法:他仿佛看到了自己会有一个崭新的未来,而他唯一确定的就是,他的未来一定会有这个萍水相逢的阔小姐,这个长着一双黑漆漆、亮晶晶的大眼睛、戴着钻石鼻环、金戒指的阔气女孩。他不要她死,而是要她十根指头一根不少地活着。

皮玛喂女孩吃橘子的时候,他就隔着篝火远远地抱着腿坐在对面,看着她们俩。两个女孩,两种生活。皮玛身材强壮,肌肉结实,黝黑的皮肤上疤痕满布,其中还混杂着轻工的标记和幸运符号的刺青,一头短发,生机勃勃。另一个则是浅得多的棕色皮肤,没经历过阳光的暴晒,蓄着一头飘逸的黑色长发,举手投足温柔优雅,行止有度,脸上和露出的双臂上都毫无被殴打过的迹象,也没有被电线意外划伤或化学品烧伤的疤痕。

两个女孩,两种生活,两种运气。

内勒拽了拽耳朵上戴的大耳环。他和皮玛二人身上有一样的标记,从代表所属队伍的轻工标记,到代表锈圣和命运女神赐福的注墨刺青,全都一样。但是这个女孩身上什么痕迹都没有,没有装饰性的刺青,没有劳工标记,也没有帮派文身。一片空白。他比她矮了一点儿,但他知道,如果有必要,他能轻松地杀掉她。打架的话,他能赢过皮玛。然而眼前这个女孩,她手无缚鸡之力。

"你为什么不杀我?"

内勒吃了一惊。女孩再次睁开双眼,看着坐在篝火另一头的他,瞳孔中跳动着碎家具和破相框燃烧的火苗。"你当时为什么没杀了我?"她轻声问。

她的声音清脆,吐字清楚,显得很有教养,很优雅,和那些下来监督工作并奖励表现良好的工人的老板一样,每个字都说得一板一眼,完完整整,没有突兀的断音。她接过皮玛递过来的最后几瓣橘子,细嚼慢咽,似乎在享受美味。吃完后,她缓缓地坐起身来。

她的目光从内勒移到皮玛身上。"你本可以不管我的。"她用手心擦了擦嘴角,舔掉最后一滴橘子汁。"反正我自己也跑不出来,拿走我的金首饰,你们就发了。所以为什么要救我呢?"

"问幸运男孩,"皮玛不耐烦地说,"又不是我的主意。"

于是,女孩看向内勒:"你叫'幸运男孩'?"

内勒不知道这是一个正经问题还是她在打趣他,只得压抑住不安的情绪回答:"我都发现你搁浅的船了,还不算幸运?"

她撇了撇嘴。"那我应该可以叫'幸运女孩'了，对吧？"说完她又眨眨眼。

皮玛大笑。她蹲在她身边说："没错，当然可以。幸运女孩，你可太幸运了。"随即她贪婪地盯着幸运女孩手上的金戒指。衬着她棕色的皮肤，一枚枚戒指金光闪闪，分外迷人。"可真是太幸运了。"

"那你们为什么不把我的金饰拿走？"她说着抬起被他们割出小口子的那只手，"你们本可以拿我的手指头当护身符的，不是吗？我的金戒指和指骨本来都可以归你们。"

她一改温柔的样子，变得咄咄逼人起来。内勒意识到，她很聪明，尽管身体柔弱，但绝不是傻瓜。内勒不禁有些后悔，让她活下来也许是个错误。涉及切身利益的话，有时候人需要聪明一点儿，但有时候聪明反被聪明误，这个度太难把握了。女孩似乎已经掌握了主动权，开始主动发问了。

幸运星说过，聪明与愚蠢之间只有一步之遥，而且每次说这话的时候都笑得前仰后合。看着篝火对面的这女孩奚落他的样子，内勒突然感觉明白了这句话的意思。

"我觉得我有根手指头应该可以做成特别适合你的护身符。"她对他说，"随身带着它会让你特别走运。"

皮玛又笑了起来。内勒沉下脸。他仿佛看到眼前展开了十几条未来之路，又因为命运之神的意志、他自身的运气……还有这个女孩的因素，每一条都不尽相同。他仿佛能看见命运的道路在他面前分岔，延伸向不同的方向。他就站在分岔路口，挨个儿去看前方的道路，但最多只能看见前方一两步。

他看着这个完美无缺的尊贵小姐那锐利的目光,意识到自己疏忽了一点:他对这个女孩一无所知。他只知道金子,金子可以换来安全感,能让他摆脱拆船的工作,就像幸运星那样。早知道如此,当初就该让皮玛宰了她一走了之。

可要是有别的选择呢?也许这个阔小姐可以换来酬谢,也许她能给他带来其他好处。

"会有工友来找你吗?"他问。

"工友?"

"有人会找你回家吗?"

她始终直视着内勒。"当然有,"她说,"我爸爸会找我的。"

"他有钱吗?"皮玛问,"像你一样有钱吗?"

内勒气呼呼地白了她一眼。幸运女孩的脸上闪过一丝忍俊不禁的表情。"他会给你们酬谢的,如果你问的是这个。"她抬起手指,"而且他给的酬谢可比我手上的戒指值钱。"说着她摘下一枚戒指,扔给皮玛。皮玛惊讶地接住。"比这还值钱,比我船上的所有财物都值钱。"她认真地看着他们,"我的命比金子还值钱。"

内勒与皮玛交换了个眼神。这个女孩对他们简直知根知底,简直像个女巫,能通过几块骨头就洞察他们的灵魂、渴望与贪婪。一想到自己和皮玛在这女孩眼里成了透明人,内勒就感到恼怒,仿佛自己是个头脑简单、一眼就能被看穿的小孩儿,跟混迹于陈氏汤面馆的小屁孩儿似的,巴望着从食客们扔的骨头里挑点儿可以充饥的肉渣。这个女孩能洞悉一切。

"我们怎么知道你没骗人?"皮玛问,"也许你根本没什么好给我们的,也许你就是在吹牛。"

女孩耸耸肩,一副无所谓的样子,玩弄着手指上剩下的几枚戒指。"我有豪宅,有五十个仆人服侍我。只要我按铃,他们就会为我奉上我想要的一切。我有两艘快速帆船和一艘飞艇。我的仆人的制服上都饰以银丝和翡翠,我给他们的奖赏都是黄金和钻石。这些你们也可以拥有……只要你们帮我联系上我的父亲。"

"也许你讲的是真的,"内勒说,"但也许你只有手上戴的那几枚金戒指。那样的话你就没什么价值了,还是死了的好。"

女孩倾身凑近篝火,火光映照在她的脸上,那脸上的神情突然变得冷峻起来。"你敢伤害我的话,等我父亲找到这儿,他会让你和你的同伴人间蒸发,用你们的内脏喂狗。"然后她又坐了回去,"给你两条路:要么帮助我,然后发财;要么一无所有地死去。"

"不管了,"皮玛说,"咱们把她做掉得了。"

听了这话,女孩脸上掠过一丝犹疑。要不是内勒观察得仔细,发现她的眼睛微微睁大了一些,他很可能就错过这一闪而逝的表情了。

"你该小心点儿。"他说,"你孤身一人,没人知道你在哪儿,也没人知道你遭遇了什么。他们很可能以为你早淹死在大海里了,或者被大风刮跑了,被大浪卷走了。要不了多久,人们就压根儿想不起你存在过。"他坏笑着说,"现在你可没法一按铃就把仆人唤过来。"

"你错了。"女孩把毯子像斗篷一样裹在身上,看着月光下的大海和远方的波涛说,"船上的全球定位系统和遇险呼叫系统会告诉他们我的位置。他们找到我只是时间问题。"说到这,她微微一笑。"我的'工友'很快就会来的。"

"但是现在你只有我和皮玛两个人。"内勒说,"而且你也不是我们的工友。"他倾身向前,"幸运女孩你听着,也许你的人真的很厉害,可以把我们臭揍一顿,拉出我们的肠子,切下我们的手指,但是这些都吓不倒我们。"他说出这个外号的时候满是讥讽的语气。接着,他朝身后拆船场的位置比画了一下。"我们的人每天都会死去,每时每刻都有。也许我明天死,也许两天前我就该死了。"他往地上啐了一口。"我的命贱,连一码铜线都不值。"他望着她,"除非你能帮我们离开这个鬼地方,否则你的命还真比不上你手指头上的金戒指值钱,还不如死了带来的好处大。"

这番话说出了内勒的心声。拆船厂如同地狱,而他就生活在地狱里。无论这女孩身份如何,来自何处,肯定比内勒认识的所有人都要过得好。人人都觉得幸运星过的是国王般的生活,但跟这个被宠坏了的阔气女孩相比,根本不值一提。她可有五十个仆人伺候啊,而幸运星能使唤的只有雷蒙德、蓝眼和萨米·胡三个人,他们仨做他的保镖兼打手绰绰有余了。即使是幸运星,在乘专列来视察工作的劳森-卡尔森公司大老板面前也得赔着笑脸。那些大老板检查完工作又会回到富人云集的城市生活。所以说，眼前这个女孩简直来自另一个星球。

以后她会回到那个星球继续生活。

"如果你不想死，"她说，"那就回去的时候带上我们。"

她缓缓地点了点头，"可以。"

"骗人。"皮玛说，"她是在争取时间。她又不是我们的工友。等找她的人一到，她就拍拍屁股走了，我们还得回拆船场做苦工。这还是往好里说。"她回头望望搁浅着一艘艘巨船的海滩，尽管现在那里什么都看不到。

"真的吗？"内勒仔细端详女孩的脸，想看出来她究竟是不是在骗人，"你会甩了我们？把我们扔回拆船场，然后一个人回去过锦衣玉食的日子？"

"我从不撒谎。"女孩说。她没有躲开内勒的审视，眸子中透着黑曜石一样的坚毅。

内勒拔出小刀。"那我们就看看。"

他绕过篝火走向她。她往后缩了缩，但被他一把抓住了手腕；就算她挣扎也没用，因为他力气比她大。内勒把刀举到她眼前。皮玛按住她的肩膀，把她固定住。

"只需要一点儿血，幸运女孩，一点儿血。"她说，"只用一点儿血就能保证你不撒谎，怎么样？"皮玛的力气大，女孩完全无法与之抗衡。

内勒将她的一只手拉近。她一直扭动身子，挣扎个不停，但并不管用。很快，他就把她的手掰开摊平，然后一边把刀刃按向她的手心，一边微笑着对她说："你现在能发誓走的时候带上我们吗？"他直视着她。

女孩急促地喘息着，恐惧，慌乱，目光在刀刃和内勒之间来回移动。"我发誓。"她轻声说，"我发誓。"

他还在盯着她的脸看，寻找着谎言的迹象，看她有没有可能像斯洛特一样背信弃义，在背后捅刀子。然后他瞟了一眼皮玛，后者点点头，表示可以继续了。

"看来她愿意。"

"看来是的。"

内勒划破她的手心，鲜血涌出。女孩的手抖了一下，因为疼痛手指都开始抽搐了。她竟然没尖叫，这一点令他很惊讶。内勒也划破自己的手心，然后握住了她的手。

"我们是工友了，幸运女孩。"他说，"我罩着你，你罩着我。"

皮玛捅了捅女孩。"快说啊。"

幸运女孩虽然有点儿结巴，但还是照他的样子说了那句话："我罩着你，你罩着我。"

内勒点头表示满意："很好。"

他强行把她流血的手掰开摊平，伸出大拇指按在那道伤口上。她疼得倒吸一口凉气。接着，内勒又把他的大拇指按在她的额头上。她往后缩了一下，但他还是在她眉心画下一个血符——一只眼睛，象征着共同的命运。画符的时候，女孩始终闭着眼睛，浑身颤抖。

"现在轮到你给他画了。"皮玛说，"这叫歃血为盟，幸运女孩。我们就讲究这个——歃血为盟。"

幸运女孩照做了,她绷着脸将大拇指按到他的手心里,然后也在他眉心画了一个眼睛。

"很好。"皮玛凑近,"现在轮到我了。"

仪式完了之后,他们走到黑漆漆的海边,快速洗掉手上的血,然后重新回到树林里。被大海环绕的三个人在夜色中慢慢地爬回篝火旁。内勒的肩膀还很脆弱,因为之前的活动红肿起来,所以爬坡很费劲。幸运女孩气喘吁吁地在他前面爬,在安静的树林中弄出极大的响动,衣服也被树枝扯破了。女孩有一双纤细的腿,短裙下的身材也是凹凸有致,惹得内勒目不转睛地盯着她。

皮玛拍了他一下。"干吗呢?用刀子在她手心划了一下,你就以为可以上她了吗?"

内勒有点儿尴尬地咧嘴笑了起来,"她太漂亮了。"

"还算不赖。"皮玛附和道,然后压低声音说,"咱们真能把她当工友吗?你怎么看?"

内勒停下脚步,小心翼翼地活动了一下肩膀,感觉那里的疼痛已经蔓延到了背部。"对斯洛特那样的人来说,工友关系一文不值。除非像你我一样在同一条船上挥汗如雨地工作过,否则'工友'这个词儿没有任何意义。"他耸耸肩,立刻疼得龇牙咧嘴。"但是,这事儿还是值得赌一把,不是吗?"

"你说要离开这里是认真的?"

内勒点点头。"是啊,这才是明智的选择,对吗?真正明智的选择。反正咱们在这儿一无所有,还是得出去闯闯,不然你我就和其他人一样要死在这儿了。就算幸运星也没能躲开那场风暴。巴皮还混到了工头儿的位置呢,最后不也没得善终吗?"

"幸运星的处境可比咱们好多了。"

"那是当然。"内勒啐了一口,"围栏里的猪见到同胞被拉出去宰了做晚餐也会这么说呢。"他耸耸肩,"咱们也是围栏里待宰的猪,只不过还没被轮到。"

# 第十一章
## 濒死之眼

内勒在阳光中醒来,发现还得再有好几个小时潮水才会彻底退去,他们才能返回海滩。要是平常这个时间,他一定正上工呢,脑门上抹着幸运符一样的 LED 发光涂料,钻到管道深处,呼吸掺有灰尘和老鼠屎粉末的空气,在黑暗中大汗淋漓。

穿过岛上茂盛的蕨类植物和矮小的柏树,阳光洒下来,投下斑斑点点的影子。一个声音打断了他的思绪。

"不对,别把所有木头一次都放进去,你得一点点往里放。"

这是皮玛在说话。幸运女孩回了句什么,内勒没听清,不过听起来好像她对皮玛的指手画脚并不感兴趣。

他坐起来,疼得倒吸一口凉气。他的整个肩膀都好像着了火一样,那是一种痛彻骨髓的体验,仿佛正在被强酸烧灼。这一定是因为他昨天干了太多活。上船搜集宝贝,把幸运女孩弄下船,这些都花了他很大力气。现在他的肩膀完蛋了。他小心翼翼地活动了一下胳膊,想放松放松,结果疼痛越发强烈了。

"你醒了?"

他抬头看见幸运女孩正透过一丛蕨类植物看他。白天的她也是那么美,刚刚洗过的浅棕色皮肤干净而光滑,一头长长的黑发甩在背后,打了一个结,彻底露出她那精致的小脸。她冲他嫣然一笑,"皮玛想知道你醒了没有。"

"哦,我醒了。"

"赶快从你的美容觉里醒来吧,内勒,"皮玛的呼唤声传来,"该吃早饭了。"

"什么?"内勒从地上爬起来,拨开蕨类植物,看到女孩们围坐在新生起的一堆篝火旁。远处水中的帆船还在,因为潮水移动了一些位置,但因为周围有不少石头,所以并没有沿着岸边跑多远。看来他的运气还没用光,希望好运继续,把找幸运女孩的人早点带过来。

他举目四望,找他们要吃的早饭,却什么吃的都没看见。"早饭吃什么?"他困惑地问。

"你做什么,我们就吃什么。"皮玛说完和幸运女孩哈哈大笑起来。

"哈哈。"内勒做了个鬼脸,"别闹了,到底吃什么啊?"

"别问我。"皮玛往后一仰,躺在沙滩上,"我只负责生火。"

内勒翻了个白眼。"咱们又没上工,现在你不是我的领导。"

皮玛大笑。"我就猜到了,你现在肯定特别饿。"

内勒摇摇头。他开始翻昨晚从船上拖下来的那袋子食物。"等会儿你们要是从饭里找到鼻涕可别怪我啊。"

皮玛坐起来,"你要是敢往我的食物里吐唾沫,我就往你嘴里吐。"

"是吗?"内勒转过身,"你想试试吗?"

皮玛哈哈大笑。"得了吧,幸运男孩。我们都让你睡了那么久了,你还不赶紧给我们做早饭。"

幸运女孩调解说:"我来帮忙。"

内勒摇摇头说:"不用。皮玛向来不做饭,因为她做饭难吃得要命。这个人啊,四肢发达,头脑简单。"他从麻袋里取出几个水果,然后开始翻找其余的食物。"看我找到了什么。"他拿出一袋粮食。

"这是什么啊?"皮玛坐直身体,来了兴趣。

"小麦。"

"好吃吗?"

"特别好吃,比大米香。"他想了想,然后问幸运女孩,"你们有钱人有糖吗?"

"有,船上呢。"她回答。

"当真?"内勒望向下方的水域。太远了,他不太想下去之后再爬上来。"你能去取点糖和淡水吗?"

幸运女孩点点头,出乎意料地热心,"当然能。"

内勒继续埋头在袋子里翻找食物。幸运女孩则消失在山下。"天啊,我真不敢相信,他们竟然有那么多食物。"

"有钱人每顿饭都是大餐。"皮玛说,"还记得月亮女孩送给我作为幸运礼物的烤鸽子吗？"

"记得，特别好吃。"

内勒朝幸运女孩的方向歪歪头，后者正在往船上爬。"可她未必觉得好吃。"

"这就是你要跟她离开这里的原因？"

内勒耸耸肩。"直到昨天晚上我才第一次认真考虑离开……"他拖着长音，想说明白自己的想法，"你也看见她住的船舱了，对吧？里面有那么多宝贝。那些对她来说都不算什么。再看看她手上戴着那么多金戒指。另外，拿她的钻石鼻环来说吧，那东西不管谁得到了都算是发财了，可人家压根儿就不当回事。"

"是啊，她确实富得流油，可她不是咱们的工友。不管你怎么说她都不是。而且我不信任她。我问过她的家庭情况，想了解她家里都有什么人……"皮玛摇摇头，"结果她神神秘秘的，就是不肯直说，就像每次佩利被问到为什么他觉得自己是黑天大神的样子。她有秘密，别看她长得漂亮就上她的当。"

"唉，她是聪明。"

"不止聪明，简直是狡猾。你记得她手上那些金戒指吧？我今天早晨发现她手上的戒指少了，也不知道被她藏到哪儿去了，总之不见了。别看她嘴里说是咱们的工友什么的，其实她暗地里打着自己的小算盘呢。"

"我们不也一样吗？"

"去你的，内勒。你知道我是什么意思。"

内勒听出了皮玛的言下之意。"我明白你的意思，老大。我们严密监视她的一举一动不就得了。现在我来做饭吧。"他找到一袋红色小干果，取出一个尝了尝，是酸甜的，非常可口。于是，他扔了一个给皮玛。"你知道这是什么吗？"

她尝了尝，"没吃过。"然后伸出手，"再给我点儿。"

内勒咧嘴笑了，"没门儿，我要用来做早餐，你等会儿再吃吧。"

于是，他把那袋干果从大麻袋里拎出来，放在小麦旁边，然后打量着所有食物，心想，有钱人竟然就这样把这些食物随随便便地放在船里。"直到昨天，直到遇见她，我才真正意识到咱们的生活有多糟糕。"他顿了顿，"不过咱们也要想到，她有钱，那还有很多和她一样有钱的人。世界上有的是财富，但这儿没有。和她相比，幸运星只是个笑话。"

"那么你觉得你可以和她生活在一起，然后永远幸福下去？"

"别拿我逗闷子了，就连她的仆人都比幸运星有钱。"

"如果她说的是真话。"

"你知道的，她说的都是实情。而且你还知道，如果我们一直待在这个鬼地方，到最后什么也捞不到。"

皮玛迟疑地问："你觉得我们能不能带上我妈妈呀？"

"原来你在担心这个啊。"内勒微笑道，"我们救了那阔小姐的命，她欠咱们一个大人情，因为本来我们可以把她做掉的。"

"那月亮女孩呢？佩利呢？轻工班组的其他工友呢？"

内勒顿了一下。"幸运星就没有与人分享财富。"他最后指出,"他吃独食。"

"是啊……"皮玛似乎并不太同意,但还没等继续说就被人拨开树叶、踏过藤蔓的动静打断了,是幸运女孩回来了。

"我拿到了!"她气喘吁吁的,脸上带着微笑。

"太好了。"内勒朝皮玛咧嘴一笑,"要是开工的话,她倒是挺适合当轻工的,对吧?"

皮玛没有笑。"她还挺适合去钉娘馆卖肉呢。"说完她就转过身去了。

幸运女孩皱起眉头问:"她怎么了?"

"没事儿。"内勒说,"她这人就这样,一饿了就闹脾气。"

说完他接过幸运女孩带来的水罐,结果肩膀像着了火似的,疼得他直吸气,差点儿把水罐摔了。

皮玛抬眼看他,"你怎么了?"

"我的背,"内勒龇牙咧嘴地说,"疼得跟被蛇咬了似的。"

"这说明你的伤口感染了。"皮玛说着连忙走过来。

"不可能,"他摇摇头,"伤口是清理过的。"

"让我看看。"她把绷带扒下来,顿时呆住了。幸运女孩也看了一眼,倒抽一口冷气。

"你这是怎么搞的?"

内勒扭头去看,但怎么也看不见。"很糟糕吗?"

幸运女孩说:"感染很严重,到处都是脓。"她离近了看,很专业的样子,"让我看看,我学过急救护理,学校教的。"

"真是阔小姐。"内勒嘟囔道,幸运女孩没理他。她用手指按在伤口处,内勒感到一阵火烧火燎,身子不由得一缩。

"你需要抗生素。"她说,"伤口都臭了。"

皮玛摇摇头,"我们这儿没有那玩意儿。"

"那你们病了怎么办?"

内勒虚弱地笑笑,"听天由命呗。"

"你们真是疯子。"幸运女孩继续研究他的伤口。"我的'凤巫号'上应该有药,"她说,"船上配有医务室,那儿应该有青霉素之类的。"

内勒躲开她的手,说:"咱们先吃饭吧。"

"你疯了吗?"幸运女孩看看他,又看看皮玛,"这种情况可等不得,必须现在就着手解决。"

内勒耸耸肩,"早一点儿,晚一点儿,有什么区别?"

"迟了感染就会更严重。"她的表情严肃起来,"然后你就会死。现在看伤口应该是感染了一种超级细菌。咱们必须赶快处理,不然你一定撑不了多久。"

女孩毫无征兆地用大拇指按在内勒的伤口正中心,内勒尖叫着挣脱女孩,紧紧抓住肩膀,不停喘气。太疼了,他觉得自己要晕过去了。

待到疼痛稍缓,他冲女孩大吼:"你干吗啊?"

"我们是工友,内勒。"幸运女孩做了个鬼脸,"你要是死了,就拿不到救我的酬金了,所以咱们赶紧回到我的船上,让我把你治好吧。"

"我们是工友。"皮玛大笑着拍了幸运女孩的肩膀一下,

"阔小姐现在说话有点儿像我们了。"说完还是笑嘻嘻的那副表情,但很快又严肃地瞪着内勒,"她说的有道理。要是有钱搞到青霉素什么的,没准儿你妈妈还活着呢。你难道想跟她一样死掉吗?"

此时的内勒汗流浃背,身上火烧火燎,脖子因为感染都肿起来了。他双眼充血,伤口化脓,不停地打摆子,只好说:"好吧。你要是扮医生的话,就随你吧。"说完他抓起一个橘子,往山下走去。"我不会像她一样死掉的。不会的。"

话虽如此,但下山确实是件麻烦事,他的手臂、肩膀和背部都疼得要死。女孩和皮玛二人一起扶着他慢慢下山,仿佛他是个拄着拐棍的老太太。

离山脚越来越近,幸运女孩那不讨喜的话还在他耳边回响。是啊,人死了,再多酬金也没用。他抑制住自己的恐惧,但惧意还是不断敲打着他的后脑勺。

他曾见过其他人的伤口恶化、腐烂、生蛆,截肢后伤口也持续恶化,最终长满蛆虫。内勒强撑着面子,但内心感到深深的恐惧。他的母亲曾向迦梨女神、圣母玛利亚祈祷,但最后还是死于高烧,死时一群苍蝇在她身上盘旋。内勒有些迷信地想,拾荒之神是否在用这场疾病来平衡他之前的运气,让他在得到报酬前经历一场生死劫难。塞德娜说得没错,从储油罐逃生之后,他真应该向拾荒之神和命运女神供奉更多的祭品,但他没么做,他没有珍惜自己的好运气。

他们终于到了海边。昨夜,大潮使得原本倾斜的帆船几乎立了起来。这样一来爬上船更加困难了。皮玛费了九牛二虎之力才将像头死猪的内勒拖到船上，让他躺在碳纤维甲板上，自己和幸运女孩进入船舱。

她们终于回来了，但都摇着头。

"医务室的药柜都翻倒了，"幸运女孩说，"药都冲进大海里了。在附近的水里也什么都没发现。"她又摇摇头，"现在什么都没了。"

内勒耸耸肩，装出一副无所谓的样子。"等找你的人来了，他们可以给我药。"虽然这么说了，但他心里其实在想自己还能活多久。他现在浑身发抖，就算坐在炎炎烈日之下，他也觉得冷。

"有卫星定位，等不了多久他们就会来，对吗？"

"对，没错。"听起来幸运女孩并不肯定。

皮玛盯着女孩身上的珠宝配饰抬了抬下巴，"你有金子，可以从幸运星那里买到药。"

幸运女孩原本在看内勒，听了这话抬头问道："你说的这个幸运星，他手里有药？"

"当然了。"皮玛说，"他和那些大老板很熟，可以托他们带点儿火车上的药品。"

"不行。"内勒摇摇头，"我们不能让任何人知道这艘帆船的存在，他们会把帆船洗劫一空。"他颤抖着，"我们需要保持低调，直到找幸运女孩的人露面，然后我们才能随心所欲。如果现在就让人知道了，他们肯定会想方设法抢走咱们的宝藏。"

"才不是你们的宝藏。"幸运女孩一针见血，"这艘船叫

## 第十一章 濒死之眼

'风巫号',是我的。"

皮玛摇摇头。"现在已经是条废船了。而你现在还活着,不过是因为内勒比其他人都善良。要是他参加过宗教仪式的话,现在肯定都有'濒死之眼'了。"

内勒摇头,"我才没有什么'濒死之眼'。"

皮玛白了他一眼,"你不觉得现在是为你的好运气付出代价吗?"

"什么是'濒死之眼'?"幸运女孩问。

皮玛吃惊地看着她,"什么?你都不知道'濒死之眼'?"

她摇摇头,"从来没听过。"

"将死之人可以看到未来发生的事。'濒死之眼'就是指他们被命运女神带走之前投向这世界的最后一眼。"

"我还没到有'濒死之眼'的程度。"内勒感觉异常疲倦,他重重地坐在倾斜的甲板上,让阳光照在身上。"要是我清洗一下伤口,没准儿能好点儿。"

"别傻了。"皮玛啐了一口,"除了药没别的能让你好起来。"

内勒把脑袋靠在胳膊上。"还有多久?你的人还有多久能到?"

幸运女孩耸耸肩。"他们会循着定位信息找来的,应该很快吧。"

"你真有那么重要?"

她似乎有点儿难堪,"当然了。"

"找你的都是什么人啊?"他问,"你一直也没告诉我们。"

她犹豫了。

"我们是工友。"皮玛提醒她。

"我姓乔杜里。妮塔·乔杜里。"

他们耸耸肩,"没听说过这个姓氏。"

"那是因为我跟我妈妈姓。"她犹犹豫豫地说,"我父亲姓帕特尔。"说完她等待着二人的反应。

二人愣了一下,然后皮玛开口问:"帕特尔?帕特尔全球运输公司的那个'帕特尔'?"皮玛和内勒交换了一个眼神,他们都被震惊了。"你老爸是大老板?"内勒问。皮玛变得有些激动。她冲到妮塔面前,抓住她摇晃,"你和那些该死的买家是一伙儿的?"

"不是!"

"帕特尔全球运输公司收购这儿的所有废品。"皮玛说,"你们的标志,通用电气、流体设计公司以及郭氏 LG 公司的标志到处可见。我们拼了命地完成任务,就是为了不让你们去孟加拉国或爱尔兰之类的地方找其他进货渠道。为了降低成本,劳森-卡尔森公司甚至不给我们配备过滤面罩。"

"我不清楚这些。"妮塔有些不好意思,"公司的主营业务是从回收材料的卖家那里进行采购。"她顿了顿,"拆船得到的废品可能就是公司采购原材料的一个来源。"她躲开皮玛的怒视,"我从没真正关注过公司这方面的业务。"

"你这个该死的有钱人。"皮玛一副愤慨的模样,"算你走运,被压在卧室家具底下的时候我们还不知道你是谁。"

"放开她吧,皮玛。"内勒感觉身体状况更糟糕了,他不但浑身乏力,还开始觉得恶心。"咱们还有别的麻烦呢。"他指指地平线,"看那里。"

皮玛和妮塔转过身。三个人朝最后一波潮水退去露出来的沙滩望去。从拆船场的方向来了一伙人——八个,也许有十个。

"是来找你的吗?"皮玛问,"也是该死的买家?"

妮塔没理会话里的讥讽,伸长脖子向海上望去。"我看不清。"说着她爬进船舱,取来一个望远镜。她拿它对着远处走来的队伍调节了一下,"我看见这些人身上有好多疤痕和刺青。是你们的人?"

皮玛把望远镜拿了过去。

"是不是啊?"妮塔又问道,"是不是和你们一起拆船的工友啊?"

皮玛摇摇头。"糟了。"她把望远镜递给内勒。

"什么'糟了'?"妮塔问。

内勒用他还听使唤的那只手接过望远镜,放到眼前,望向遥远的海滩。镜筒里掠过白花花的沙地和亮晶晶的水洼,然后他看到了那些疾速向这边移动的身影。他挨个儿看过去,发现了那个领头的人。"血与锈啊!"他低声骂道。

"怎么了?"妮塔又问,"是什么人?"

皮玛叹了口气,"是他爸爸。"

## 第十二章
## 我会回来的

  理查德·洛佩斯动作迅速，正带领一大帮人穿过那片潮水退去的沙滩朝这边靠近。那帮人都是贪婪乖戾的恶棍，负责维护拆船场秩序这种粗活，工作之余便无所事事。他们身上闪闪发亮的是各种回收废料做成的装饰——脖子上的钢制项链，肱二头肌上缠绕着铜丝。此外，他们的身上还有曲里拐弯的劳工文身。每天傍晚，这帮男女干完活便会溜进海滩上的钉娘馆、赌场和鸦片房里过另一种生活。

  内勒通过望远镜观察着这帮人，看到了咧嘴大笑的父亲，顿生恐惧，但还是克制住了。他还认出了其他几个人。其中一个面相阴鸷、身形瘦长的女人，大家都叫她蓝眼，比父亲更让内勒感到害怕；还有一个足足高出其他人一英尺的肌肉野兽，他就是半兽人图尔，内勒最后一次见他时，他还是幸运星身边的保镖；另外有个人叫钢铁侠，是红蟒帮的打手。他们个个来者不善。

  父亲领着这帮人浩浩荡荡地往这边来了。他露出一口参差不齐的黄牙，肩膀上的龙文身随着跑动像涟漪般起伏不定。

## 第十二章 我会回来的

透过望远镜看上去,他是那么高大,让内勒感觉他已经近在咫尺了。

此时内勒发抖不仅仅是因为背部越来越严重的感染了。"咱们得躲起来。"

"你觉得他们会不会已经知道我们在这儿了?"皮玛问。

"最好不是这样。"内勒想站起来,但身体太虚弱,没成功,只能让皮玛搀扶。

"为什么要躲他爸爸?"妮塔问。

皮玛搀他站起来的时候,内勒疼得龇牙咧嘴。要想三两句说明白理查德·洛佩斯是个什么样的人非常难。他爸爸就像风暴一样,你以为你对他有足够的了解,但真的遇上了,他很快就会让你认识到,真实的他比你记忆中的更可怕。"他是个坏人。"内勒喃喃地说。

皮玛把内勒的一条胳膊搭在自己肩膀上,支撑着他,然后开始搀扶他往甲板低处走。"我看见他在角斗场上杀过一个人。"皮玛说,"他把那人打倒在地,然后杀了他,即便当时大家都告诉他是他赢了。他先是把那人打得鲜血淋漓,然后把他的脑袋敲了个稀巴烂。"

内勒感觉脑子像木头一样不好使了。他又望向银光闪闪的水面,看他父亲还有多远。他和他的工友们动作很快。根据时间估计,他们应该是正在兴头上。

"如果他们抓住幸运女孩,那她就是死路一条。"皮玛说,"你爸爸肯定不会留下挡他财路的人的性命。"

内勒看看妮塔,"你的人要是现在就到了该多好。"

妮塔摇摇头,"他们应该没这么快。"说这话的时候她甚至都没往远处张望一下,"我们该怎么做?"

内勒和皮玛交换了一下眼神。"我们离开这儿。"皮玛说,"把船留给他们。这里的宝贝足够吸引他们。也许能一直耗着他们,为我们争取时间偷偷回到海滩上。今天晚上差不多能回去。"

内勒盯着那堆蚂蚁一样的小黑点。"他可能会一直找我,就算咱们回去了也一样。"

"谁知道呢,也许根本不记得他有个儿子。"

内勒记得有一次,他父亲在药物的作用下变得异常愤怒,单挑一个块头是他两倍的男人,很快就结束了战斗,地上只剩下一个破瓶子和一摊血。他吐了口气,说:"哎呀,咱们赶快离开吧。"

"你觉得我们躲得了吗?"妮塔问。

"你最好祈祷我们能成功躲开。"内勒咬紧牙关,挤出这句话。二人搀扶着他跌跌撞撞地下了船。"如果他们逮住我们……"他摇摇头,没有继续说下去。

"可你不是他的亲人吗?"

他脑子里还有什么亲人啊。"皮玛说,"就连内勒都害怕他爸爸的状态。"

妮塔面露尴尬。内勒跟跟跄跄地蹚过一波海浪,仰头看岛上高处的林子。一阵晕眩。他伸出手去扶身边的阔小姐,"帮帮我,我自己爬不上去。"

返回小岛丛林的过程简直是一场噩梦,充满了各种疼痛

## 第十二章 我会回来的

和挣扎,但他们最终还是回到了临时搭建的营地。内勒在地上蜷成一团,大口喘着气,感到头晕目眩。下方两百英尺处,透过树叶的缝隙就能看见白色快速帆船,他们听见了那儿传来的欢呼声:那帮人高兴得大喊大叫,爬进了帆船。内勒试图站起身来,看看下面到底发生了什么,但他感到身体状况越来越糟了,虽然阳光洒在身上,但寒冷还是像潮水一般涌上来,包裹住全身。

"我需要毯子。"他声音微弱。两个女孩用毯子把他包起来,但是他还是觉得有种难以忍受的寒冷席卷而来,仿佛身体里都是冰碴儿。他不受控制地开始打摆子。汗水流进了他的眼睛里。他的牙直打架,迅速发起了烧。

山下,他父亲和他的那帮狐朋狗友迅猛而灵巧地登上帆船,进入了船舱。

"我们完蛋了。"皮玛嘟囔着。

内勒牙齿直打架,几乎说不出话来。他想让皮玛去侦查岛的另一端,以免那头也有人靠近,让他们措手不及,无处躲藏。他还想告诉阔气的妮塔·乔杜里脖子不要伸得太长。虽然下面那帮人不聪明,却狡猾无比,肯定会警惕地四下张望。等他们初见宝藏的兴奋劲儿过了之后,就会设法独占,严防他人觊觎。

他希望大潮到来前能离开小岛。自己竟然以为没人会来,真是太愚蠢了。这么大的帆船,怎么可能不引起注意?就算发现宝藏,留给他们这些弱小的拆船工的时间也不多,因为孔武有力的狮子才能叼走猎物身上最大的一块肉,而且强者往往来得很迅速。他们躲在高处，远远看着那群野兽在帆船里大肆掠夺。他们痛饮厨房里找到的好酒，将银盘扔上甲板，把细瓷器扔到石头上撞得粉碎，还发出阵阵欢呼声；可惜他们不知道，瓷器可能比银器还要值钱。拆船场上工作的人都没什么见识，他们觉得这些东西一码铜线都不值，所以他们有理由毁坏这些东西，也许他们还想着放火烧掉这艘船，让滚滚浓烟染黑天空……

内勒还在颤抖，简直要发疯了。他太疲倦了，得静静躺着休息才行。

"我们得带你回到拆船场。"皮玛小声说。

内勒摇摇头。"不行，他们会抓住幸运女孩的。"

"我才不管呢。她是躲起来还是被抓住我都不管，最重要的是你现在需要药。"

因为上下牙不停打架，内勒几乎一个字都说不出，但是他尽可能摆出严肃的样子，想让皮玛明白他是认真的。"她是工友，你懂吗？和你我一样歃血为盟的工友。"

皮玛将目光移开。内勒知道她在想什么。内勒这个工友和她一起拆船多年，同甘共苦，甚至一起偷东西；有天晚上，内勒被理查德·洛佩斯用皮带抽了一顿，是她帮他敷芦荟的；后来他拼命挤进了轻工队伍，为了达成一个又一个分配下来的任务流血流汗……

而另一个工友，妮塔，跟她只有一天的交情。

"皮玛。"他伸手去够她，"如果你真觉得我现在离死不远了，有'濒死之眼'，那你最好听我一句劝，一定要保护幸运女孩的安全,就算她是可恶的买家也一样。因为我们需要她。"

皮玛没说话。

妮塔蜷缩在他身边,关切地看着他,"他需要医生。"

"用不着告诉我他需要什么。"皮玛恼了,"他需要什么我知道得很清楚。"她透过蕨类植物的枝叶窥视下面的人们。"咱们没法子在不被他们发现的情况下抬着他穿过沙滩。可他们看见我们之后一定会问有什么发现。"说到这儿她摇摇头,"我们被困住了。"

"我可以下去,引开他们。"妮塔提出一个建议。

内勒拼命摇头拒绝。皮玛站在原地,一动不动,冷眼观察她半响,然后又低头看看下面那些男人。"如果你真知道自己在做什么的话,我同意你的建议。"她摇摇头,"可我不能让你这么做。"她说着瞥了内勒一眼,"毕竟你是我们的工友啊。"她这句话说得跟发自真心一样。

"哎呀呀,"一个熟悉的声音传来,"看看我发现了什么?"

内勒的父亲那张被太阳晒得黢黑的脸从葛藤后面冒了出来,满面笑容。"我就觉得刚才看见这边有人影……"他突然惊讶地睁大眼睛,"内勒?"然后他快速地在他们三人之间来回扫视,上下打量,"你们几个小屁孩儿在这儿干什么?抢在我们之前来淘宝?"

最后他的目光落在幸运女孩身上。"这个漂亮的小妞是谁啊?"他细细观察她,大胆而直接,似乎还有点儿着迷;

然后他又咧开嘴笑了,"像你这种温柔可人的妞儿只能是大老板船上的。"他笑眯眯地看向内勒,"还真没看出来你小子还有阔气朋友。"他透着疯狂的蓝眼睛将她从头看到脚,目光始终黏在女孩的身上,"漂亮。"

"她是我们的工友。"内勒用颤抖的声音说。

"是吗?"白光一闪,理查德手中突然多了一把匕首,"那就下来吧,你们仨。让我好好看看你们几个轻工淘到了什么宝贝。"他转身高喊,招呼同伴,"快过来!"

过了一会儿,蓝眼、半兽人图尔和其他人全围拢过来,把他们从营地里赶了出来,领着他们跌跌撞撞地穿过丛林,朝下方的海滩走去。这帮家伙一路上喋喋不休,冲皮玛和妮塔吹口哨,捏她们的脸,打她们耳光。看见皮玛挣扎抵抗,他们笑得更起劲了。

走出丛林后,这帮男男女女便上了船,准备继续搜集财宝。

"你们已经帮我们搜集一些宝贝了?"巨大的半兽人问,然后将轻如无物的妮塔提了起来,将恶犬一般的大脸凑近她,睁大黄眼睛仔细研究她戴的鼻环。

"是颗钻石。"他对众人说。大家都乐了。一根巨大的手指伸出来,摸了一下那颗钻石,"你想把它送给我吗?还是想让我把它从你美丽的小脸儿上扯下来?"

妮塔恐惧地睁大了双眼,连忙伸手把鼻环摘了下来。

"妈的,"理查德说,"看看那一手金子啊。"

半兽人举着妮塔,理查德和蓝眼则将她手指上剩余的金戒指全都撸了下来。妮塔大声喊叫起来,但内勒的父亲用刀抵住她的脖子,她不敢动弹,只得任由蓝眼取下金戒指,在手指上留下一道道戒指印儿。那帮人看着这堆金灿灿的玩意儿,兴奋地直吹口哨。光是一个金戒指就抵得上一年的收入了,更何况有这么多。想到发了财,他们便忘乎所以起来。

内勒蹲在甲板上,看着他们抢走妮塔的财富,身体不停地打战。虽然头顶上阳光照下来,但他还是感到寒冷。而现在,他又感到极端口渴,简直无法控制对水的渴望。但最后的一点儿雨水已经蒸发殆尽,即使帆船里还有水,他也没力气去寻找了。当然,理查德那帮家伙也不会放皮玛和妮塔出去寻找。他们全都盘坐在船上,算计着此行的收获,计划着如何将其据为己有。

"咱们必须得分幸运星一部分。"他父亲最后宣布,"咱们留一半。这样我们不用和他发生冲突,他还可以帮忙把宝贝用火车运走卖掉。"

其余工友纷纷点头。蓝眼瞥了一眼内勒、皮玛和妮塔,说:"那个阔小姐怎么办?"

"那个小妞啊,"他父亲把目光移向妮塔,"甜心儿,你准备阻拦我们吗?"

"不。"妮塔摇摇头,"都是你的。"

内勒的父亲大笑,"也许你现在这么说,过会儿就改主意了。"他走过去,蹲在她旁边,手中的匕首一闪,仿佛要给她开膛破肚,就像他收拾鱼一样。对理查德来说,把这女孩的肠子掏出来甩在甲板上算不得什么,只是为了生计而已,连一点儿私人恩怨都没有。

"我不会碍你事儿的。"妮塔轻声说,恐惧地大睁着眼。

"没错,"内勒的父亲摇摇头,"你是不会碍我的事儿。因为我要把你的内脏掏出来喂鲨鱼,也没人在乎你说行还是不行,那都无所谓。也许只有你那大老板的豪宅里的人才关心你怎么样了吧。"他耸耸肩,"在这儿,你什么都不是。"

听到父亲这番胡言乱语,内勒预见到父亲马上要动手了。内勒熟悉父亲动手的前奏,因为有一次,父亲以眼镜蛇般的速度先在内勒头顶拍了一巴掌,再在肚子上打了一拳。

那把小刀在阳光下闪闪发亮。父亲一把抓过妮塔。内勒想说点儿什么救下她,却说不出一个字来。此时他身上一阵接一阵地发冷。

突然,皮玛不知从哪儿冒了出来,她手上还拿着刀。

内勒想大声提醒她,但父亲已经抢先一步下手了。他一拳打在皮玛身上,皮玛便立刻四仰八叉地倒在甲板上,刀也脱手了,在空中划过一道弧线,消失在另一头。皮玛比大多数轻工都要壮,但在父亲疯狂的击打速度下,她就毫无招架之力了。父亲扭住了皮玛,紧紧掐住她的脖子,让她喘不过气来。父亲的其他工友大叫着跑过来帮忙。图尔第一个冲上来,将皮玛从甲板上高高举起,将她的双手反剪身后。皮玛不停扭动着,试图挣脱,但无济于事。

他父亲的脖子上挂着一圈血珠,好似亮晶晶的红宝石项链。

"该死的,你敢对我动刀。"他龇牙咧嘴地摸了摸伤口,然后把手举到眼前看了看,发现上面沾满了黏糊糊的血。内勒没想到皮玛竟然能伤到父亲,她动作太快了。他父亲仔仔细细地检查了一遍伤处,然后亮给皮玛看。"差一点儿。"他大笑,"你真该去角斗场上练练,甜心儿。"

皮玛拼命挣扎,想要脱身。内勒的父亲走到她跟前,"你差点儿就成功了,臭丫头。"他用沾血的手指掐住皮玛的脸,"就差一点儿。"然后他掏出匕首在她眼前晃了晃。

"现在该轮到我了吧?"

"削死她,"有人轻声说。"给她开膛。"蓝眼在一旁怂恿,"咱们可以拿她的血献祭。"

皮玛被图尔抓着,吓得直哆嗦,但是在理查德拿着匕首在她脸颊上比画的时候,她没有往后缩。内勒猜测,她知道自己死定了,已经豁出去了。他看得出来,她已经准备好了去见命运女神。

"爸!"内勒咳嗽着喊道,"她是塞德娜的女儿。风暴那晚人家还救过你呢。"他父亲迟疑了一下,然后用匕首轻轻划过皮玛的下巴。

"可她刚刚想杀我。"

内勒接着劝说,"那就算你跟塞德娜两清了,一命换一命,谁都不欠谁的了。"

父亲沉下脸,"你以为自己很聪明是吧?对你老爸指手画脚的。自以为是。"边说边让小刀沿着皮玛的乳房滑向肚子,他又看看内勒,"你想告诉我现在该做什么吗?你以为我不敢扯出她的肠子扔在地上?你以为我不敢将她开膛破肚?"

内勒头摇得像拨浪鼓,"你想将她大卸八块,这是你的权利,要她的血——血——"他的牙齿直打架,要十分努力才能继续保持清醒。皮玛和妮塔都看着他。内勒继续道:"你……你想要她……她的血,那是你的权……权利。"他感觉越来越糟,头越来越晕,深吸一口气,差点儿连刚才说的话都忘了。他一字一顿地从牙缝里挤出话来:"风暴那晚,是皮玛的母亲帮助我将你拖到了安全地带。只有她才肯帮忙,其他人都会视而不见。"他无助地耸耸肩,"我们欠塞德娜一个人情。"

"该死的,你小子。"理查德歪着头说,"可在我听来你就是在对我指手画脚。"

图尔低沉的声音响了起来:"就算给这丫头一个教训吧,确实犯不着弄死她,就当是给小辈的智慧启迪。"

内勒惊讶地抬头看图尔,想接着他的话茬儿进一步劝说父亲。"我只是觉得她妈妈对我们有救命之恩,而且大家都知道,恩情不报会遭报应的。"

"报应?"内勒的父亲气恼地对他说,"你觉得我会在乎那玩意儿?"

"报答救命之恩不是懦弱的表现。"图尔说。

理查德看看内勒,又看看图尔。"行吧。看来大家都想让这丫头活着。"他干笑几声,然后抄起匕首就向她的腹部刺去。

皮玛大喊一声,但是理查德在匕首差点儿就要见红的时候住了手。他咧嘴一笑,把刚接触到她皮肤的匕首收了回去。"看来你很走运啊,丫头。"

他握住她的一只手,直视着她的眼睛说:"我们现在扯平了,都是因为你妈妈的缘故。"他说,"但是假如你再跟我动刀,我就把你肠子扯出来勒死你,明白吗?"

皮玛缓缓地点了点头,眼睛一眨不眨地直视着理查德。"明白了。"

"很好。"理查德微笑着掰开她的手心。

他抓住皮玛的小拇指,她疼得直吸气。咔嚓一声,骨头断了。听见那个声音,内勒不禁往后缩了缩。皮玛哀号一声,然后强忍住痛,哀号变成了呜咽。理查德又抓住她的无名指。皮玛顿时呼吸急促起来。他微笑着低下头,以便能直视她。"现在你是真明白了,对吧?"

皮玛疯狂地点头,但他还是用力拧了一下她的手指。于是,又一根骨头断了。她发出一声惨叫。

"这下吸取教训了吧?"他问。

皮玛虽然浑身发抖,但还是努力地点了点头。

理查德龇牙咧嘴地笑了起来,露出一口黄牙,"希望你以后长点记性。"他检查了一下她断裂的手指,看着她的脸,郑重地低声说,"我对你算是好的了。我本可以掰断你所有的手指,而且没人敢说个不字,即使你母亲对我有救命之恩。"他的眼神冷酷无情,"记住,我对你手下留情了。"

然后他起身跟半兽人点头示意:"行了,放开她吧,图尔。"

皮玛瘫倒在甲板上，捂着手抽泣。内勒抑制住去安慰她的冲动。他只想闭上眼睛蜷缩在这滚烫的甲板上，但无法做到，还有一件事没完成呢。"你……你还想杀了那个女孩吗？"他的声音止不住地颤抖。

他父亲看了看妮塔，"你还想说点什么？"

"她特特特特别有钱。"内勒结结巴巴地说，"如果她的人来找她，可以用她换点儿东西。"又一阵寒冷向他袭来。"也也也也许比那艘帆船都值钱。"

他父亲掂量了一下，然后问女孩："有人会为你付酬金是吧？"

妮塔点头道："我父亲会来找我的，到时候他为了我的安全一定会付酬金的。"

"那好，很多钱吗？"

"眼下这艘就是我的私人帆船。你觉得呢？"

"我觉得你说话态度有问题。"内勒的父亲露出阴狠的微笑，表示满意，"不过你肚子里那点儿杂碎算是保住了，丫头片子。"他亮出匕首给她看了看。"要是你爸爸给的酬金不够，我们就像宰猪一样给你开膛，到时候看你怎么号丧。"

随后他转身对他的工友们说："好了，咱们把搜集到的宝贝都搬下船吧。我可不想分太多给幸运星。值钱的，重量轻的，都拿下船。"

接着，他转身望着大海说："动作快点儿，潮水和拾荒之神可不等人。"说完哈哈大笑。

内勒躺在甲板上，虽然有大太阳晒着，但他还是感到无

## 第十二章 我会回来的

比寒冷。父亲蹲在他身旁，伸手触碰他的肩膀，内勒痛得大喊大叫。见此情景，理查德直摇头。

"见鬼，幸运男孩，看来你需要吃药啊。"他望向船外海湾那头的拆船场。"等我们把这船宝贝搬得差不多了，我就去找幸运星，和他做个交易。他应该有青霉素，也许还有抑制剂鸡尾酒呢。"

"我现在就就就就需要。"内勒的声音细若游丝。

他的父亲点点头，"我知道，儿子，我知道。但是我去跟幸运星说的话，就得跟他说明我能拿什么换药；再然后，你老爸就会面对一大堆问题，不得不解释这些银器和金戒指是怎么来的。"妮塔的一枚戒指就在他手上，闪闪发光。"看看这个，"说着他对着阳光举起戒指，"有钻石，好像还有红宝石。你碰上了一个阔小姐，挺好。"说完他把戒指装进衣服兜里。"但是我们得安排好保护措施才能开始出售宝贝，不然别人会来抢夺的。"

他认真地看着内勒。"孩子，你能发现这艘船很幸运啊。不过我们得长点儿心眼儿，谨慎行事，不然忙活半天还是一场空。"

"是啊。"内勒说，但其实因为十分倦怠，浑身发冷，他对这场对话已经失去了兴趣。他再次哆嗦起来，只听父亲朝他的人喊了句什么，随后就有人拿来了几张毯子。

"我会回来的。"他说，"等我们藏好宝贝就给你把药带过来。"他轻抚内勒的一侧脸颊，一双明亮的眼睛中透着疯狂。内勒觉得此时自己的眼睛应该也和他差不多。

"我不会让你死的，儿子。别担心。我们会让你得到很好的照顾。你是我的血脉，我会好好照顾你。"

说完他就离开了。内勒则躺在地上，在高烧里继续煎熬。

# 第十三章
## 篝火夜谈

"那人是你爸爸?"

内勒睁开眼,发现妮塔就跪在他身边。他躺在坚实的地面上,身上裹着一条粗糙扎人的毯子,远方传来大海的声音。已经是晚上了。他们身边有一小堆篝火,发出噼噼啪啪的声音。他挣扎着想坐起来,但肩膀剧痛,只好又躺平。他摸到肩膀上的绷带,发现已经换成了新的,不是最早塞德娜给他包扎的了。

"皮玛呢?"

妮塔耸耸肩,"他们让她去找吃的了。"

"他们是谁?"

她朝坐在离他们不远处的两个黑乎乎的影子努努嘴。那两人正抽着烟,你一瓶我一瓶地喝着酒,眉毛上的金属环和鼻环在黑暗中闪闪发光。其中一个皮肤白得像幽灵的叫莫比,瘦骨嶙峋的;另一个肌肉虬扎的巨大身影是半兽人图尔。他们看见内勒醒过来,便向他微笑致意。

"嘿,看来内勒活下来了。"莫比朝内勒挥舞着手中的酒瓶，似乎是在举杯庆贺。"你爸爸说你是个顽强的小耗子。我还以为你这次活不成了呢。"

"我睡了多久？"

妮塔端详着他，"你这次是真醒了？"

"我真的醒了。"

"三天，到现在为止你睡了三天。"

内勒努力回忆三天来发生的事，但只找到了如噩梦般的记忆碎片，没有任何连续的片段。这几天他一直发抖，时而身体滚烫，时而如坠冰窟，只记得有几次父亲扒开他的眼皮检查他的情况。

妮塔回头望望那两个人。"他们为你活不活得成这件事打赌呢。"

"是吗？"内勒苦笑道，然后挣扎着要坐起来。"他们赌了多少？"

"五十元。"

内勒一脸惊讶地看着她。还真是一笔巨大的赌注，比重工一个月的工资都多。他们一定在她船上收获颇丰。"谁赌我能活下来？"

"那个瘦子。半兽人说你死定了。"她扶他坐起身。他觉得自己已经不发烧了。妮塔指着一瓶药，那是一瓶看起来就值钱的药，瓶子外侧还印着字。"这几天，我们就是把这些药磨成粉，放进水里给你喝。那个人……"她顿了一下，思索着她要说的名字，"幸运星，他派了个医生过来。"

"是吗？"

"你得继续吃药,一天四个,再吃十天。"

内勒生无可恋地瞥了一眼那瓶药。他竟然整整昏迷了三天。"你的人还没到?"他问。显然他们还没到。

妮塔瞟了瞟那边的两个人,突然露出紧张的样子,但很快又耸耸肩,"没呢。不过我觉得快了。"

"最好如此。"

她不悦地翻了一个白眼,然后就背过身去了。他看到她戴着一条脚镣,脚镣另一头连着一棵巨大的柏树。她发现他在看什么,解释说:"他们怕我逃跑。"

内勒点点头。一分钟后,皮玛在另一个成年人的陪同下出现了。那个叫蓝眼的女人胳膊上和腿上到处是疤痕,脸上装饰着废弃的钢钉,脖子上挂着废料做成的项链,手臂上有一道拉链般的长疤痕,意味着她曾经向收割者和生命神教献祭过。她推搡着皮玛朝前走来。

莫比朝她们瞟了一眼。"嘿,别那么粗鲁,她可是给我送晚饭来的。"

蓝眼没搭理他,而是看向内勒,"他活了?"

"不然呢?"莫比回答,"他当然是活人了,不然还是僵尸吗?行尸走肉,哇——"他被自己的玩笑逗得哈哈大笑。

皮玛将若干金属罐头分发给那几个人,罐头里有米饭、红豆和腊肠。内勒痴迷地看着这些食物在身边递来递去,它们看上去真是太美味了。他已经记不得上一次看见周围的人悠闲地分享食物是什么时候了。看着食物递到莫比和图尔手上,内勒已经在流口水了。莫比开始吃起来,蓝眼问道:

"你没告诉洛佩斯这小子活过来了?"

莫比摇摇头,腮帮子鼓鼓的,满嘴都是他刚才用手铲到嘴里的米饭和豆子。

"那他雇你是干吗吃的?"蓝眼讽刺他。

"他刚醒。"莫比辩解道,"刚刚活过来两分钟。"然后他用胳膊肘捅捅图尔,"快帮我说话啊,这小耗子刚醒。"

图尔耸耸肩,抓起满满一把米饭和肉块。"莫比这次没扯谎。"他发出轰隆轰隆的声音,"他说的是真的,那个小耗子刚醒。"说着他微笑起来,露出一口尖利的獠牙。"醒来正好赶上吃晚饭。"说完这句就把手中的食物扔进了嘴里。

蓝眼做了个怪相,然后从莫比手中拿过一个罐头,递给内勒。"自己吃点儿吧。老大的孩子应该先吃。莫比,你去告诉老大他醒了。"

莫比怒气冲冲地白了她一眼,但没有还嘴,而是站起来去向内勒的父亲报信了。皮玛蹲在内勒身边,低声问:"你现在感觉怎么样?"

内勒努力露出一个微笑,尽管他还是觉得很疲惫。"一时半会儿死不了。"

"那你要赶快好起来哦。"

"嗯。"他开始吃东西。

皮玛朝妮塔歪歪头,"我们得谈谈。幸运女孩的人还没来找她。"她压低声音,几近耳语,"你爸爸有点儿不耐烦了。"

内勒瞟了一眼旁边的看守。"怎么个不耐烦法儿?"

"他在对她打别的主意。没准儿他想把她交给蓝眼和生命神教,因为我听他提到可以用她漂亮的眼睛换不少铜币。"

"那她知道他的打算吗?"

"她又不傻。阔小姐也能明白自己是什么处境。"

蓝眼打断了他们的对话,在他们身边蹲下来。"聊得挺欢啊?"

内勒摇摇头,"她只是来问我好点儿没。"

"很好。"蓝眼露出冰冷的微笑,"那就闭嘴吃你的饭。"

图尔坐在原地龇着牙,轰隆轰隆地说:"好建议。"

皮玛点点头,没有还嘴,乖乖退到了一边。

这足以说明皮玛的恐惧。内勒看了一眼她的手,折断的手指已用木条上了夹板。内勒不知道到底是由于手指被他父亲掰断了,还是过去三天发生的其他事,让皮玛竟变得如此害怕。

妮塔吃完了饭,自言自语起来:"我现在用手吃饭越来越熟练了。"

内勒望向她,"你以前用什么吃饭?"

"刀叉和勺子啊。"她有点儿想笑,但很快收住笑容,转而摇了摇头,"算了,不说了。"

"什么意思?"内勒抓住不放,"你是在取笑我们吗,幸运女孩?"

妮塔顿时变得紧张起来,似乎还有点儿害怕。内勒很开心看到这种转变。他白了她一眼,"别因为我们和你们有钱人生活方式不同就看不起我们。我本可以把你的手指头剁下来的,要是那样,什么刀叉勺子你都用不了了,我说得没错吧?"

"对不起。"

"哼,话都说了,现在说对不起有什么用。"

"闭嘴,内勒。"皮玛说,"她都跟你道歉了。"

图尔用他那双呆板的黄眼睛瞪着妮塔。"也许这种道歉还不够,对吧,小子?"他倾身向前,"你想给这个阔小姐上堂礼仪课吗?"

妮塔立刻表现出非常害怕的样子。内勒摇摇头,"算了,没必要,反正她现在已经懂礼貌了。"

图尔点点头。"每个人最后都得懂礼貌。"

图尔漠不关心的语气让内勒不寒而栗。这是他第一次如此近距离地靠近这头野兽。关于他,有很多传说,比如他脸上和全身密布的疤痕是怎么来的,比如他是如何穿越沼泽猎捕短吻鳄和巨蟒的。人们都说他无所畏惧,因为经过特殊改造的他感受不到疼痛和恐惧。内勒见过,父亲和他说话时总是赔着小心,不敢用惯常的命令口气。父亲一向趾高气扬,图尔应该是唯一让他这样忌惮的人吧。图尔特别吓人,光看到图尔看妮塔的眼神,内勒就已经深深体验到这种恐怖了。

"算了,"内勒又说,"她不是故意的。"

图尔耸耸肩,转身继续吃东西。他们全都沉默地坐在地上。在篝火的照明范围之外,只听得到动物的吼叫和昆虫的嘶鸣,目之所及,唯有丛林和沼泽的绰绰黑影,只能感受到树林腹地的炎热。根据远方传来的潮水声,内勒判断他们至少离海岸有一英里之远。他躺在地上看着燃烧的篝火,食物很美味,但疲倦再次袭来,让他思绪飘散,开始琢磨父亲的打算,还有皮玛看上去为什么那么焦虑,妮塔到底在想什么。想着想着,他迷糊起来。

"嘿,小子,我听说你醒了。"

内勒睁开眼,映入眼帘的是他父亲的龙文身和少见的明亮的双眼,还有他的微笑。

"我就知道你能挺过来。"父亲说,"你跟你老爸一样坚强,比钉子还硬,不是吗?你没有辜负我给你起的名字①。你跟你老子我一样了不起。"他大笑着在内勒肩上打了一拳,完全没注意到内勒因为疼痛而闪躲,"你看上去比前几天要好多了。"父亲苍白的皮肤被篝火烤得汗津津的,笑的时候嘴咧得很开,样子显得很凶残,"我本以为最后得把你交给蛆虫呢。"

内勒挤出笑容,心里掂量着他父亲此刻的好心情。"看来我还没到那一步。"

"是啊,适者生存,你够强悍。"他瞟了妮塔一眼,"不像那个阔小姐,要是没我们照顾她,她早就死翘翘了。"他又冲女孩笑笑,"现在我觉得你爸爸不来找你也无妨。"

内勒坐起来,盘着腿说:"还没人来找她?"

"没有。"

他父亲喝了一小口威士忌,然后把酒瓶递给内勒。皮玛

---

① 英语中内勒(Nailer)有"钉枪"的意思。

插话进来,"医生说他最好别喝酒。"

内勒的爸爸有点儿恼了,"你是在对我指手画脚吗?"

皮玛胆怯地回答:"不是我,是幸运星派来的医生说的。"

内勒想告诉她赶快闭嘴,但是已经太晚了,他父亲的心情已经起了变化,仿佛刚才还阳光灿烂的天空飘来一朵乌云。

"你以为就你听见开药的人说什么了吗?"理查德问,"是我把那人送走的,也是我付的医药费,是我让他把我儿子救回来的。"他走到皮玛跟前,摇晃着威士忌瓶子。"还轮得到你来告诉我他说过什么?"他又靠得近了些。"你再说一遍试试?我没听清。"

皮玛现在完全清楚自己的处境了,立刻闭了嘴,蜷成一团。内勒的爸爸继续说:"哎呀,真是个聪明的丫头。我就知道你会乖乖闭嘴的。现在的孩子真不懂事。"

他冲他的同伴们咧嘴笑笑。蓝眼和莫比也微笑表示回应。图尔则瞪着他那双狗眼端详皮玛,然后用低沉的声音说:"想让我教训她一下,让她长点儿记性吗?"

理查德问:"丫头,你觉得这个建议怎么样?你需要让图尔给你上堂课吗?看看他是不是比我教得好?"

皮玛摇摇头,"不用了,先生。"

"你们看,"理查德笑了,"现在她就乖多了,是吧?"

内勒想趁机插进来,"这个阔小姐怎么还在这儿?还没人来找她吗?"

理查德的注意力又重新回到内勒身上,"我还想知道呢。她说她的人正在寻找她,还说有人很在乎她,但没人来找她啊。没人乘船来找，也没人坐火车来找，更没见到什么有钱人来打听她的下落。"他舔了舔嘴唇，打量着妮塔，"看来，根本没人在乎她，也许她的肾还算值钱。可要是最后我们非得靠卖这阔小姐的身体零件才能赚到钱，岂不太悲哀了？"

"咱们要不要试着联系一下她的亲人？"内勒问，"找个法子告诉他们她的位置。"

"我也想知道她的亲人在哪儿。她说是在波士顿那边。他家经营着乌帕达雅联合公司，是一个什么搞船运的企业。幸运星已经派人去联系他们了。"

内勒吃了一惊，"乌帕达雅？"突然他看到皮玛的眼神暗示，连忙住了嘴。内勒瞟了她一眼，感到十分不解。为什么妮塔要撒谎？她家不是帕特尔全球公司的吗？在海滩上就应该有法子直接联系她的亲人啊。"那你有什么打算？"他问。

"还没有想好。我一直在想，她肯定值很多钱，看看她有多阔气就知道了，但她也可能给我们造成麻烦。也许乌帕达雅公司的人神通广大，认识那些大老板，会把他们的杀手派过来，给咱们这些做苦工的找麻烦。"内勒的父亲顿了顿，若有所思，"我想，这丫头太危险了，拿她喂猪也许更好。我们已经得到了她的船，她对我们的情况了解得太多了。"他突然压低声音，"真是太多了。"

"可她很值钱啊。"

理查德耸耸肩，"也许她价值连城，但也有可能非但不能换来财富，还会招来麻烦。"他看着内勒，"你小子很聪明,但还应该好好学学你老爸。我比你活得年头久,告诉你吧,像她这样的阔小姐对我们这样的人来说,通常意味着灾难。他们不会在乎我们的生死,但肯定在乎他们自己的。有可能他们前脚用钱来赎回她,后脚就带上枪赶过来将我们一锅端,就像清理蛇窝一样,连句谢谢都不会说。"

妮塔反驳道:"我们才不会……"

"闭嘴。"理查德语气平淡,用冷漠的目光瞟了她一眼。"也许你真的值一大笔钱,也许一文不值,这些我都不确定。我唯一确定的是,你那张叽叽的小嘴简直让我烦透了。"他掏出匕首,"我已经听够了,要把这两片漂亮的小嘴唇割下来,让你伤心的时候看上去也像是在微笑,阔小姐。"他盯着她,"被割去嘴唇,你的同伴还要你吗?"

妮塔这次没有开口。他满意地点点头,然后挨着内勒坐下,垂下头,和内勒靠得很近。内勒能闻到他身上的汗味儿和酒味儿,连他通红的双眼也看得清清楚楚。

"你明白我的意思,小子。"理查德看着妮塔,"我越想越觉得糟糕。我们从这艘船上已经收获颇丰了,今后的生活肯定和以前不同。因为我们发财了,可以和幸运星平起平坐了。我们已经将帆船翻了个底朝天,只要再叫一些专业的拆船工来,过几天这船就将彻底消失,仿佛从来都不存在。"他咧嘴笑道,"这种小船拆起来要容易得多,没拆卸那些破油轮费事。"说到这,他瞟了一眼幸运女孩,"这个丫头对我们没有任何好处。她的存在会让大老板们注意到我们,让我们成为众矢之的,还容易招人问东问西,打听这些宝贝是从哪里搞到的,落入了谁的腰包,又有谁狠赚了一笔。"

"没人会跟那些有钱人透漏任何消息的。"

"你不是在开玩笑吧。"理查德嘟囔着,"人们为了能变成第二个'幸运星',连他们自己的老妈都能卖了。"

"再等等吧。"内勒轻声说,"耐心等等,我们会赚更多钱。"

他现在只想离他父亲远远的,离他那双神经兮兮的眼和一脸傻笑越远越好。

理查德的目光又落到了女孩身上。"如果她不是这么漂亮的话,我早就把她的血放干净了。她太引人注意了。"他摇摇头,"我不喜欢这一点。"

内勒说:"也许我们可以在隐瞒身份的前提下让找她的人拿出钱来。其他人还不知道她的事吧?"

内勒的父亲笑了,"知道她的人只有我们几个。"他看了看蓝眼、莫比和图尔,"人还是太多了。人多眼杂,秘密可保不住。"他看了看妮塔,"再看住她一天,看明天有没有新情况。"他站起身,内勒也跟着站起来,但父亲让他坐下别动,"你留在这儿休息。塞德娜在打听你和皮玛的下落,我暂时瞒下了,知道吗?别让外人知道发生的事,以防多生事端。"

"塞德娜在找我们?"内勒尽量不在语气中流露出他喜出望外的心情。

"她听到传言说我们找到了皮玛。"他耸耸肩,"不过她没钱。没有钞票就没人给她消息。"说完他转过身朝图尔、莫比和蓝眼点点头,"把他们看紧点儿。"

三个人一起点点头,蓝眼露出微笑,莫比抱起酒瓶子牛饮,图尔则面无表情。随即理查德消失在丛林的夜色中,仿佛被黑暗吞噬掉的一具白骨。

理查德走后,莫比乐呵呵地又喝了一口酒。"留给你的时间不多了,小妞。"他说,"你的人再不赶快出现,没准儿我就把你收了,让你当我可爱的小宠物。"

"闭嘴。"图尔低声喝道。

莫比气恼地瞪了他一眼,但还是闭上了嘴。图尔看了一眼蓝眼:"你先值夜?"蓝眼点点头。图尔和莫比便在附近的一处灌木丛旁睡下来。很快,图尔就打起了呼噜,莫比还在自言自语地抱怨着。因为隔着灌木丛,内勒他们听不真切,反倒是围着他们的嗡嗡飞舞的蚊子声音更大些。妮塔不堪其扰,拼命地拍打着这些吸血鬼,其他人却并不把蚊子当回事。

蓝眼走过来,给皮玛的手腕上加了一副手铐,然后转身对内勒说:"你不会跟我耍什么花样吧?"

"什么?"内勒做出不可思议的样子,"你还要给我戴手铐?是我发现宝藏,还给你们出谋划策的。"

蓝眼迟疑了。她本打算把内勒也铐上,因为她不清楚他到底算俘虏还是盟友。内勒也知道她在想什么,在她眼里,他不过是个刚刚退烧醒来的皮包骨的臭小子,真正让她忌惮的是内勒背后那个叫理查德·洛佩斯的人——惹恼了那个疯子可吃不了兜着走。

想到这一点,蓝眼放弃了原先的打算,在一块岩石上坐下来,捡起一把大砍刀,在石块上磨起来。皮玛和幸运女孩看着内勒,眼神中想说的很多。篝火越燃越小。内勒不喜欢父亲话外的意思,他知道,父亲不久就会做出抉择,任何一件事都可能影响他的决定。

内勒挨着皮玛在地上躺成大字形。"你的手指头还好吗?"

她笑嘻嘻地举起手。"还不赖,万幸他没把五根手指头都掰断。"

"现在还疼吗?"

"疼,但是错失了这么一大笔横财,我的心更疼。"她的声音中透着勇敢,但他觉得还是她的手指头更疼些。她手上的夹板似乎不太讲究。皮玛顺着内勒的目光看去。"也许我们应该把这几根指头再掰断一次,它们就能重新长直了。"

"嗯。"他又看看幸运女孩,"你呢?你没骨折吧?"

"闭嘴!"灌木丛传来莫比的骂声,"老子正睡觉呢。"

内勒只好压低声音:"你的人很快就会来吗?"

幸运女孩看上去不太确定,她眼中闪着恐惧的光芒,先是看看内勒和皮玛,然后又向稍远处的蓝眼看去。"是的,他们很快就来了。"

皮玛看着她问:"是吗?真的吗?帕特尔公司的人?"她说出了公司的名字,"他们真的会来还是你在撒谎?"现在海滩上可能就有你们家族公司的人,都是些该死的买家。所以,如果你真是帕特尔公司的千金小姐,为什么没说实话呢?到底怎么回事?

幸运女孩脸上又掠过一丝恐惧。她把头发捋到脑后,鼓起勇气直视着皮玛说:"如果没人来找我呢?"然后她又凶狠地低声说:"你们要拿我怎么样?"

她的声音带着皮玛开口的那份硬气和内勒说话时的抑扬顿挫。要不是看见她如此害怕,内勒几乎要笑出来了。她在说谎。活到现在,内勒见到过太多骗子,所有人都在不停地撒谎,吹他们的工作量有多大,完成了多少任务,胆子有多大,日子过得有多滋润,或者挨了多少饿。幸运女孩也在撒谎。

"他们不会来了。"他用陈述的语气讲出了这个事实,"根本没人找你。我甚至觉得你根本就不是什么帕特尔公司的千金大小姐。"

幸运女孩畏惧地瞟了他一眼,然后又看向蓝眼。后者正着了魔似的磨刀。皮玛若有所思地拽了拽她的耳环,仰起头。"应该是这样,小妞,你一文不值,对吗?"

内勒惊讶地看见妮塔快要哭出来了。即使是被踢出轻工队伍、赶到海滩上、削下劳工文身的斯洛特也没有掉泪,但眼前这个柔弱的女孩仅仅因为谎言被戳穿就快掉泪了。"你的人在哪里?"内勒问道。

她犹豫了一下还是回答了。"北边。比淹没之城还靠北。我的的确确是帕特尔家族的,只不过他们不知道要去哪儿找我。"她顿了顿,接着说,"我本不该在这儿的。几周前我们把船上的定位装置扔掉了,这是为了摆脱追兵。"

"谁在追你?"

她迟疑片刻还是决定告诉内勒他们,"也是我们家族公司的人。"

内勒和皮玛迷惑不解地对视了一下。

妮塔平静地解释说:"我父亲在公司内部有敌人。遭遇海上风暴那天,父亲的敌人正在追击我们。不管我们去哪儿,他们都会跟去。如果他们抓到我,就会拿我当谈判的筹码。"

"所以说根本没人来找你喽?"

"最好还是不要碰见来找我的人为妙。"她摇摇头,"我们的船搁浅时,后面本来有两艘船在追击,但是他们为了躲避风暴转向了。"

"这就是你们和风暴撞了个正着的原因?因为你们在逃命?"

"是啊,要么逃,要么投降。"她摇摇头,"当时除了这两条路我们没得选。"

"到底是什么人在追你?"内勒忍不住又问了一遍,想搞明白这件事,"原来你一直在耍我们。"

"那是因为我不想让你把我的手指切掉。"

皮玛缓缓吐出一口气。"不管是谁追你,你都还是选择投降比较好。落在内勒的爸爸手里比落在他们手里糟糕多了。"

幸运女孩摇摇头。"不,你们的人……他们做坏事是有所求。那些追捕我的人……"她又摇了摇头,"那些人更坏。"

"所以你让那艘船搁浅,还差点儿让自己溺死在海里,这一切都是为了逃避那些人的追捕?"内勒问,"置你的同伴于死地就是为了让你自己脱身？"

她望向远方。"我的同伴……"她摇头道，"要是被派斯的人追上了，我的同伴也同样会死，因为派斯不会留下人证的。"

皮玛咧嘴笑了，"有钱人跟咱们这些沙滩耗子原来是一样的，都是为了钱财不惜手上沾血。"

"是啊。"妮塔严肃地点点头，"都是一样的。"

内勒掂量了一下现在的情况。如果没有人来赎回妮塔，那她就一文不值。在海滩上，没有强大的朋友或同盟，她就是一块任人宰割的肉。要是她被送到收割者的刀下，其他人连眼都不会眨一下。蓝眼也可能会把妮塔献给她信奉的神教，谁都不会保护她的。

皮玛看了妮塔一眼，"对于你这样的阔小姐，这儿的日子可不好过。要是没有人保护你，你活不下去的。更何况这儿也没有给像你这样的富家千金住的地方。"

"我可以工作。我可以……"

"我们不同意你什么都做不成。"皮玛直截了当地说，"反正也没人在乎像你这样的阔小姐。你没有工友，没有亲人，也没有能让别人敬畏你的保镖和钱。你比斯洛特还惨。至少她还懂得这里的规矩，知道这个游戏怎么玩下去。"

"这么说你真的没人可以指望了？"内勒问，"没人可能赶来帮你？"

"我们有船……"妮塔犹犹豫豫地说，"我的家族有船，而且一部分船长还依然效忠我的父亲。他们为了开展密西

第十三章 篝火夜谈

比的贸易，正在奥尔良地区活动。我到了那儿就可以付给你们酬金……"

"别再说什么酬金不酬金的了，幸运女孩。"皮玛摇摇头，"你已经没资格说那些了。"

"是啊，"内勒瞟了一眼又拿起一把刀接着磨的蓝眼，"能不能别再扯谎了？"他冲妮塔结疤的手心点点头，"咱们歃血为盟，你却欺骗了我们。"

妮塔白了内勒一眼，"我如果当初不让你们相信我有价值，你们肯定会割断我的喉咙。"

内勒咧嘴笑了，"过去的事谁说得清呢？不过，现在我们已经戳穿了你的谎言，你一文不值。"说完他陷入了沉默。

皮玛看着他说："从这儿到奥尔良太远了。一路上很容易碰到鳄鱼、黑豹和蟒蛇什么的，分分钟就能丢了性命。"

内勒思考了半晌，"我们不一定要走陆路。"

"坐船也不行啊。少一条小艇你老爸肯定会发现，然后很快就能追上去。"

"我没打算坐小艇去。"

皮玛瞪着他摇摇头，"血与锈啊。没门！你还记得雷尼吗？他记得后来他变成什么样了吗？死无全尸啊！只剩下几块烂肉。"

"那是因为他喝醉了。我们不会的。"

皮玛连忙摇头，"真是疯了。你肩膀的伤刚好一些，现在又想把它弄坏吗？"

"你们在说什么啊？"妮塔问。

内勒没有直接回答她。他刚才的主意是可行的。不过目前也只是理论上可行而已。"你跑得快吗，幸运女孩？"他问道，"你长得细皮嫩肉的，但我想知道你短裙下面的双腿是否强壮有力。你能跑吗？"

"她太弱了。"皮玛说。

妮塔不服气地瞪着内勒，"我能跑。我在圣安德鲁学校的百米赛跑中得了第一呢。"

听了这话，内勒冲皮玛微微一笑，"如果在圣安德鲁能拿第一，那就是真能跑。"

皮玛摇摇头，做祈祷状，"阔小姐和其他阔小姐在滑稽的小跑道上赛跑，又不是为了活命而跑，算不得数。她们根本不知道该怎么跑。"

"她说她能跑。"内勒耸耸肩，"那我们不如让命运女神来当裁判吧。"

皮玛朝女孩瞥了一眼，"你最好跑得和你说的一样快，因为到时候你只有一次机会。"

妮塔眼都没眨就说："我早就无路可走了，现在只能看命运女神的意思了。"

"好啊，那你现在算是和我们同病相怜了，幸运女孩。"皮玛笑着摇摇头，"欢迎你成为和我们一样听天由命的人。"

# 第十四章
# 逃亡之路

不管能跑不能跑,首先他们得摆脱身边这些看守。于是,他们小声地开了个会,制订了一个计划,然后静静等待时机。保持清醒对内勒来说是个挑战。虽然他已经昏睡了三天,但现在还是很难一直睁着眼睛。树林中的微风和夜晚的温暖催人欲睡。他垂下头,虽然始终告诉自己要保持清醒,但还是睡着了,醒来,又睡着了。

蓝眼则一直保持警醒。后来换班的是图尔,他值夜的风格就是瞪圆了眼睛呆坐着。每当内勒眯着眼偷瞄情况,都能碰上图尔那双黄色的狗眼,这个半兽人耐心得好像一尊雕像。最后,图尔换成了莫比。那个皮包骨的光头男人舒服地靠在一截树桩上,开始喝酒。他半躺半卧,不一会儿就把自己喝进了梦乡。他相信手铐和脚镣,还有年轻人的嗜睡,所以很有安全感。

内勒却保持清醒,静候着时机。他庆幸自己没有被铐住。虽然跟这帮人不是一伙,但他毕竟是理查德的儿子,多少能得到一些信任。就这样,因为他与理查德的关系,以及因发烧而病恹恹的样子,他赢得了一些回旋余地。在那帮人眼中,他只是个瘦骨嶙峋、大病初愈的轻工，构不成什么威胁。一切都正中他下怀。

问题在于，女孩们的镣铐钥匙还在蓝眼手中，而蓝眼刚才还把他吓了个半死。跟生命神扯上关系的人都不是善类，新加入的信徒时刻搜寻着牺牲者。他们如饥似渴地渴望着献祭。

一听到莫比打起呼噜，内勒便开始小心翼翼地朝蓝眼躺下的地方挪动。他放慢动作，像一个刚学会偷东西的孩子那样小心翼翼，因为唯有无声无息，不被人注意，才能得手。

他用汗津津的手指抓紧小刀，恐惧让他的手变得湿滑。要想搜蓝眼的身而不弄醒她是不可能的。他感到手中的刀像袖珍玩具一样毫无用处。虽然这是必要的工具，但他没必要喜欢它。他其实毫不内疚，因为蓝眼做过很多坏事，以后还会继续做坏事。他曾见过她折磨那些没有完成劳工任务或欠了钱没及时还上的人。他曾见过她将一个偷了幸运星东西的人的手砍掉，然后冷漠地看着那人因失血过多而死。谁也不知道她给多少海滩耗子下过药并把他们送到了教堂当祭品。她心肠很硬，是个绝对的危险人物。内勒毫不怀疑，只要得到父亲的授意，她会杀掉他们三人，然后继续呼呼大睡。

所以，他不会觉得内疚。

然而，越靠近蓝眼，内勒的心跳得就越厉害，血液如响鼓般撞击着耳膜。要是父亲来干的话，他一定会手起刀落，干净利落，因为他对杀戮的每一个细节都了如指掌。零和博弈①表明，活着还是比死了好。为了活命，内勒会毫不迟疑地结束掉熟睡中的敌人。

干净利落，内勒告诫自己。往她脖子上一抹就成功了。

几年前，父亲曾让他杀过一只山羊，目的是让他体验用利刃划开皮肉和挑断肌腱的感觉。内勒记得，当时父亲蹲在身边，握着内勒执刀的手。山羊倒在地上，四蹄都被捆住，躯体像风箱一样剧烈起伏着，喷着鼻息，呼吸着最后的空气。父亲引导内勒将刀抵在山羊的颈动脉上。

"使劲往下切。"他说。

内勒乖乖照做了。

内勒拨开蕨类植物的枝叶，蓝眼就躺在他面前，发出轻轻的呼吸声。睡觉时，她的面部线条十分柔和，丝毫没有醒着的时候那种恐怖残暴的感觉。她张着嘴，趴在地上，手臂抱在一起，垫在身下，以抵御夜晚的寒冷。内勒向命运女神祈祷了一番。蓝眼的脖子没有如内勒预料的那样大面积暴露出来。他得争取速战速决，让她一命呜呼。

他蹑手蹑脚地靠近蓝眼，狠下心来，握牢刀子，身体前倾，屏住呼吸。

突然，她睁眼了。

内勒慌了，连忙将小刀刺向她的喉部，但蓝眼的速度太

---

① 指参与博弈的各方，在严格竞争下，一方的收益必然意味着另一方的损失，博弈各方的收益和损失相加之和永远为"零"，双方不存在合作的可能。也可以说，自己的幸福是建立在他人的痛苦之上的，二者的大小完全相等，因而双方都想尽一切办法以实现"损人利己"。

快了,她迅速打了个滚,一跃而起,拾起大刀,没有愤怒地叫喊,没有求饶,一个字都没说,身影一晃,砍刀从内勒脸旁呼啸而过。内勒猛地退后。蓝眼再次朝内勒扑来。内勒也举起刀。但这一次,蓝眼没有使用砍刀,而是用腿将内勒扫翻在地。随后,蓝眼踩在他身上,压得他喘不过气。接着,蓝眼一巴掌将小刀从他手中打掉,让内勒感到手指一阵麻木和刺痛。

他倒在地上,被她压得翻不了身,直喘粗气。蓝眼掏出大刀,架在他的脖子上。

"你这可怜的蠢孩子。"她嘟囔了一句。

内勒感到喘不过气来,身体也因恐惧而发抖。蓝眼笑着举起大刀,轻轻地用刀刃触碰内勒的右眼。"从小到大,不知有多少个男人曾经趁半夜扑到我身上。"刀慢慢移到他的左眼,"像你这种小杂种根本没机会。"她哈哈大笑,又将大刀对准他的右眼。

"选吧。"她说。

内勒吓坏了,完全不知道她在说什么。"选什么?"

蓝眼用刀子挨个儿碰了碰他的左右眼。

"我让你选,"她说,"左眼还是右眼?"

"我爸爸……"

"要是碰上不愿意自己选的,洛佩斯会剜去两只眼。"她笑嘻嘻地说,"我也一样。"刀子抵着内勒的眼皮的力道又大了些,"左还是右?"

内勒狠下心来,"左。"

蓝眼咧嘴一笑,"我偏要剜你右眼。"

说着她抄起刀子往内勒的眼窝插去。

突然,一个旋转的身影撞向蓝眼,蓝眼的刀瞬间脱手,划过内勒的脸颊,在上面留下一道血痕。蓝眼也从内勒身上飞过,落地后一个鲤鱼打挺,同撞他的影子扭打在一起。一时间尽是铁器碰撞的铿锵声、打斗的呼喝声和观战的叫骂声。周围似乎围了不少人。

蓝眼和她的对手激烈地交手,打作一团。借着月光,内勒认出那是皮玛的母亲。她正跟蓝眼为抢夺那把大刀打得热闹。塞德娜朝蓝眼的脸上招呼了一拳,打裂了她的脸骨。蓝眼招架着挣脱她的抓扯,滚到一旁抓起自己的大刀。两个女人转着圈对峙着。

"放弃吧,蓝眼。"塞德娜说,"这不关你的事。"

蓝眼摇摇头,"那小子欠我一只眼,塞德娜。我不能就这么饶了他。"

说着,蓝眼猛地朝塞德娜冲去,佯装要砍她的头部,实际上却瞄准了双脚。塞德娜向后越过一段长满苔藓的木头,勉强站稳。蓝眼紧追不舍,寻找着进攻的机会。刀猛地劈来,塞德娜连忙躲避,但手上还是被划了一道口子,血溅了出来。塞德娜疼得大叫,但没有乱了阵脚,而是猫下腰,成功地躲开了蓝眼的又一次袭击。

蓝眼试探着又攻上去。"快逃吧,塞德娜,快逃吧。"她脸上被塞德娜刚刚打过的地方已经涌出血来,但她浑然不顾,还咧嘴笑。血淌到她的嘴里,把牙都染黑了。

内勒焦急地在地上寻找他的小刀。四周还有不少人在高声叫喊,应该是塞德娜带来的重工在给她助威。内勒继续在草丛中摸索,搜寻着刀刃的反光。

塞德娜溜到一棵树后,利用其做掩护。蓝眼则绕着大树追赶,但很快就停了下来,笑道:"我不想玩这场追逐游戏了,说吧,你到底想让那小子活还是死?"话毕她立刻转身向内勒冲去。内勒慌忙闪躲,但这个举动已经足以把塞德娜从树后激出来了。蓝眼继而转身一刀砍向她。

"不要啊!"内勒大喊。

一切都似乎慢了下来。蓝眼的大刀向塞德娜的脖子砍去。内勒被吓傻了,呆呆地看着,以为马上就会看到塞德娜血溅三尺的场面。但是这并没有发生,塞德娜俯下身躲过一击,一个扫堂腿将蓝眼撂倒在地。

接着,她俩在地上滚作一团,只见她们的胳膊、腿和那反光的大刀搅在一起,不停旋转。内勒终于在草丛中找到了他的小刀,赶忙把它捡了起来。这时,蓝眼已将塞德娜压在身下,举起大刀,对准她的喉咙。塞德娜大口喘息着用双手抵住刀柄,拼命抵挡。蓝眼继续施压,力道越来越大。

内勒悄悄地靠近蓝眼,握刀的手心里出了一层薄汗。看到内勒过来,塞德娜睁大了双眼。蓝眼发现她神情有异,知道身后有情况,撒腿就跑。

内勒一跃跳到她的背上,将刀子插进她的脖子,紧接着就被热乎乎的血喷了一手。刀刃插进蓝眼脖子后面的肌肉,她疼得尖叫起来。就像宰掉一只羊,内勒突然冒出这个疯狂的念头。

但是蓝眼没死,而是扛着趴在她背后的内勒暴跳起来。内勒想从她脖子上把小刀抽出来,再捅她一刀,但小刀卡在脖子里取不出来了。蓝眼疯狂地击打着内勒,想要抓住他,但没成功。于是蓝眼突然蹲下身子,想把他从背上甩下去。虽然内勒死死抓住蓝眼的后背,但蓝眼用刀柄疯狂捶打内勒。内勒最后重重摔在地上,头疼欲裂。

蓝眼就站在内勒旁边,她用一只手按住脖子上正在涌血的伤口。那把小刀还插在她的脖子上。她挥动大刀朝内勒劈去,动作虽然笨拙,但这一击非同小可,有破空之声。她那双魔鬼般的眼睛发着光,直勾勾地盯着内勒,打定主意要拉内勒陪葬,陪她一起去往她所信仰的宗教许诺的来生。她不停地咒骂着,每骂一句,脖子的伤口都有鲜血涌出。她再次扑向内勒。

内勒弯腰躲开了她的进攻,没被她按在身后的树干上,也没有被树根绊倒。她怎么没死?挨了这么厉害的一击都没死,怎么回事?一种出于迷信的恐惧袭上他的心头。也许她实际上是个幽魂,像僵尸那样的存在,根本就杀不死。也许生命神教对她施了咒,赋予了她不死的能力。

蓝眼又举刀朝他劈来,她大跨步地冲上前去,却突然被绊倒了。可她仍然伸出一只手,想抓住内勒。内勒像冻住了一般站在她前面。她的手先是碰到了他的脚,然后去抓他的脚踝。月光下,她的血是黑色的,逐渐在地上汇成一摊,而且还在向四周漫延。内勒从她那抽搐的手中把腿拔了出来。蓝眼盯着他,嘴唇嚅动,似乎是在咒他死,但最后一个字也没说出来。

塞德娜把内勒从蓝眼身边拉开。"好了。让她安息吧。"

内勒满身都是蓝眼的血。这个濒死的女人手指抽搐着，愤怒地瞪着他，似乎要把他生吞活剥了。

内勒浑身发抖。"那一击，她怎么没死？"

塞德娜瞥了一眼地上哆哆嗦嗦的女人，说："她很快就死了。"然后，她从头到脚地把内勒检查了一遍，"你没受伤吧？"

内勒虚弱地点点头，但目光始终无法离开蓝眼，又自言自语道："为什么她不会死？"

塞德娜噘起嘴，"有时候人的求生欲望太强了呗。要么就是你下手的方法有问题，导致要杀的人失血速度不够快。有时候你想结果的那个人就是不会按你的预期死掉。"说着她回头瞥了那女人一眼，"看啊，她现在死了。"

"她没有。"

塞德娜掰着内勒的小脑袋让他直视她的眼睛。"她死了，彻底死了。你还活着。我需要的时候你能帮我，我很高兴。你做得很棒。"

内勒点点头，他还在因为肾上腺素的缘故不停发抖。皮玛和幸运女孩都解开了镣铐，她们向塞德娜和内勒跑过来。

"嘿，"皮玛说，"就算有一条胳膊受了伤，你的身手还和你老爸一样快。"

内勒瞧瞧她，突然一阵恐惧袭来，因为他想到自己虽然以前也杀生，但都是杀鸡、杀羊，和这次不同。他吐了。皮玛和幸运女孩赶忙后退几步,对视了一眼。

"他怎么了?"皮玛问。

塞德娜摇摇头。"杀戮总是要付出代价的。每一次杀人,你的灵魂就会少一部分。你夺走了他人的性命,被你杀掉的人却带走你的一片灵魂。一切都是等价交换。"

"怪不得他爸爸像魔鬼一样。"

塞德娜瞪了女儿一眼,皮玛赶紧闭了嘴。四周都是塞德娜带来的重工,他们正在清理刚才战斗留下的一地狼藉。原来,理查德部署的看守比内勒猜测的还要多,周围的岗哨都是些他从未见过的人。内勒觉得自己真是太幸运了,竟然等到了塞德娜和她的工友。否则,单凭他们三人的力量,无论如何也不能成功逃脱。

突然,图尔的狗脸从阴影中冒了出来。

"小心!"内勒大喊。

塞德娜猛然转身,看到是半兽人反倒松了口气。她又转向内勒,轻轻拍了拍他的胳膊。"没事,就是他告诉我们来这儿救你的。我们是老朋友了。对吧,图尔?"

图尔走过来,低头看着蓝眼的尸体,面无表情。他沉默了好一会儿,最后转过脸对内勒说:"干得漂亮,动作跟你父亲一样迅速。"

"我和我父亲不一样。"

"是不一样,跟他相比,你技巧不足。"图尔耸耸肩,"不过你很有潜力。"然后,他朝蓝眼那摊黑漆漆的血泊点点头,微微一笑,露出獠牙。"血如其人,你真的很有潜力。"

内勒哆哆嗦嗦地想到自己与父亲的相似。"我才不像他。"他又念叨了一句。

图尔收起微笑。"别为杀死蓝眼太内疚了。"半兽人轰隆轰隆地说,"自相残杀是人类的本性。遗传了优秀杀手的基因,你应该感到高兴。"

"让他一个人静静吧。"皮玛说。

"幸运女孩在哪儿?"内勒问。

"那个阔小姐?"塞德娜指了指远方,"她去了海滩。她的人来找她了。一个小时前,那些人的快速帆船刚刚靠岸。"然后她看看图尔,"理查德正要和他们见面,他想作为中间人促成一个交易。"

"找她的人到了?"内勒困惑地看着皮玛,"她跟我们说过,没人知道她在哪儿啊……"他越说声音越小,心里琢磨是不是又被妮塔骗了。

妮塔突然出现在空地上,大喊:"他们来了!"

"你的同伴?"他迟疑地问。

她气喘吁吁地连连摇头。"是追捕我的人。派斯的人。他还带了半兽人。"

塞德娜问:"海滩上的那些人……他们是你的敌人?"

妮塔几乎要喘不过气来,"他们想抓住我,把我当作和我父亲谈判的筹码。"

"他们知道你在这儿。"塞德娜说,"他们刚登岸理查德就告诉他们了。"

幸运女孩一脸慌张。"我不能让他们抓住我,我得藏起来。"

塞德娜和图尔对视了一下。"如果你躲进丛林……"

图尔随即又摇摇头。"洛佩斯会追捕她的。而且咱们怎么给她提供食物呢?要是他逮到了她,到时候谁站出来保护她呢?最好还是逃得远远的吧。"

内勒开口道:"我们打算搭去奥尔良的货车。她说那儿有人能保护她。"

塞德娜皱起眉头。"你进不了货物装卸区。没有幸运星的允许,谁都不能进那个区域。而且理查德和幸运星现在走得很近。"

"我们可以等火车开出来再上去。"

"太危险了。"

"还是在这儿等着我爸爸和妮塔的敌人谈交易更危险。"

图尔考虑了一下,说:"可行。如果他们动作快的话。"

"她说她跑得很快。"内勒说。

"如果她跑得不快可能会死。"

"落在那些人手里,她可能生不如死。"

"那你呢,内勒?你愿意冒这个风险吗?"

内勒本打算开口,但张了张嘴又闭上了。冒这个险值吗?他真的想与这个女孩同生共死吗?他烦躁地摇摇头。实际上,他已经站在了父亲的对立面,无论他有多想与父亲和解也绝不可能。因为理查德·洛佩斯的人被杀了,这相当于对他的侮辱,他绝对不会坐视不管。

"我待在这里不安全。"内勒说,"起码现在不行,他会和我算账的，因为他最讨厌丢面子了。如果他的人被杀了，他就会被大家嘲笑无能。"塞德娜摇摇头，"可我不能离开我的工友陪你们去。"

"有皮玛陪我们……"

皮玛摇摇头，"不，我不去。"

"你不去？"

"我不会离开我妈妈的。"

"可我们之前就说过要逃走，离开这里。"内勒竭力掩饰他的迫切。其实不知道为什么，他将他们俩视为同伴，觉得不管干什么都要一起。

"是你说的，我可没说。"

内勒望着她，逐渐在脑海中勾勒出了皮玛这么说的背后原因。皮玛有亲人，有可以依赖仰仗的靠谱亲人，当然不愿意冒险跑路。他早就应该看出来的。内勒不甘心地点点头说："我们能扒上火车，在两天之内抵达奥尔良，不会有太大困难的。"

皮玛举起手，给他看她被掰断的手指。"你真这么觉得吗？雷尼扒火车的时候两只手是完好的，可他的下场你也不是没看到，被碾压得跟肉糜一样。"

塞德娜朝沙滩望了望。"我们可以为你跟你爸爸说说情，我可以保护你。"

"你这么想的话，那就真是不了解我父亲了。"内勒摇摇头，"总之，我不希望你这么做。我想逃走。幸运女孩说过，如果我帮她的话，她就带我离开这里。"

塞德娜瞥了一眼妮塔。"你相信她？"

"我说的是真的……"妮塔激动地说。

塞德娜摆手示意她安静下来。"真的吗？"她看着内勒，"你觉得帮助她值得吗？"

"帮助谁都不值。"图尔突然插嘴。

"我父亲会酬谢他。"妮塔说，"他可以付……"

"闭嘴！"皮玛说，然后转身面向内勒，"这事儿该由内勒拿主意，是他决定要送你回去的。"说着她抓住内勒，把他拽到身边，压低声音问："你确定要这么做吗？"问完又瞥了妮塔一眼，"这丫头片子很狡猾。每次她告诉咱们点儿什么，总是半真半假的。"

"我相信她。"

"别信她。有钱人的想法和咱们的不一样。她只会考虑自己。你觉得你能照顾好自己吗？"

"这事儿没什么风险，而且我在这儿也没什么可牵挂的。如果我留下，我爸肯定不会放过我。"内勒耸耸肩，摆脱了皮玛抓着他的手。"我爸会一直记仇的。不管别人怎么劝，他都会恨我。"他看着妮塔，大声地对大家说："我们一起去。我带她走。"

下面突然传来一阵声响。皮玛爬上一块巨石，从繁茂的枝叶后面向下窥视。"上来吧，妮塔。"

妮塔爬了上去，和皮玛并肩站在石头上。内勒也上去看。夜色中的海面上，一艘白船靠了岸，灯光照得海滩亮如白昼，耀眼的 LED 探照灯扫过海面，照亮了朝岸边列队驶来的小船。妮塔摇摇头,"完了,他们冲我来了。"

"他们也会付酬金的。"皮玛的母亲对内勒说。

"妈。"皮玛摇摇头。

"我们是工友。"内勒倔强地说,"我不会出卖她的。"

皮玛的母亲端详内勒片刻。"你要是跑了,理查德·洛佩斯会一直追捕你,那样你就永远都不能回来了。"然后她望望下方海岸,"其实你可以和他和解的。只要把这女孩交给下面那些人,帮你爸爸跟他们谈妥条件就行了。这样理查德一定会原谅你的。你可能觉得不可能,但钱真的可以让他原谅很多事情。跟你们刚才说的那么多钱财相比,莫比、蓝眼还有其余的事儿都不叫事儿。"

妮塔面露惧意。如果他把她卖给那些人,肯定能大赚一笔,然后就能用这笔钱去换他父亲的原谅。

*幸运和聪明。我需要既幸运又聪明。*

明智的选择就是抛下妮塔,用她去换父亲的原谅。但是,把她交给她的敌人,这种事实在是让他恶心。可明智的选择就该是这样,把妮塔交出去,然后自己从中获利。毕竟,这是她自己的事,他不该管。他看看皮玛,后者却只是不置可否地耸耸肩。

"我告诉过你我的想法。"

"血与锈啊。"他喃喃道,"我们不能就这样把她交出去啊。那跟把皮玛交到我爸爸手上有什么区别?"

"可这样做对你是安全的。"图尔说。

内勒倔强地摇摇头,"不。我要带她去奥尔良。我知道该怎么扒火车。"

"扒火车又不是做轻工或者赶任务。"图尔说,"你只有一次机会。而且一旦出了错,下场就是死。"

"你扒过火车吗?"塞德娜问。

"雷尼教过我。"

"然后他自己就葬身车轮下了。"塞德娜说。

"人都有一死,"图尔轰隆轰隆地说,"但怎么死是可以选的。"

"我要去。"内勒说。然后他看着妮塔说:"我们一起去。"

他话语中的某种情绪感染了众人,没人再反对了。大家只是点点头,接受了他的决定。内勒突然觉得自己也许做了个错误的决定。他意识到,其实他有点儿希望有人能劝他放弃这个打算,劝他不要逃跑。

"那你赶快动身吧。"图尔说,"不然理查德很快就会来把这女孩卖掉。"

"祝你好运。"皮玛的母亲说完从兜里掏出一沓钞票,"快跑吧,别回来了。"

内勒接过钱,看到有这么多吃了一惊。他突然觉得自己以后再也没有依靠了。"谢谢。"

皮玛跑回营地,为他取来一个小口袋。那东西以前是蓝眼的。她把它交给内勒,"你的宝贝。"

内勒接过来,感觉口袋里有水在晃动。他看着妮塔,"准备好了吗?"

妮塔急切地点头道:"咱们一起离开这里吧。"

"好。"他指着丛林说,"铁路在那个方向。"

于是,他们往空地外走去。这时,他们身后传来图尔的声音:"等等。"内勒和妮塔转过身。图尔用那双凶巴巴的黄眼睛瞪着他们俩说:"我也想跟你们一起走。"

内勒顿时觉得毛骨悚然。"我们两个人走没事的。"他说。但皮玛的母亲露出了欣慰的微笑:"谢谢你。"

图尔微笑着看着犹豫的内勒。"别这么快就拒绝他人的帮助,小子。"

内勒拒绝图尔的原因有很多,首要的一点是,他无法确定图尔的动机。这个怪物让他感到害怕。虽然皮玛的母亲信任他,但内勒就是无法信任他。这样一个同他父亲和幸运星走得如此之近的人要与他俩同行,内勒感到很担心。

"为什么现在突然提出要和我们一起走?"妮塔疑虑重重,"你想要什么?"

图尔看了塞德娜一眼,然后朝沙滩歪了一下头。"那艘船上的人都带了他们自己的半兽人,他们看见我肯定会问各种问题,到时候对大家都是个麻烦。"

"我们两个人可以的。"内勒说。

"我知道。"图尔说,"但是也许我的智慧能帮上你们的忙。"他笑了一下,露出尖利的獠牙。

"他要帮忙你们应该高兴才是。"塞德娜说。然后,她转身用双手握住图尔的一只大手。"我欠你这个人情。"

"没什么的。"图尔又微笑起来,再次露出尖利的獠牙。"反正都是过打打杀杀的生活,在哪儿都一样。"

## 第十五章
## 逃离海岸

火车向他们驶来时，大地都在摇晃。他们三人蹲在灌木丛中，看着火车呼啸而来，又呼啸而过。面对此情此景，内勒不禁紧张地咽了口唾液。风扯碎了附近的树叶和蕨类植物的枝叶，如鞭子般反复抽打着他的脸。疾驰而过的火车幻化成一道虚影，几乎要将他吸向那些齐胸高的巨大车轮，仿佛在召唤他躺在铁轨上，直至鲜血横流，被碾成碎肉。眼看着一节节车厢飞逝，内勒感到越来越恐惧，他意识到，想去扒火车和真正去做是两码事。

眼前的情形已经足以使他改变主意了。他们应该考虑偷一艘小艇，沿着海岸从水上过去，或者取道丛林和沼泽……但是他们负担不起。而且，如果走水路的话，海湾那艘快速帆船一定会轻轻松松追上他们。没有其他选择了。他们得赶快逃跑，就现在。

火车车厢疾驰而过。从远处看火车的速度要慢得多，但靠近了看，火车的速度简直快如闪电。难道火车的速度升级了？雷尼扒火车那次，车速似乎要慢些，所以也容易些。内勒知道，车速取决于火车司机的个人偏好，所以火车的速度完全有可能快到人根本无法跳上去的程度。雷尼当时应该是误判了车速，以为自己能够跳上去，更何况当时他还喝醉了酒，头脑也迟钝起来，又因为之前扒火车的成功经历盲目自信，这都是他最后命丧车轮的原因。

内勒、妮塔和图尔走出藤蔓丛生的灌木，爬上铁路基床。飞驰的火车发出的隆隆声都快赶上那场有摧城之力的风暴了，带起的风刮得他们直摇晃。内勒回头看看同伴，妮塔恐惧地睁圆了眼睛，图尔则还是那副无动于衷的样子，也许心里还有一丝蔑视。在半兽人眼中，也许这根本就不值一提。内勒希望图尔是个巨人，那样就能直接提起他们跳上火车了。

别胡思乱想了，赶快行动，跳上去吧。

时间不多了，火车的末节车厢正在逼近，他得立即做出决定。眼下就好像他在储油罐中，当时唯有潜入油底才能存活。那时候他别无选择，可这一次，他一直想着另寻他路。他告诉自己，快跳，但脚却在地上生了根。

雷尼总是扒火车。他喜欢吹嘘这一点。内勒回忆着雷尼交给他的一切，心怦怦狂跳。他扶着妮塔的肩膀，贴着她的耳朵大喊："你先跑到一节车厢前头，等车厢追上你的时候就抓住梯子，无论如何也不要松手。"他指了指车轮，"掉下来你就滚到车轮底下了。所以，千万别松手，不管手有多痛。"说完他又重复一遍，"别松手！"然后他顿了顿，说，"然后赶快把腿跨上去。"

她再次点头。内勒则深吸一口气，想给自己鼓鼓劲儿。

妮塔突然狂奔起来，向前跑去。

内勒惊讶地看着她跑到火车旁。跟疾驰而过的巨大车轮和车厢旁的梯子相比，她的身体小得可怜。连着两架梯子从她身旁闪过，她都没有抬头看看，只顾贴着火车埋头向前冲，黑色的马尾辫在背后不断甩动着。

一架梯子，两架，三架，她都让过去了。当第四架梯子出现在身边时，她纵身跳了上去，手紧紧抓住横杠，身体被猛地向前甩去，双腿在空中摆动，落下来触到地面，然后又摆了起来。她就像一只被拖曳着的布娃娃，随时可能被卷入车底。内勒在一旁看着，担心接下来会目睹她被碾压成肉泥的惨状，但只见妮塔蜷起双腿，顺着梯子爬到了车上。上车后，她还用一只胳膊钩住梯子，向后张望了一下。转眼间，火车已经载着她跑了很远。

"火车最后一节车厢要来了。"图尔告诉他。

内勒点点头，又深吸了一口气，跑了起来。

随后他几乎是立刻明白了为什么妮塔追火车的时候连头都没回。火车轨道旁边的地面从远处看起来似乎没什么不平整的，但其实坑坑洼洼，很是坎坷。雷尼扒火车时跑的地段比现在这段平得多。内勒不得不保持直视前方，否则就有掉下去的危险。火车的速度和发出的隆隆噪声都让他感到头晕目眩。飞快经过的车厢变成一道模糊的影子。内勒不由得想象自己摔倒后被卷入轮下的情形。他尽可能快地掠过坑坑洼洼的地段，但梯子还是飞速闪过他面前。

见鬼，她是怎么办到的？他向后方瞟了一眼，想看看马上要过来的车厢,结果飞速运动的车身和隆隆的声响让他十分晕眩。他跟跟跄跄地,差点儿栽到车轮下面。内勒只能强迫自己集中精神,目视前方,提高奔跑速度,然后默数闪过去的梯子的数量,一,二。数到三的时候,一节车厢的中央恰好从他身边闪过。于是,他又接着数,一,二,心中向佩利的迦梨女神和命运女神祈祷着。一,二。停顿,一,二,三。 一,二⋯⋯

第一架梯子闪过,内勒只抓住了一秒,随后身子就打着旋儿晃荡起来。他的双腿不由得扭在一起,最后摔了下来,在满是沙砾和杂草的地面打了好几个滚才停下来。他浑身青紫地躺在灰扑扑的地上,目瞪口呆地看着火车在眼前驶过。他的膝盖擦破了,正在流血,手麻了,肩膀也痛得不行。

图尔一闪而过,轻松地钩住一节梯子。经过的时候,半兽人还瞥了一眼地上的内勒,对于他的失败无动于衷。

内勒挣扎着爬起来。妮塔已经消失在了远方。他又重新跑起来。火车车尾快要到了。刚才那一跤伤到了他的一条腿,所以他不得不一瘸一拐地奔跑。此外,他感觉肩上的旧伤口似乎被扯开了。因为瘸着腿跑,他无法提高速度。梯子在身边不停闪过。他再次计数,回头一看,车尾已经近在眼前了。

现在不跳,更待何时。

内勒突然发起了冲刺,跃上闪过的梯子。但他没有去抓梯子的横档,而是用双手抓住了梯子两侧的竖杆。他的胳膊连同身体都被火车猛地拽向前去,肩膀仿佛爆炸般疼痛。他的脚踢到了地上的石头,然后被撞得弹开,又是刺骨的疼痛。

随后,他用力将身体缩成一个球,低低地挂在梯子上摇摆。

他脚下的大地已是一片模糊。风撕扯着他的衣服,扑面而来的热气流让他感到窒息。他摸索着,又抓住一个可以借力的把手,然后忍受着剧烈的疼痛将身体往上拉,让双脚远离地面的岩石。又找到一个把手。于是,他顶着狂风缓缓向上爬去,远方的丛林变成一片片翠绿的影子,在眼前一晃而过。他的双臂不住地颤抖,整个身体因肾上腺素的分泌而兴奋,双腿则感觉绵软。尽管如此,他还是奋力向上爬,终于爬到了货车车厢的顶端,得以看见这列火车的全影。

他的脚蹭破了,膝盖在汩汩地流着血,手也磨破了皮,但他现在安全了,而且还活着。妮塔和图尔在前面看着他。妮塔朝他挥挥手。他疲倦地招手回应,然后用手臂钩住梯子,任凭身体发抖。他还得穿越整列火车才能与他们会合,但现在他只想在这列高速行驶的火车上休息。这是他这几天来头一次感到心中充满了感恩,同时,他还荒唐地感到自己目前无比安全。他回头看看身后的路,两根平行的铁轨快速消失在浓密的丛林中。火车上的每一分钟,都让他更加远离过往。

他得微笑。他全身上下都是伤,但是他还活着,他的父亲则在很远很远的地方,而前方等着他的,势必要比被他抛在身后的好上许多。这是他这辈子头一次逃离他父亲的魔爪,终于安全了。

这种安全感让他想起皮玛和她的母亲,她们还在金沙海滩,还得日复一日地做拆船工的工作,同时也面临着父亲可能对他们实施的种种报复。内勒为此感到担忧。当时他只顾着自己逃跑，却没有考虑此举会给她们带来怎样的影响；因为他想要逃离的欲望太过强烈，以至无法思考别的事。现在，她们母女二人的身影像幽灵一样骤然出现在他脑中，让他感到无比内疚。

回头望着来时的路，内勒用空出来的那只手轻触额头，向命运女神祈祷她们能平安无事。同时，内勒也祈祷她们能拖住理查德，使他相信图尔是为了得到酬金才背叛他的，相信皮玛母女俩并没有从他手中偷走发财的机会。内勒为所有被他抛在身后的人祈祷。他面朝火车前进的方向，任风吹过脸庞。就这样，他张开嘴，大口呼吸热烘烘的空气，感受着火车的速度，嗅着从丛林飘来的种种气味。

透过这片树林，他能看见断断续续闪过的灿烂而湛蓝的大海。火车正朝海岸线飞驰。内勒看见远处海面停泊着一艘快速帆船，船帆在阳光下熠熠生辉，仿佛在镜面般光滑的海面上休憩的一只白色海鸥。看着这样的美景，想到那些有钱人在丛林中钻来钻去想要找到他们，却不知自己受到了愚弄，猎物早已远走高飞，内勒不由得咧嘴笑了起来。

船与大海消失了，它们再次让位于树木与藤蔓交织而成的一团绿色的模糊影子。内勒转过身，低头看了看长长的火车，然后又抬起头，朝着被淹没的奥尔良的方向眺望，盼着眼前早些出现那座城市的建筑。

## 第十六章
## 驶进奥尔良

这种临时起意的逃亡最大的问题是事先没有计划。

他们这次偷偷溜走太过匆忙,几乎什么都没带;而跳上火车车厢之间的空隙这样的逃跑方式意味着,他们无法在路上寻找食物。没几个小时,内勒就饿了,心中分外想念前一晚的晚餐。

他还想,如果静静坐在原地不动,应该就不需要什么吃的了。毕竟,这又不是上工。可发烧昏睡的几天已经让他因为缺少食物变得虚弱了,现在他更是饿得前胸贴后背。可这个问题无法解决,他只能咬紧牙关,忍受胃里空无一物的煎熬,暗自发誓到了淹没之城后一定大吃一顿。

除了通往车厢顶部的梯子,火车车厢之间还有小型操作平台,是由不超过两英尺宽的钢板搭成的,站在上面装卸货还行,但要跨坐在上面待几个小时,那感觉就像做噩梦一样。图尔刚才走遍了整列火车,想要寻找能进去的开放式车厢,结果不但没找到这样的车厢,就连一个能使蛮力打开的隔间都没有。于是,他们只好挤在车厢连接处,看着脚下模糊成一片的飞速掠过的大地，听着风在耳边呼啸。待在这里实在太糟了，但至少比没遮没挡地在滚烫的车顶挨晒好。

离车轮这么近，睡觉是不可能的。他们只得晃晃荡荡地踩在车厢间的梯子上，脚下就是飞逝的大地；他们一个个困得直点头，可每次火车猛地加速或是突然减速，都会把他们惊醒。这辆火车每次加减速都特别突然，而且震动剧烈，导致他们很容易被甩出去，内勒和妮塔都经历了差点儿被甩到车厢缝隙中的危险情况。之后，他们只得弯曲手臂，绕在梯子上。还有一次，火车突然减速，图尔差点儿和他俩撞在一起，他那庞大的身体将他俩压在车厢的金属外壁上，内勒的脑袋被磕得嗡嗡直响。

但这些不适都无关紧要，最难受的还是缺水。他们带的那几瓶水很快就喝光了。到了第二天，在炎热和潮湿的环境中，他们已经口干舌燥、疲乏无力了。此时，他们什么也做不了，只能看着周围的一切飞快掠过，心中都盼望着火车能早点儿到达目的地。火车间或会路过巨大的湖泊，于是他们就讨论是否能从飞驰的火车上跳进那凉爽诱人的湖水里。图尔总是摇头，说要是下去就不可能再扒上这种速度的火车了；除非他们想走上好几天，否则就必须忍受眼下的种种不适。

内勒恨透了"忍受"这个选择，但他也不想再尝试一次扒火车了。他心里清楚，这个大家伙说得对。所以，他们只能一边望风景，一边聊天，期盼时间赶快过去。

"追捕你的是什么人？"内勒问妮塔，"你为什么这么重要？"

"是纳撒尼尔·派斯。因为商业联姻，我才有了这个舅舅。"她犹豫了一下，继续说，"他和他的人想拿我做谈判筹码。"

内勒困惑不解，皱起了眉头。妮塔看他一副没听懂的样子，就解释道："我父亲知道了他的几桩交易，发现派斯滥用我家族企业的资源。于是派斯想用我来要挟我父亲，让他少管闲事。我就是派斯用来给他施压的最佳武器。"

"施压？"

"派斯想要我父亲松口答应一些他之前反对的事情。如果我在派斯手上，那我父亲就不得不妥协。派斯想做成一笔数十亿元的生意，数十亿啊！"她用那双黑漆漆的眸子盯着他，"你工作的那个拆船场永远也赚不到这么多钱。这些钱足以造一千艘快速帆船了。"

"那你爸爸还反对这桩生意？"

"那是沥青砂开发和精炼的生意，会生产出替代原油的可燃燃料。因为碳生产受到政策限制，这类生意的估值上涨了。派斯以前在我们北部控股的公司中负责沥青砂精炼的业务，但他偷偷用帕特尔的快速帆船跨过北极，将产品运到了亚洲。"

"听起来他是发了笔横财啊。"内勒说，"就好像一下子掉进了石油池里，而且池子外头就有买家等着送钱。你爸爸为什么不干脆让派斯去跑生意，坐享分成呢？"

妮塔一脸震惊地瞪着他，刚要说话，又把嘴闭上了，如此反复两次，显然是不知道该说什么了。

"那是黑市燃料。"图尔说，"虽然没有明令禁止，但按惯例是不该碰的生意。唯一比那更挣钱的买卖就是运输半兽人，但是，当然了，后者是合法的。可她说的那事儿不完全合法。对吧，幸运女孩？"

妮塔勉强点点头。"派斯一直利用北极领土争端避免上缴碳税，然后把产品运到亚洲之后就可以轻松转手。这生意不但危险，而且违法。后来我父亲发现了，想强行把派斯从家族中驱逐出去，没想到派斯先发制人。"

"数十亿？"内勒说，"这生意那么赚钱？"

她点点头。

"你父亲真是疯了，他应该做这个生意。"

妮塔轻蔑地看着他，说："被淹没的城市还不够多吗？死于旱灾的人还不够多吗？我的家族经营的企业是清清白白的。有市场不一定意味着我们就非得去占领。"

内勒大笑，"你是想告诉我，你们这些吸血的买家是有良心的？得了吧，就好像生产汽油和雇我们这些人在破船上给你们卖命，收集可回收废料有什么区别似的。"

"当然有区别！"

"到头来还不是为了赚钱。另外，你比我想的还要值钱。"他若有所思地打量着她，"幸好你没在我和我爸烧你的船之前告诉我，"他摇摇头，"不然我可能会让他把你卖掉。这样就可以从你舅舅派斯那里得到一大笔钱。"

妮塔半信半疑地笑问："真的吗？"

内勒也不知道该作何感想。"毕竟那是一大笔钱啊。"他说,"你觉得自己有道德有良知的唯一原因,就是你不像我们普通人一样那么需要钱。"他克制住自己内心的懊恼,因为他知道,决定已经做了,而且无法反悔。

你想做个像斯洛特一样的人吗?他问自己。为了多赚一点儿钱什么事都做得出来?

斯洛特不仅是个叛徒,也是个蠢货,但是内勒忍不住想,命运女神将天大一笔财富放在他面前,可他却把它扔了。"既然你这么值钱,怎么卷入那场风暴了呢?"

"父亲送我去南方,以免发生暴力事件时我会受到牵连。本来没人会知道我在哪儿。"她的眼神有些恍惚,"我们不知道他们追上来了。确切地说,我们压根儿就没有猜到……"她纠正了自己的话,"阿伦斯曼船长说我们应该逃跑。他似乎知道要发生什么,但我不清楚他是怎么得知的。也许他之前和派斯是一伙的,后来却改了主意。也许他能感觉到命运女神的安排。"她摇摇头,"我不知道。这一切到底是怎么回事,也许我们永远不会知道了。总之我当时没有信他的话,一再拖延,不肯逃跑。结果我的人就因为我当时没有意识到身处险境,耽搁了时间,白白送掉了性命。"说到这儿,她的脸色严峻起来,"我们刚出港口,他们就追赶上来,整日整夜地追赶着我们。"

"风暴到来的时候,我们别无选择,要么与风暴赛跑,要么向它投降。阿伦斯曼船长让我决定。"

"你就不能和追你的人谈判吗?"内勒问。

"派斯不会和我谈的。一旦他胜券在握,他就不与对手讲条件。于是,我让船长继续朝风暴中心航行。我也不知道他为什么会同意。那时海中的风浪已经很大了。"她比画着,"大浪拍上甲板,人在上面几乎无法行走。耳畔只听得到风暴的怒吼,狂风几乎要将我们撕成碎片。我当时以为自己死定了,但如果向派斯投降,大概也是死路一条。"

说完她耸耸肩,"于是,我们驶进了风暴中,几个巨浪打来,折断了我们的船帆和桅杆。海水从窗户涌进船舱。"她深吸一口气,打了个冷战,"不过,派斯的船掉头不追了。"

"你这是赌上了身家性命啊。"图尔说。

"我是一枚棋子,一个卒子。"她说,"我可以牺牲,但不能被俘虏。被俘虏就意味着这场游戏的终结。"她望着远方的绿色丛林说:"如果不能逃脱,我就选择死亡,因为如果我被俘虏了,他们就能要挟我父亲,逼他做可怕的事情。"

"你父亲是否愿意为你牺牲自己呢?"图尔说,"不过这还得问他。"

"你不明白。"

"我是不明白,你为什么要下令冲进风暴,牺牲整条船上的人?"

妮塔先是瞪着他,随后又把目光移开了。"如果有别的选择,我一定不会这么做。"

"这么说你是有一批忠心耿耿的随从啰。"

"是啊,他们可不像你。"她这句话里带着明显的嘲讽。

图尔慢慢地眨了下明亮的黄色的眼睛。"难不成你还希望我是个好半兽人？你觉得我应该效忠内勒的父亲？"他又眨了一下眼，"你希望我和你船上的那些半兽人一样忠心不二？"他微微一笑，露出尖利的牙齿。"理查德·洛佩斯觉得你的血干净，眼睛清澈，心脏健康，交到收割者手里能换不少钱呢。你希望我也忠于他的这个想法？"

妮塔装作无所谓的样子，白了图尔一眼，但其实她攥紧了拳头，手指骨节都发白了。"别想吓我。"

图尔咧嘴笑了，露出尖利的獠牙。"我要是想吓吓那个被惯坏了的阔小姐还不容易？"

内勒插了一句，"行了，你们俩。"他碰碰图尔的肩膀，"我们很高兴你能来。我们都欠你的情。"

"我这么做可不是为了让你们欠我的情。"图尔说，"我这是为了塞德娜。"他看着妮塔，"不管你父亲多有钱，十个也抵不上她一个。不管你那些愚蠢的敌人怎么想，反正一千个你也换不来塞德娜。"

"别跟我提钱。"妮塔说，"我父亲可掌管着船队呢！"

"有钱人用钱衡量一切。"图尔倾身靠近妮塔，"塞德娜曾经带着她的工友冒着生命危险把我从一场石油燃起的大火中救出来。她本不必回去救我的，她也不用去帮忙抬连我自己都抬不动的铁梁。其他人都劝她不要犯傻，那太冒险了。而我只是一个半兽人。"图尔平和地看着妮塔，"你父亲掌管着船队，我敢说甚至还掌管着上千个半兽人。但是，他肯豁出性命去救其中一个吗？"

妮塔怒气冲冲地瞪着他，但是没有说话。他们三人顿时陷入了沉默。最后，伴随着火车的摇晃和发出的"嘎吱嘎吱"的声音，大家都睡着了。

水城奥尔良并非一下子就露出了全貌，而是一点点地呈现出来的。首先映入眼帘的是被榕树和柏树贯穿的棚屋后方，然后是边缘正在逐渐剥落的混凝土和砖石建筑，它们都沉陷在一个个落水洞中，接着是笼罩在沼泽树树阴下被人遗弃的旧楼，楼面上爬满了葛根藤。

火车驶离低洼的沼泽地带，沿着逐渐抬高的铁轨继续飞驰。沿途的池塘绿意盎然，长满了藻类和睡莲，偶尔有白鹭飞过，当然也有抱团飞舞的苍蝇和蚊子。由于不时有大风暴席卷这片海岸，人们加固了整条铁轨，这也成了人类成功定居这片丛林沼泽地的唯一证据。

在飞驰的火车上，他们俯瞰这座已经死去的城市。残垣断壁上爬满了青苔。经过变化莫测的大自然一番耐心的雕琢，这座昔日充满希望的城市已经被海水灌注、淹没，面目全非了。内勒想象着那些曾经居住在这些崩塌的建筑物中的人是什么样子，想知道他们都去哪儿了。这些建筑比他在拆船场看到的所有房子都要庞大。好一点儿的建筑是用玻璃和混凝土建成的，不过，和那些质量差的建筑一样，也都垮了；后者仿佛更像是熔化了一般，只剩下弯曲、生霉的烂木柱和烂木板摇摇欲坠。

"就是这儿吗？"内勒问，"这就是奥尔良？"

妮塔摇摇头，"这些只是城外的建筑，算是郊区。这种景致随处可见,要绵延数英里之远。曾经,这里人人都有汽车。"

"人人都有?"内勒觉得难以置信。怎么可能有这么多富人?这就跟说人人都拥有快速帆船一样荒谬。"他们怎么做到的?这里又没有路。"

"有路。"她指着远方,"看。"

实际上,如果内勒仔细观察这片丛林的话,会注意到曾经的一条林荫大道。如今,这条路已被绿荫占领了,看起来好似一条被各种蕨类植物和苔藓盖得严严实实的小路。要想在脑中勾勒出大道原先的样子,你得假想大道中央生长的那些植物都不存在。可它们的确长在那儿。

"他们从哪里得到汽油呢?"他问。

"各个地方。"妮塔大笑,"从世界的另一端,从海洋的最深处。"她朝被淹没的废墟挥挥手,又瞥了一眼大海,"他们曾经在这片海湾钻油井,把岛屿都割裂成一小片一小片的,所以现在风暴造成的威力才显得那么大。以前这里能起到遮风的作用,可惜全被气钻井毁了。"

"是吗?"内勒追问,"你怎么知道的?"

妮塔大笑,"如果你上过学,你也知道。奥尔良城风暴很有名,白痴都知道。"她停顿了一下,"我是说……"

内勒想一拳打在她那张扬扬得意的脸上。

图尔也大笑起来,发出轰隆轰隆低沉的声音。

有些时候妮塔挺不错的,但其余时候她就是个自以为是而又手无缚鸡之力的阔小姐。每到这些时候,内勒就觉得在金沙海滩上时应该给她一些教训,甚至觉得出于贪婪而背叛他的斯洛特都比妮塔这个阔小姐好。而且,跟他们在一起混了这些日子,她美丽的脸蛋儿竟然没有受到影响,仿佛其他人经历的痛苦和挣扎她全都不曾经历过。

"对不起。"妮塔说,但是内勒耸耸肩,没搭理她的道歉。在她心中他是什么样的,他一清二楚。

就这样,他们在沉默中继续随车前行。丛林中出现了一座村庄清晰的轮廓,那是沼泽中的一个小渔村,由星星点点的小棚屋组成。那些棚子就跟内勒他们盖的那种一样,院子里还养着猪,种着蔬菜。对他而言,这画面看起来就跟家一样。但他不知道在妮塔眼中这算什么,

最后,茂密的丛林退到两边,前方出现一片低矮的树林。火车轨道的高度让他们对这片林子一览无余。虽然隔得远,这座城市看起来依然很庞大,几栋大厦高耸入云,煞是壮观。

"奥尔良二号城。"图尔说。

# 第十七章
## 奥尔良二号城

内勒伸长了脖子眺望远方的树顶,如饥似渴地看着若隐若现的城市,说道:"在那儿肯定能找到不少宝贝。"

妮塔摇摇头说:"要想淘宝得先把大楼弄塌,那就需要各种各样的炸药。不划算的。"

"划不划算得看能从里面得到多少铜和铁。"内勒说,"只要找一支轻工队进楼,收获肯定不会小。"

"那就得在湖中央作业了。"

"那又怎样?只要你们这些有钱人留下的东西够多,这一趟冒险就值。"他恨她那副无所不知的样子。内勒继续盯着高楼大厦的废墟看,"我打赌里面所有的好东西都已经被弄走了。好东西不可能剩下。"

"不过,"图尔朝着被绿色覆盖的一片楼群点点头,"只要组织得当,还是能捞回不少宝贝。"

妮塔再次表示反对,"你们还得跟当地人争夺回收采集权。大家都是寸土必争。如果不是有协议和雇佣兵,就连转运区都得被洗劫一空。"她做了个鬼脸,"和那些人可讲不了条件,他们都是野蛮人。"

"像内勒这样的野蛮人?"图尔故意挑拨。他的一双黄眼睛闪烁着幽默。妮塔脸一红,把脸转到一边,把黑头发捋到耳朵后面,假装正在看车外飞速向后退去的地平线。

无论妮塔认为他们的寻宝行动机会多么渺茫,但他们前面的确有太多被遗弃的宝藏。如果内勒理解正确的话,这仅仅是奥尔良二号城。还有最原始的那座新奥尔良城呢。密西西比河上的那座简称为米斯梅的大都市也要算上。一开始米斯梅的名字叫"奥尔良三号城",可后来这个名字被抛弃了,因为即使是那座淹没之城最热忱的支持者也觉得,凡是叫"奥尔良"的地方都会遭殃。

有工程师声称,其实大家可以在庞恰特雷恩湾建造能抵御飓风的高楼,但商人们受够了河口的洪水和风暴天气,便带着财富举家搬迁,到高于海平面的陆地上舒舒服服地过日子去了。于是,这座淹没之城便成为码头、深海装卸平台和贫民窟。

相比其他城市,米斯梅在密西西比河上游较远的位置,海拔也更高,因此可以抵御旋风和飓风,这是其他城市都不具备的优势。从设计之初,人们就竭力避免因之前的乐观而给米斯梅带来隐患。内勒听说,这是一座专为有钱人修建的城市,不仅有金砖铺成的大道,还有金碧辉煌的高墙,看守和电网,这些措施都是为了防止贫民进入。

曾几何时,提起"新奥尔良"这个名字,人们就能联想到许多东西,比如爵士乐、克里奥尔人、生活的脉动、狂欢节、热闹的派对和疯狂的人群，还有被茂密的绿色植物爬满的旧楼。现在，它只能让人联想到一个词儿——

失落之城。

越来越多被丛林吞没的废墟从他们眼前闪过，这些数量惊人的财富和可回收的材料就被留在原地，锈蚀、腐烂，然后与树林和沼泽融为一体。

"人们为什么要遗弃这座城呢？"内勒问。

"因为有时候人会吃一堑长一智啊。"图尔说。

内勒明白，他这句话的意思就是，大多数时候人们即使吃一堑，也不会长一智。那两座死城就是加速时代的人们接受不断变化的环境有多慢的证据。

沿着弯曲的轨道，火车驶进一座座高楼。一座破损的远古体育馆的轮廓从奥尔良二号城林立的大厦之间凸显出来，由此可以看出这座老城最初的模样，这也是淹没之城曾经的荣耀的象征。

"愚蠢。"内勒嘟囔道。图尔顶着风凑近他，想听他在说什么。内勒冲着他的耳朵高喊："他们太蠢了！"

图尔耸耸肩。"谁也没料到会有六级飓风。那时候他们还没经历过毁屋摧城的风暴。气候变了，天气也变了。他们没有预料到。"

内勒想，那时候没人会料到自己每个月都会经历一场掀翻整个密西西比的飓风。那些没有准备好封舱、乘船逃走或躲入地下的人全都遭了殃。

火车快速经过架线塔，沿弧线驶向这个贸易枢纽的中心。

铁轨下方就是黑乎乎的大海,海面上覆盖着泄漏的废油、垃圾和各种化学物质,发出阵阵恶臭。海面上有各种浮台和转运装卸平台。借助吊车,大型集装箱被装入快速帆船中。密西西比河的船普遍吃水浅,船帆短小,船上装满了越洋而来的各种奢侈品。

火车驶过一堆堆垃圾和一个个回收场,那儿的男男女女顶着烈日,汗流浃背,正往手推车里装回收来的废品,然后运到磅秤台称重出售。火车开始减速,转上另一条轨道,向一片海拔较低的贫瘠地区驶去,之后又换了一次轨道。火车刹车时,车轮与钢轨摩擦,发出尖厉的声音,车厢跟着颤抖起来,震颤像涟漪一样从车头传递至车尾。

图尔拍拍他们俩的肩膀,"咱们现在下车,很快就能到铁路站场。然后人们就会问我们为什么会在这儿,我们是否有权利在这儿干活儿。"

即使车速已经变慢,跳下火车后,他们也还是在地面上翻滚了几圈才停下。内勒站起来,拭去眼角的灰尘,观察了一下周围的环境。大体看来,这里跟拆船场没多大区别,到处都是垃圾、废品、煤烟、油垢和倒塌的棚屋,还有一些人正茫然地看着他们。

妮塔也察看了一下周边环境。内勒发现,她并没有感到多么吃惊。内勒庆幸一路有图尔相陪。他们在挨挨挤挤的棚屋之间穿行,看到几个男人在阴影处闲逛,衣衫褴褛,身上的穿孔和文身象征着某种不为人知的隶属关系。他们盯着这三个闯入者穿梭于他们的地盘。内勒感到脖子上汗毛直立,便握紧小刀，担心会发生流血冲突。他能感觉到，这些人同样也在猜测他们的来意。他们跟父亲一样懒散，也许还一样是瘾君子，一样危险。内勒闻到了茶和糖的气味，煮咖啡的气味儿，看到了装有红豆和脏兮兮的大米的罐子。他还闻见了腐烂的香蕉发出的又甜又臭的气味儿，肚子便咕咕叫了起来。他们前面有个小孩正对着一堵墙撒尿，面无表情地看着他们经过。

他们走到了主街上。这里到处都是垃圾废品的买卖者，兜售着各种工具、金属板材和金属线圈。一辆由自行车改装的运货车驶过，发出咣当咣当的声音，那上面装满了废品，内勒猜应该是些罐头。他不知道这些是司机刚购得的，还是准备卖出去，也不知道会销往何处。

"现在去哪儿？"内勒问。

妮塔皱皱眉头，"咱们得去码头。我想去看看那儿有没有我父亲的船。"

"如果有呢？"图尔问。

"那我就要问问船长是谁。有几个船长还是可以信任的。"

"你确定？"

她犹豫了片刻，"一定还有几个值得信赖。"

图尔指着一个方向说："快速帆船应该都停在那边。"

她示意内勒和图尔跟着她走。内勒瞟了一眼图尔，但是大块头似乎并不准备听她发号施令。

他们继续朝前走，大海的腥臭味儿和腐烂的气味儿都比拆船场的强烈,这里被生活拖垮的人们也比拆船场的人强悍。这是一座巨大的城市。他们走啊,走啊,经过了一条条街道、一座座棚屋和垃圾坑。男男女女有的乘坐人力车,有的骑自行车。他们甚至看见一辆烧石油的汽车吱吱嘎嘎地开过残破的街道。终于,他们走出了这片闷热的贫民窟,走上绿树成荫的小路,小路两侧的棚屋不断有人进进出出。这些棚屋上都有牌子,妮塔边走边读给内勒听:梅耶尔贸易公司,奥尔良河运补给公司,仪-泰勒香料店,深蓝海运有限公司。

突然,前方的街道被水淹没,且越往前走水越深。水面上停着许多小船和水上出租车,男人们坐在各种带桨的小艇上,废布条制成的小帆迎风招展,等着将人们渡至远方的奥尔良。

"死路一条。"内勒说。

"才不是,"妮塔摇摇头,"我知道这地方。我们离目的地很近了。必须得穿过奥尔良,才能到达深海平台。咱们得打个水上的士。"

"可是水上的士看起来挺贵的。"

"皮玛的妈妈没给你钱吗?"妮塔问,"我相信那些钱足够付的士费了。"

内勒迟疑了一下,然后拿出一卷红色的钞票。

"最好先留着,"图尔说,"一会儿饿了还可以用它买吃的。"

内勒盯着河口的水域说:"我现在快渴死了。"

妮塔怒气冲冲地瞪了他一眼。"那我们该怎么到帆船那儿呢?"

"我们可以步行啊。"内勒说。几个人正涉水而行,看起来最深的地方只到腰的位置。他们慢腾腾地穿过绿油油、油乎乎的水面。

妮塔一脸厌恶地盯着水面。"你不能涉水过去,太深了。"

"把你的钱花在水上吧,"图尔说,"工人们肯定有法子去装卸平台。穷人会给咱们带路。"

妮塔有些不情愿,但还是同意了。他们从一个小贩手中购买了褐色的饮用水。那个小贩长着一口快烂掉的黄牙,夸张地咧嘴笑着,信誓旦旦地说他的水是脱盐的,而且充分煮过。小贩兴高采烈地给他们指了方向,甚至提出划船把他们送过去,但收费太高,他们只得放弃,继续在破烂的街道上涉水而行,走过浮动的木板路。鱼和石油发出的恶臭一阵阵袭来,内勒的眼睛被刺激得不住地流泪,让他想起了在拆船场的日子。

最后,他们来到了海岸上。一系列浮标在平静的海面上浮动。

妮塔依然一脸厌恶地盯着水面。"我们本应该坐条船的。"内勒朝她咧嘴一笑,"害怕吗?"他问。

她不悦地瞥了他一眼。"才没有。"她又看了一眼海水,"可是水不干净,里面的化学物质都是有毒的。"她吸了口气,"也说不好里面都有些什么。"

"就算有毒也不会今天就毒死你。"说着他便走进有着黏滑淤泥的水中。水面上覆着一层薄薄的、散发着珠光的油膜。

"这比拆船场周围的水域情况好多了,和那儿比起来,这可算不了什么,那儿都没能毒死我。"他又咧嘴笑了,似乎很享受嘲弄她。"走吧,我们一起去看看有没有船等你。"

妮塔报着嘴唇,但还是跟了上去。内勒想笑话她,因为她虽然聪明,但是竟然会为这么点儿小事左右为难。他看着她一步步向水深处走去,看着这个阔小姐这一次终于像普通人一样下到又脏又臭的水中。幸运女孩刚走进水里,图尔就跟着下了水,他巨大的身躯让周围的睡莲叶子和黑黝黝的石油掀起一片涟漪。他们一起慢慢向前走去,水越来越深,没到了他们的胸口。

他们前方有人安置了塑料浮标,为那些没船的人标记出一条步道。浮标一个是白色的,一个是橙色的。走过其中一个时,内勒发现浮标上贴了一张褪色的苹果图案,旁边还有若干字母。另一个浮标上刻着古老的汽车图案。这条用废弃容器铺成的路引领他们继续向前,来到最后一处建筑地基的尽头,这里也没有其他垃圾和残骸,但路还很长。

他们小心翼翼地在水中跋涉,跟在一群游泳的人身后,这些人的目的地是远方的码头。妮塔突然失去重心,摔倒在水中。图尔赶忙拉起她,帮她回到那条其他人都小心翼翼地行走的路上。

她将脸上几缕潮湿的长头发从脸上拨开,向远处的船只和码头张望。"他们为什么不乘小船?"

"这些人?"图尔看看周围涉水而行的人们,"他们不配。"

"可是也可以修条木板路啊，又花不了多少钱。"

"在穷人身上花钱就好像把钱往火里扔。他们只会花钱，从来不会感谢你。"图尔说。

"但是这样做方便人们前往码头，或许还省了钱呢。"

"水似乎并不能阻止他们。"而且，他们前方确实有一支连绵不断的队伍；他们中有的用塑料袋包着一些财物，以免它们被水弄湿，但是队伍里的大多数人似乎根本不在意在棕褐色的水和绿藻中游泳。妮塔一脸决绝地继续走着，内勒想，她一定被周围的环境恶心坏了，却在竭力隐藏自己的情绪。

图尔的每句话都像鞭子一样抽打着她。内勒不知道自己为什么乐意看见妮塔处于尴尬的境地。他感觉妮塔没有把他当作一个人，而是把他当作某种有用的生物来"使用"，就像使唤狗一样。内勒甚至不确定妮塔是不是个人。这些有钱人简直是另一个物种，他们来自陌生的地方，过着不一样的生活，为了让一个小女孩活下来，宁愿废掉一艘快速帆船。

"你到底为什么要跟来呢，图尔？"妮塔突然问，"你不该随便离开你的恩主。"

图尔瞟了她一眼。"我想去哪儿就去哪儿，别人管不着。"

"可你是个半兽人啊。"

"'半兽人'虽然只有一半是人，"图尔看着她说，"可我体格是你的两倍呢，幸运女孩。"

妮塔瞟了一眼内勒。"他应该有个恩主。半兽人是要向人宣誓效忠的。我们家就有从日本引进的受过训的半兽人。还没见过没有恩主的半兽人。"

图尔将目光全部转到她身上。黄色的狗眼，食肉动物般令人胆寒的目光，打量着他面前可以轻易灭掉的脆弱生物。

"我没有恩主。"

"这不可能。"妮塔说。

"为什么不可能？"内勒问。

"我们半兽人以极度忠诚著称，"图尔说，"所以幸运女孩发现不是所有半兽人都喜欢被奴役之后很失望。"

"因为这就是不可能的，"妮塔坚称，"因为他们受过训练……"

图尔耸了耸巨大的肩膀。"到我这儿他们失误了。"他微微一笑，自说自话地点点头，似乎对这个只有他能听得懂的"笑话"感到满意，"我比他们想要的那种半兽人聪明。"

"是吗？"妮塔追问了一句。

那双黄澄澄的眼睛又开始在她身上转悠。"我足够聪明，知道自己可以选择效忠谁或者背叛谁。我的……同胞们就难说了。"

内勒从未想过图尔为什么会和拆船工们混在一起。他在那儿打工不久，和随船来的难民们一样。斯宾诺莎帮、麦克卡利斯帮和拉尔斯帮的人都在那儿工作，图尔也一样。他们就是去那儿谋生的。

幸运女孩说得没错。人们把半兽人当保镖使，用于杀戮和战斗。内勒的所见所闻都证实了这一点。他曾见过半兽人跟在劳森-卡尔森公司的银行家们身旁，见过他们陪伴在那些来拆船场视察工作的血汗买家身旁。半兽人通常都与另一类人相伴出现，就是那些买得起半兽人的有钱人。半兽人是人类的基因与老虎和狗的基因杂交后的产物，价格昂贵。他们的胚胎——人类卵细胞——总是供不应求，要价不菲。生命神教利用信徒的卵细胞来换钱，收割者的信徒则总是收购人类卵细胞。

"你的主人在哪儿？"妮塔问，"你应该追随主人直至他生命的最后一刻。我们家的半兽人就常常这么说，我们死了他们也会跟着赴死，还说会为我们豁出去性命。"

"我们半兽人中有的惊人地忠诚。"图尔说。

"可是你的基因……"

"如果基因决定一切的话，那恐怕内勒早就把你卖给你的敌人，然后把赏金花在黑伶醉上了。"

"我不是这个意思。"

"不是？你是帕特尔家的后裔，所以你就聪明绝顶，就是个文明人，是吗？内勒则是一个完美杀手的孩子，依你的逻辑他会变成什么样的人不言自明了吧。"

"不是，我根本没这意思。"

"别那么确定我们半兽人能做什么，不能做什么。"图尔死死盯着她，"我们行动速度比人快，身体比人强壮。不管你怎么想，其实我们比我们的恩主要聪明得多。你这个阔小姐碰到我这样的生物——不忠于任何恩主的半兽人，害怕了吗？"

"图尔，"内勒问，"你受过训练吗？他们把你交给过什么恩主吗？"

"那是很久之前的事情了。他们尝试过。"

"谁?"

图尔耸耸肩。"这不重要,因为他们现在都死了。"他冲着越来越近的码头点点头,"这些帆船里有你认识的吗?"

妮塔探头向远处挨着浮动船坞的船只望去。"这么远,看不清。"

于是,他们又往前走了些。海水温度低,这让他们在热带的暑气中得到一丝宽慰,但内勒已经厌倦了涉水前行。这样走太慢了。

水变深了。他们终于到达了浮动码头,得以走出水面。幸运女孩一脸嫌恶地拧干浸满海水的衣服。内勒则享受着清风吹拂在湿漉漉的皮肤上的清爽感觉。远方有几艘正在行驶的帆船。从这儿望去,整个世界在他眼前铺展开来,他看见不少帆船和货船停泊在港内。他还记得拆船场里那些破旧货轮上的许多国旗,船身上还写着不同国家和商品的标签。这儿的船实在是多,简直就是这个世界的目录簿。

一艘小型巡逻艇排放着油烟,正在大型帆船间来回巡游。这类小艇靠生物柴油驱动,领航员就是乘坐它靠近帆船,引导帆船进入码头停泊。码头上人声嘈杂,热闹非凡,有钱人从帆船中鱼贯而出,钻入驶往上游或内陆铁路线的摆渡船。两个正负责一艘豪华游艇安保工作的半兽人用挑衅的眼光盯着图尔。图尔经过时,他们还发出呜呜的低吼,算是打招呼。这里到处是苦工:皮肤有黑色、粉的和棕色的,头发有金的、红的和黑的,高矮胖瘦不一而足,所有人身上都有劳工文身，挂着征募徽章。他们将货物搬到吃水浅的转运木筏上。越来越多的木筏离开被淹没的奥尔良城，慢吞吞地朝那些巨轮驶去。

"我们可以搭货船过去。"内勒嘟囔着，朝正往帆船方向徐徐前行的集装箱点点头。有的运货驳船是老掉牙的坏帆船改造的，但是大多数都是比较大的船只，按照设计是借助烧煤和风力行驶的。巨大的鳍状风翼在船身两侧展开，在微风的推动下让船只缓缓移动，船上载着的是大批镍、铜、铁和钢材料。

这样的工作令人兴奋，比金沙海滩上的拆船工作忙碌多了。妮塔伸着脖子张望，目光越过人群，指着说："那边有船。"

前方停着一排快速帆船。一艘纵帆船、一艘双体货船和一艘游艇，它们停在一段独立码头旁，沿着大桥一路排开。这些帆船美极了，是外海上航行速度最快的船，装备了足以对付海盗的火箭炮和小型导弹制导系统，和内勒拆卸过的那种锈迹斑斑的破船完全不同。与这些全副武装、行动迅速的致命帆船相比，内勒见过的那些老古董就好像刚从锈坑里爬出来的拾荒者，被眼前的阳光照耀得睁不开眼。

他们再靠近一些之后，妮塔扫视了一遍说："这些船都不是我家的。"她的肩膀颓然地沉了一下，显然是失望了。内勒也感到一阵失望，但是他尽量没有表现出来。如果他现实一些，早该料到不可能立刻就找到能帮助他们的船。河港内依然交通繁忙，一直有船驶进驶出。在他们看着的当儿，就有一艘快速帆船展开船帆,在快速滑轮系统的帮助下,长长的帆布沙沙地迅速就位,飘扬在风中。帆船快速驶出船坞,船帆在风中猎猎作响。

"我们明天再回来看看。"内勒说。

幸运女孩点点头,但同时她依然打量着那些帆船,就好像希望有一艘帆船魔法般变成其他东西。黄昏已至,她终于点了点头,他们这才穿过浅滩,沿着船坞桥的桥梁往奥尔良走。

晚上,他们从一艘小艇上的小贩手中买了烤老鼠串,一边吃一边欣赏着街河中繁忙的景象。人们用竹篙撑着小艇驶过水面,上面装满了各种食物,工人和上岸休息的水手们坐在艇上。远处海面上传来黄铜乐器奏出的一曲哀歌。黑乎乎的水中,几个孩子在嬉戏。看着这些孩子在这里放心大胆地玩耍,内勒知道这个地方是非常安全的。这儿没有危险的酒鬼,也没有瘾君子。

夜色中到处是蟋蟀的叫声和蝉鸣。蚊子也嗡嗡地围着内勒转,咬个不停,这比海滩上的蚊子厉害多了。因为海滩上风大,大多数蚊子无法靠近,但在这儿,沼泽地带的空气凝滞,没什么风,蚊子便肆虐起来,叮得人难受。内勒和妮塔使劲拍打着这些吸血鬼,图尔则饶有兴趣地望着他俩。内勒不知道到底是图尔的皮肤特别厚还是有别的什么特殊气场,蚊子都不敢近他的身。

"塞德娜给了你多少钱?"图尔问。

"几张红票子,还有一张黄黑票子。"

妮塔问："就这么点儿？"然后很快便咽下了后面的话。

"这是做两周重工赚来的。"内勒说，"难道这只是你一下午逛街能花的钱？"

妮塔摇摇头，什么都没说。图尔说："如果你不想饿肚子的话，明天你也得工作。"

"去哪儿工作？"内勒问。

图尔用黄眼睛瞪了他一眼。"你又不蠢，自己想。"

内勒沉吟片刻。"码头。如果在码头工作，我们可以一边挣钱，一边注意有没有她的人。"

图尔咕哝了一声，转过身去。内勒知道他这是同意了。

# 第十八章
## 快跑！快跑！

找到工作并不难，难的是找到和拆船挣得一样多的工作。只有图尔找工作最容易，因为他人高马大，可以搬运转送到密西西比河和铁路站场的贵重货物。没有帮派或工会穿针引线，也没有家族关系做靠山，内勒和妮塔只能做没什么油水的零工，比如送信、搬运小物件和乞讨。有一次，巷子里冒出来一个人，说要买他们的血，但是那人的双手和采血的针头都污秽不堪。从那人眼神中就能看出，他想要的绝不仅仅是他们的静脉血，也许还想收割他们的器官。于是他们赶紧跑掉了，看到对方没有跟上来，才松了口气。

一周过去了，两周过去了。码头的船只来了又走，但新来的白帆船从来都不是他们要等的。于是，他们在失望中渐渐习惯了这种穷得叮当响的日子。

内勒本来以为妮塔会继续发神经，对奥尔良贫民窟厌恶至极，但是她竟然很快就适应了，不管图尔和内勒教她做什么，她都全神贯注地学习。她全身心地投入工作中，努力完成她领的任务，对吃的住的毫无怨言。但她骨子里依然是阔小姐，也依然做些阔小姐才做的奇怪事情，但是她也同样展现出自食其力的决心，这一点让内勒不得不心生敬佩。

有一天大清早，内勒和妮塔为一家餐馆给黑鳗鱼开膛，二人胳膊肘上都沾着血污。他把他的想法说了出来。

"你干得不错，幸运女孩。"

妮塔剔掉一条鳗鱼的鱼骨，然后将剩下的鱼身丢进二人中间的桶里。"是吗？"她干起活儿来就不太注意旁边人跟她说什么了。

"真的，你干得不错。"内勒说着又从另一只桶里取出一条新鲜的鳗鱼递给她。"如果咱们还在拆船场的话，我会力荐你做轻工的。"

妮塔接过鳗鱼，听到这话惊讶地停下了手中的动作。鳗鱼盘绕在她的手腕上，拍打着尾巴。

内勒傻乎乎地继续说："我的意思是，虽然你是个阔小姐，但是，你知道吗？万一你需要工作，我肯定会举荐你。"

她脸上漾起笑容，像蓝色大海一样明媚的微笑。内勒感到心中一紧，见鬼，他一定是疯了，他竟然开始喜欢这女孩了。他转过身，又取出一条鳗鱼，将它划开。"我就是夸夸你活儿干得漂亮。"他没再抬头，感觉自己有点儿脸红。

"谢谢你，内勒。"妮塔柔声说。

"没什么啦。咱们赶快把这些鳗鱼处理好，然后去码头吧。我不想错过那边的第一份工。"

妮塔说了一大堆名字让内勒和图尔记住。她把这些名字写在泥地上，方便内勒记住这些名字的拼写。她还把她父亲公司用的旗帜的样子描述了一番，好让他们注意挂着这种旗帜的帆船，一旦发现有类似的就立即通知另外两人。

结果她的这些嘱咐都没派上用场。

"蛛网号"是一艘流线型三体帆船，有固定的风翼帆，前甲板上还有巴克尔大炮。这艘船的大副让内勒去给在拉蒂酒吧的船长送封信。就在送信途中，出现了意外情况。

信装在一个蜡封的信封里，蜡泥上有大拇指印。内勒手里还有一张欠条，等他把信送到了，船长满意的话就会付给内勒跑腿费。内勒沿着通往深水区的木板路一边跑一边想，回奥尔良的路上还得将拿着信的那只手高举过水面，防止信封进水，否则一分钱也拿不到。想到这个，他就觉得很烦。

这时，理查德·洛佩斯突然出现了。

内勒愣住了。在一群劳工中，父亲那苍白的光头和魔鬼的面容很显眼，同样显眼的还有沿着双臂爬上他脖子的红色龙文身。他那双淡蓝色的眼睛正扫视着面前经过并进入码头的一切。内勒想赶快逃离，但这场猝不及防的遭遇让他恐惧不已，腿脚都僵了。

父亲身边跟着两个半兽人。他们比其他人都高出一大截，身躯像巨塔一样，深色的皮肤上斑斑点点。他们翕动着鼻翼，板着狗脸，黄色的双眼透着鄙夷和饥渴，在人群中搜寻着。在图尔身边待了几周的内勒已经忘了，半兽人本是令人恐惧的生物。现在，看着这两个怪兽般的家伙在人群中穿行，他对半兽人的恐惧又回来了。

*快跑！快跑！快跑！*

## 第十八章 快跑！快跑！

内勒猫着腰，埋头朝木板路边缘快步走去，将去拉蒂酒吧送信的事抛在了脑后。他翻下木板路，潜入水中，游到浮动码头下面，努力伸长了脖子才将鼻子挤进水面与木板底部之间的狭小空隙，才有足够的空间呼吸。

头顶上的木板被人们踩过，发出嘎吱嘎吱和咚咚的声音。内勒透过木板间的缝隙窥视上面的情况，脸颊两侧和下巴都浸在脏兮兮的水里。人们匆匆走过。内勒一声不吭，寻找着他父亲的身影。

他在干什么？他怎么知道要来这儿找他的？

父亲和那两个半兽人又出现在内勒的视线中，他们的穿着打扮十分体面，父亲甚至穿了新衣服，上面没有污泥，没有破洞，完全不像海滩上的工人，简直像有钱人。两个半兽人在肩带上别着手枪，皮带上别着鞭子。他们在内勒头顶停下来，扫视着正在拉货的苦力。

一艘小船经过，掀起肮脏的浪花，拍在内勒脸上。随着涌动的水流，内勒往上浮了浮，不小心被上面的木板蹭破了脸皮，但他还是忍住了，没发出声音，任凭自己随着波浪在水中一沉一浮。木板边缘的木刺刺痛了他的嘴唇，水也进了鼻孔。他想咳嗽，但忍住了，不然他就死定了。内勒将头埋在水下，将鼻孔中的脏东西喷干净，才浮上水面，哆嗦着吸了口气，同时尽量不发出任何声响。

那三个追兵仍站在原地，观察着货物的运输情况。内勒不知父亲是仅凭猜测判断出他们来了奥尔良，还是拷打皮玛或塞德娜才得到的信息。他努力不去想这些，因为就算是后者他也帮不上忙。眼下,从这里脱身才是头等大事。

那两个半兽人以一种冷静且超然的目光观察着码头上的工人,这种目光和图尔很像。内勒想,他们大概是兄弟吧。半兽人盯着人群,内勒也盯着他们。越来越多的海浪涌来,要不是举起双手抵住木板,内勒的头就要撞到上面了。他希望父亲他们能说点儿什么,但即使他们说话,有木板的吱嘎声和海浪的哗哗声,他也很可能听不到。他祈祷妮塔和图尔能保持警惕。内勒之前能及时察觉到父亲的存在并成功逃脱全是因为运气。想到刚才差一点儿就被他们发现,他不禁瑟瑟发抖。

理查德和两个半兽人走开了,但他们仍扫视着人群。他们应该在找幸运女孩。内勒像鳗鱼一样静静地在木板下尾随父亲。他们三人走得很快,加上浮动码头上人头攒动,内勒有两次差点儿跟丢了。他游得太快了,结果当父亲离开码头、钻进一艘小船时,他差点儿暴露。内勒一下子就看见了码头水平面下方父亲的脸。于是,他潜入水中,悄悄靠近,到了阴影处才小心翼翼地将头冒出水面。

他冒出头来的时候,父亲正在说:"……要是其他人找到了,就回船上报个信儿。"

半兽人点点头,但没说话。小船张开帆,驶离码头。内勒看着他们离开,担心自己永远都摆脱不掉父亲。无论他跑去多远的地方,无论他怎么努力隐藏自己,父亲总能找到他。内勒在木板路下的水中快速游回浮标处。他不知道图尔在哪儿,但妮塔应该在海边为一家鱼餐馆洗盘子。要是父亲发现了妮塔，一切就都完了。图尔……图尔应该能自己照顾自己。

当他回去找到妮塔的时候，她正兴奋得不行。见到他，她连忙从洗盘子的脏水中抽出手来，指着港湾中的一艘船。那是一艘刚到的小船。

"那艘！'无畏号'！我在找的就是这种船。"

内勒瞟了一眼那艘船，冷静地说："事情有变，我父亲来了。他还带了两个半兽人帮手。我觉得他应该是和你那个阔舅舅派斯联手了。"他拉着她离开那家餐馆。"咱们得躲着点儿，消失一段时间。"一边说，他一边在人群中搜寻父亲的踪迹。虽然看不见，但并不代表他不在那儿，也许他没有派其他人出来找他们。父亲是个狡猾的人，说不定什么时候就跳出来了。

"不行！"妮塔把抓着她胳膊的手甩开，"我必须去那艘船上。"她指了指，"那是我逃离这里的唯一指望。我们现在要做的就是到船上去。"

"可我不确定那艘船是不是你要的。我爸爸刚才就提到了一艘船。你们家的船和我爸爸同时出现实在是让人难以相信的巧合。"他又拽了拽她的胳膊。"咱们必须低调行事。听我爸爸说，他可能带了不少人呢。如果我们不躲起来，他们肯定会看见我们的。"

"那你准备让'无畏号'就这么走掉吗？"她质疑道。

内勒瞪着她。"你怎么不听我说话呢？我爸爸带着半兽人来了，他们都穿着有钱人穿的那种衣服，而且他还提到了一艘船。"他冲着那艘船点点头，"没准儿就是那艘船呢。"

"绝不是'无畏号'。船长宋金凯是我父亲手下最好的船长之一,她对我父亲绝对忠诚。"

"也许不再忠诚于你父亲了。你又不知道你逃离之后事情有怎样的变化。也许她现在听别人的命令呢。"

"不。不可能。"

"别犯蠢了,"内勒说,"你知道我说的有道理。我爸爸和'无畏号'同一天出现?唯一合理的解释就是他们是一边儿的。"

"之前追我的并不是'无畏号',"她固执地说,"那是'北极星号'。而且我相信宋。"

内勒犹豫了一下。"那咱们就去侦查一番。"他最后终于说,"但是咱们不能就这样大摇大摆地去,那跟小龙虾自己跳进锅里没什么两样。我爸爸和你家的船同时出现绝对有问题,这可能是个陷阱。"他又拽了拽她的胳膊。"现在咱们得赶紧躲到人们看不见的地方去。要是他们发现我们正大大咧咧在这儿闲聊,那就什么都完了。今晚我会溜出去探明情况。"

"那要是这艘船没到晚上就离开了呢?"她追问,"那怎么办?"

"那就由它吧!"内勒焦急地说,"别为了一个希望就鲁莽行事,不然被他们抓到就完了。也许你就是想作死,可我不想。我知道我爸爸逮到我之后会干出什么事来,我可不想冒那个风险。错过这艘,还会有其他船来的,但是如果你这次搞砸了,就没有下次了。"

"可这个希望对我很重要啊,内勒。"

"可是对我来说,不被我爸抓住才是最重要的事情。"

妮塔嫌恶地瞥了他一眼,但是内勒知道,她听进去了。她一开始的那种兴奋劲儿已经消退了。"好吧,"她说,"咱们先离开这儿。"她端起一盆残破的陶制餐具回到了鱼餐馆里,然后很快又出来了。

"我要是不干到晚餐的点儿,他们就不给我结工钱。"

"没关系。"内勒的恐惧和挫败感呼之欲出,"我们得赶紧走了。"

他们沿着木板路疾跑了一段,然后跳进水里,一直走到一幢老宅子前。宅邸一层的地板全都泡在水里,整栋建筑都摇摇欲坠,但上面几层楼还有不少空置的房间。之前图尔说服了控制这片区域的帮派,让内勒他们住进楼上。他挑选的那个房间从窗户可以俯瞰整个码头和所有船只。房间很舒适,而且有图尔的庇护,没人敢来骚扰。幸运女孩很高兴终于有地方可以睡觉了,所以很少抱怨房间里有蛇、蟑螂和鸽子窝。

他俩一同爬上吱嘎作响、残破发霉的楼梯,踏着到处是破洞的地板进入房间。一张没有床垫的生了锈的弹簧床靠着一面墙,除此之外,这里什么都没有。

妮塔走到窗户边,去看外面那艘船。她看上去就像蹲在陈氏汤面馆外面等着捡残羹冷炙的小孩儿一样——饥肠辘辘、迫切地想得到并不确定是否会得到的一样东西。

内勒说:"如果船今晚还在,等没什么人找我们的时候,我们就去打探情况。也许我们可以给你家那位聪明的船长传一条消息,看她到底是不是还忠于你父亲,然后再做决定。

但是我们先尝试一下,好吗?要是不清楚里面有没有藏着水蛇,最好别跳进池塘里。同样的道理,要是不搞清楚事情有变的话怎么逃出来,那就先别上船。"

妮塔不情愿地点点头,他们看着天色一点点黑了下来,夜幕降临木板路。工人们三三两两地回到他们的住处,街边的小摊纷纷开张,招待前来吃晚餐的客人。酒吧里传来音乐声,是柴迪科舞曲和布鲁斯。蚊子乱哄哄地飞舞着。

内勒仔细观察着人群,庆幸自己在暗处。他的直觉告诉他,父亲还在外面寻找他。这个凶残的男人知道他在这儿,正等待时机给他一顿胖揍。内勒赶快驱散了心头的恐惧。

"这么晚图尔还没回来。"妮塔说。

"是啊。"

"你觉得会不会是你爸爸抓住他了?"

内勒沮丧地摇摇头,继续在人群中搜寻。"我不知道,我去看看。"

"我也去。"

"不行,"他赶紧摇头,"你留在这儿。"

"我才不呢,我和你一样在人群中不显眼。"她将长发扒拉过来,遮住脸。这些天,她在奥尔良的沼泽和海水中泡着,原来光滑如瀑的长发已经变得毛糙了。"没准儿比你更不显眼。"

内勒不得不承认,她说得有道理。她看起来不像一开始他和皮玛在帆船上发现她时那么像阔小姐了。她还是那么漂亮,也许算是他见过的最漂亮的女孩了,但是确实和以前不一样了。

"好吧,那就一起吧。"

他们溜出房子,走进水里,慢慢靠近人群。在沼泽地中找到一处接近主木板路的地方,蹲在那儿,扫视着夜色中来来往往的行人,寻找图尔的踪迹,同时也在留意内勒的父亲和他手下的半兽人。

内勒想到父亲和那几个半兽人随从就心惊胆战。图尔这样一个没有理查德·洛佩斯控制的半兽人就够让人害怕的了。内勒咒骂着,感觉心里像压了块大石头。他不愿去探查"无畏号"的宋船长是否还忠于妮塔的父亲,更不愿冒着暴露自己的风险去调查图尔消失的原因。

妮塔正在看他。"你是不是后悔当初有机会的时候没从我手上撸下金戒指?"

内勒迟疑了一下,然后摇摇头。"没有,"他咧嘴一笑,"至少最近没有。"

"现在也没有吗?你爸爸可是在到处找你啊。"

内勒又摇摇头。"后悔也没用,事情已经这样了。"他发觉她脸上闪过一丝受伤的表情,赶紧解释,"我不是那个意思。我不是说我不该救你,救下你就不得不承担后果。我的意思是,这只是部分真相。"见鬼,她又是一副受伤的表情。这真是越解释越糟糕了。他不知道自己想说什么。"我喜欢你。我不会把你交给我爸爸的,就像我也不会出卖皮玛一样。我们是工友,对吗?"他给她看他的手心,那里有他发血誓的时候留下的疤。"我保护你。"

"你的确保护了我。"妮塔浅浅一笑,"而且你愿意举荐我进轻工队伍。你还挺欣赏我的,是吗?"她乌黑的眸子认真地看着他。"谢谢你,内勒。谢谢你为我做的一切。我知道如果你没救我的话……"她顿了顿,"皮玛对我毫不关心,在她眼中,我只是一个没用的阔小姐。"她伸出手捧住他的脸颊。"谢谢你。"

她眼中流露出内勒以前从未感受过的感情。这种眼神让他心中生出一股热望。他意识到,此时此刻,如果他胆子大一点儿……

他俯身向前,嘴唇和她的嘴唇碰到了一起。有那么短暂的一瞬,她也向他倾过身子,主动将嘴唇贴过去。但她很快就慌张地缩回身子,将目光移向别处。内勒的心脏狂跳。他兴奋不已,几乎能听到自己耳朵里血液流过的声音。他努力想说点儿什么,说点儿好听的话,能让她再转过头来看他的话,重新建立起二人之间刚才那种联系的话。但是他什么都说不出来。

妮塔指了指。"图尔来了,"她说话有点儿含糊不清,"也许他知道关于那艘船的情况。"

内勒扭头,看到图尔出现在人群中,正往他们的方向走来。对于这突如其来的干扰,他感到松了口气,同时也有些失望。然后他又看到了别的:人群另一头,有两个半兽人正赶过来要拦截图尔。

"是他们,"内勒说,"那两个半兽人是我爸爸的手下。"

妮塔倒吸一口凉气。"他们发现图尔了。"

## 第十八章 快跑！快跑！

"咱们得提醒他。"内勒想站起来，但妮塔拽住他，让他趴下。

"你帮不了他。"她快速地小声说。

他想朝图尔大叫，但是她用手捂住了他的嘴。"不！"她悄声说，"不行！咱们都会被抓的。"

内勒看着她认真严肃的双眼，缓缓点了点头。她刚收回捂在他嘴上的手，内勒就一跃而起，不屑地瞥了她一眼。"你真是铁石心肠。要是想躲你就躲吧，他可是我们的工友。"

没等她阻止，他就冲了出去，跳过藤蔓，上了木板路。图尔看到他一边跑一边挥手。"小心！"内勒高喊。

图尔转身瞧见有两个人正在追赶自己。他们的低声怒吼回荡在夜色中，这两个半兽人正快速逼近图尔，没有谁能赶得上他们的速度。他们拿着大砍刀，怒吼着扑向图尔，其中一个被图尔甩到一边；另一个则一刀砍向图尔，血立刻喷向空中，在灯笼的光亮里，一股黑色的液体在空中划出一道弧线。内勒四下寻找着武器——可以扔过去的东西，或者棍棒也行。

妮塔把他拽了回去。"内勒！你帮不了他！"她说，"咱们得趁着他们没看到赶紧跑！"

内勒绝望地回头望着，同时奋力挣脱她。"可是……"

半兽人们吼叫着激烈地打斗，人群乱了起来。内勒听见了木梁断裂的声音，人群攒动，他看不清发生了什么。突然，一座建筑的前脸儿突然垮塌，空气中立刻腾起巨大的一团灰尘，人们尖叫着四散逃开。妮塔拉拉内勒的手臂，"还没明白吗?你打不过他们的!他们动作那么快,身体那么壮!你从没见过半兽人打架。你帮不了他的!"

内勒盯着图尔所在的那团烟尘。又是几声吼叫,然后是一声尖叫,动物的尖叫。

内勒恨死了自己,但还是转身跑了,猫着腰和人群一起逃开了。

他们在水边紧挨着,看着海上的灯光,眺望是否有派斯的其他人马。人们经过他们身边,完全没有留意这两个海岸上的小孩儿。在众人眼中,他们只不过是随着潮水来了又去的无关紧要的垃圾。

"对不起。"妮塔说,"我也不想把他抛下。"

内勒一脸瞧不起的样子。"他可是一直在帮我们。"

"有的战斗你就是帮不上忙。"她望着远方,"半兽人打架和人不一样,他们行动起来就像飓风一样。我们要是上去帮忙会没命的,要不然就会被俘虏,或者给图尔添乱。"

"现在他死定了。"

妮塔一言不发,双唇紧闭,看着夜色中海面反射出的火把和灯塔上的 LED 的光。船桨划水的声音从远方传来,他们看见一艘领航船嗡嗡地朝他们驶来。

妮塔终于开口了:"我们得去'无畏号'上,只剩这条路可走了。"

内勒不想同意她的提议,但是他自己也不知道还有什么更好的选择。没有图尔在这座城市里保护他们,他们无异于等着被大鱼吞掉的小虾米。如果没有他做苦力给人打工,他们甚至都没法继续在之前的房子里住下去。但是，这艘和他父亲与半兽人同时突然出现的帆船让他充满了不安。他们肯定有某种联系。这艘船来了，他父亲也像个鬼魅一样在木板路上突然现身。内勒不过是走了狗屎运才逃出他们的视线。

现在"无畏号"就静悄悄地泊在附近，活像钓鱼线上诱人的饵料。

现在，幸运女孩的敌人肯定正在全奥尔良搜捕她，因为他们已经嗅到了她的气息。再加上图尔被发现，一定会有更多人加入搜捕的队伍，这也会让内勒的父亲更肯定他们就在这里。到那时，要想在水城奥尔良留下来就几乎不可能了。他们不能在光天化日下打工，不然肯定会引起敌人的注意。

妮塔说："我们去那艘船上吧，宋船长会帮助我们找到我父亲的。"

内勒耸耸肩。"要想作死我不拦着你。"

"你也要陪我一起作死。"

内勒呆呆地望着远方的码头和奥尔良喧闹的夜生活。这座死城还多少有些生机，就像一具行尸走肉，这是因为人们还需要进行贸易，从北方城市来的装满了食物和各种加工产品的大型驳船只有进入密西西比河的河口，才能抵达这片大陆的中心。也许上游的不少地方可以成为藏身之所。他们可以像浮木一样沿着密西西比河漂流……

"我们可以去上游。"内勒建议。

"除非我搞清楚'无畏号'的情况，否则我不去别的地方。"妮塔固执地指着远方帆船的影子。"我就要去那儿，不管你跟不跟着。"

内勒扫视了一眼人群,然后叹了口气。"好吧,但是我要自己去。"他举起一只手,表示不容反驳,"如果船长在船上,我就上去找她,找到她之后,你再露面。"

"可他们又不认识你。"

"现在人人都想找到你。如果不是为了得到你,他们不会拿我怎么样。至少我露面之后还有机会探明情况,可你一露面就会被认出来。他们不是我的人,而是你的。"

"那你爸爸呢?"

内勒恼怒地轻哼一声。"要是你担心他在船上,那我们压根儿就不该去。你又不肯听我的话躲远点儿,我只能去看看情况啊。我知道该怎么神不知鬼不觉地上船,只有我一个人行动的话就容易多了。"他做了个鬼脸,"藏起来,等弄清楚之后我会回来找你。"

他不等她回答就跳下木板,走进黑魆魆的水中。他朝着浮动码头缓缓游去,远离水上标出的主路,因为这样至少不会引人注意。

冰凉的水和浓重的夜色包围着他。他朝那艘漂亮的帆船游去。他曾梦见这样的船,梦中他站在甲板上,随着它一起远航。现在,他正偷偷摸摸地靠近这艘梦中帆船。

他沉浸在自己的遐想中,这些帆船是他这辈子见过最美的东西,它们有着碳纤维做的船身,跨越大洋前往极地时,它的快速风帆和水翼会像尖刀一样划破海面。他很想知道北极到底有多冷。他见过一些照片,里面的帆船在北极的夜色中航行，去往世界的另一端，船舷上包裹着坚冰。尽管要航行的距离相当长，但船员们毫无畏惧，井然有序地操纵帆船向目的地快速驶去。

游了十五分钟才到达"无畏号"的边儿上，此时内勒已经觉得胳膊酸疼了。他溜到船坞下面，泡在海水中静静听着。船上有男男女女嬉笑的声音，他们在聊上岸休息的事情，还有的在抱怨价格昂贵的补给和当地的骗子。内勒就泡在海水中静静听着。

两个半兽人站在舷梯上放哨，还有两个分别站在船首和船尾上。内勒感到不寒而栗。他听说半兽人在黑暗中也能看清东西。而且据他观察，图尔从来没觉得光线昏暗碍事儿。突然，恐惧感将他攫住：万一半兽人在黑暗中发现了他，把他交给父亲，他就死定了，父亲一定会将他生吞活剥的。

内勒往船坞下方潜了潜，听着上方的脚步声。有几个人提到了船长，但是没说船长的名字……只说了"船长"要展开行动，"船长"有个计划。

内勒等待着，希望有人提到妮塔口中"圣人"般的那位宋船长。涌动的海浪包裹着他。由于缺乏运动，他开始浑身发冷，尽管热带地区的水足够温暖，但他体内的热量在逐渐流逝。浮动船坞和帆船的锚在水中荡漾着，他的头顶传来一阵阵脚步，燃烧生物柴油的汽艇隆隆地靠近了"无畏号"。灯光照得黑暗中的人脸闪闪发亮。汽艇上的男男女女身上都有疤痕，他们表情严肃，仔细地观察着周围的情况。有人从"无畏号"上急匆匆地走下来，迎接这艘汽艇。

"船长。"

从船上爬下来的那个男人没有回答。他回头看看。"我们要行动了。"

"是,船长。"

内勒等待着,心怦怦直跳。这不是宋船长,他是个男人,不是妮塔口中的"她"。而且虽然姓宋,但根本不是中国人。幸运女孩搞错了。事情起了变化。内勒抑制住自己的失望之情。他们得另想办法了。

船长几乎就站在内勒头顶上。他往水里吐了口唾沫,就吐在距离他不到一英尺的地方。

"整个码头上都是派斯的人。"他说。

"他们的船我一艘也没看见。"

船长又啐了一口。"肯定是停在码头外,搭别的小船进来的。"

"他们来这儿干什么?"

"肯定不是来干什么好事,我猜。"

内勒闭上眼睛。敌人的敌人就是朋友,他想。船长和他的副官走上踏板。"趁着这次退潮我们走吧。"船长说,"趁着咱们还没和他们打照面。"

"那其余的船员怎么办?"

"赶快给岸上的船员发消息。一定要快。我想拂晓之前就出发。"

副官敬了个礼就转身离开了。内勒深吸一口气。这是在冒险,但是他没有其他选择。他从船坞下面游出来,大喊了一声。

"船长!"

船长和副官都被吓了一跳,他们掏出手枪。"谁在那儿?"

"别开枪!"内勒叫道,"我在下面。"

"你在水里做什么?"

内勒游近了些,咧嘴笑着说:"为了躲藏啊。"

"上来,"船长十分警惕,"让我们看见你的脸。"

内勒手忙脚乱地爬上来,祈祷自己千万别犯错。他蹲在甲板上直喘气。

"原来是个码头耗子。"副官轻蔑地说。

"有钱佬儿,"内勒朝他做了个鬼脸,然后把注意力放到船长身上,"有个消息给你。"

船长没有走近他,也没有放下手枪。"那就说啊。"

内勒瞟了一眼副官。"这消息只能说给你听。"

船长皱皱眉头。"你要是有话说就赶紧说。"他向他身后叫道,"诺特!瓦因!把这个小耗子扔回水里去。"两个半兽人赶过来。内勒没想到他们速度这么快,被惊得目瞪口呆。他们不由分说抓住他的双臂,他都没来得及想要不要逃走。

"等等!"内勒大喊。他挣扎着,但怎么也无法从半兽人的铁拳下挣脱。"我给你的这个消息是妮塔·乔杜里的!"

船长长吸一口气,和副官交换了一个眼神。

"什么?"副官问,"你说什么?"他三步并作两步走到内勒面前,"你刚才说什么?"

内勒迟疑了一下。他值得信任吗?他们都可以信赖吗?

他有太多事拿不准了，只能赌一把了。这回要么是他走运，要么是个陷阱。"妮塔·乔杜里，她在这儿。"

船长凑过来，面色铁青。"别跟我扯谎，臭小子。"他用一只手捏着内勒的脸。"谁派你来的？谁指使你撒这样的谎？"

"没有人！"

"狗屁。"他冲着一个半兽人点点头。"抽他一顿，诺特，从他嘴里问出点儿实话来。我想知道是谁派他来的。"

"妮塔派我来的！"内勒尖叫。"她派我来的，你这个天杀的浑蛋！我本来跟她说我们应该跑的，但她非说你可以信任！"

船长停下手来，说："妮塔小姐已经死了一个多月了，溺死在海里。整个集团都在为她服丧。"

"没有。"内勒摇着头说，"她在这儿，躲着呢。就躲在奥尔良城里。她想回家，但是派斯在追捕她。她以为你是可以信任的。"

副官假笑着说："全能的主啊，看看命运女神给我们带来了个什么玩意儿。"

船长盯着内勒问："你是在套我话吗？是这样吗？你想让我步金的后尘？"

"我不认识金。"

船长把他揪了起来。"在我像金一样玩儿完之前，我要用你的肠子把你勒死。"然后他过转过身，"抽他一顿，问清楚是谁派他来的。如果那女孩真的在城里，我们也去找她。"

副官点点头转过身去。船长则举起枪，一枪射中了副官的后背。枪声在夜色中回荡良久，继而消失在水面上。副官跌倒在踏板旁边。船长的枪口冒出袅袅青烟，缓缓消散在空气中。

内勒看着那个死人傻眼了。船长转身对半兽人说："放了那小子。"

内勒这才想起来要说话。"你干吗这么做？"

"他是被派来看着我的人。"船长简单解释了一句。然后，他对半兽人说："把他扔下去，然后带着男孩一起走。咱们要趁退潮离开这里。"

"那岸上的其余船员呢？"

船长盯着水面，苦笑着说："去把小吴、特林布尔、猫子和见习军官雷诺兹找来。悄悄地行动，别叫别人，明白吗？"然后他转身看着内勒。"你最好不是在跟我扯谎，小子。我可不想以后当海盗，所以你最好不是跟我扯谎。"

"我没有扯谎。"

半兽人诺特和瓦因带着他进了一艘小船。他们身材高大，令人畏惧。小船慢慢驶离船坞，朝着奥尔良城腹地去了。

"我们这是去哪儿？"内勒问，"她就在岸边呢，我们不用进淹没之城。"

"先要接上我们的人，然后再去接她。"诺特说。

瓦因点点头。"她需要保护。最好等我们准备好跑路之后再去接上她。"

"为什么要跑路？"

瓦因咧嘴一笑，露出锋利的牙齿。"因为我们剩下的船员太'忠心'了。"

# 第十九章
## 准备出击

诺特和瓦因行动神速,他们辗转几个酒吧和钉娘馆,悄无声息地将他们要找的船员一一凑齐。在奥尔良城行动期间,他们什么都没和内勒说。其余船员都是些普通的人类,不是半兽人。小吴个子很高,染着一头金发,缺了好几根手指头。特林布尔肌肉块儿很大,小臂粗得像火腿,而且一边胳膊的肱二头肌上有美人鱼的文身。猫子长着一双绿眼睛,沉着冷静。雷诺兹留着一根长长的黑麻花辫,她矮小壮硕,腰带上别着一支手枪。

雷诺兹是他们找到的第一个船员。她马上开始指挥其余人行动。每次找到他们要召集的船员,她都会说"妮塔"这个名字,然后醉醺醺的船员就立刻清醒过来,翻身从钉娘身上下来。最后他们集结成一支全副武装、行动迅速的小分队,在聚满了醉生梦死的水手和商贩的淹没之城中穿梭。

他们的动作之麻利让内勒大吃一惊。一听到"妮塔"这个名字,整队的人就立刻被动员起来。内勒惊讶地意识到妮塔在他们心中的地位之高。内勒一直到现在都把妮塔当成一个简单的阔小姐，花钱雇佣她需要的人，仅此而已。但事情不止这么简单，她拥有这样一队装备精良、团结一致的人马，最重要的是，他们对妮塔完全忠诚，比拆船工对拆船厂还忠诚。

雷诺兹指挥大家继续搜寻别的地点。"有人看到卡利基和米歇恩了吗？"

大家纷纷摇头，她微微一笑。"好，继续留神找公司的其他船员，派斯也在派人到处找妮塔。"然后她扭头对内勒说，"她在哪儿？"

内勒指指那栋一层被淹没但能俯瞰奥尔良水域的楼房。"就在那儿，那栋大楼里的一个房间里，那座楼顶有树长出来的建筑。"

雷诺兹朝瓦因和诺特点点头。"去找她，"她向小吴挥挥手，"划小艇去。"

内勒说："我最好也跟着去。我们之前看见了另外几个半兽人，是派斯的手下，他们正在搜寻她。没有我，她一定会以为你们也是派斯的人。"

雷诺兹犹豫了一下。

猫子耸耸肩。"坎德利斯船长信任他。"

"那就去吧。"她说。

内勒朝着诺特和瓦因离开的方向追了上去。"她就在楼上。"他气喘吁吁地说。他驾船超过他们，给他们领路。

他们涉水走进那栋快要倒塌的宅邸，溅得水花四起。上楼时，朽烂的楼梯发出嘎吱嘎吱的响声。整栋大楼静寂无声，十分诡异。楼里没有贫民窟的居民和拾荒者,也没有下了日班回来睡觉的苦力的沉重鼾声,什么动静都没有。内勒和妮塔住的房间空空如也,只有一张锈迹斑斑的钢丝床。

内勒走下楼梯,来到被水浸泡的底层,摇着头说:"我不明白,她应该在……"他身后跟着两个半兽人。

突然,水中出现一个影子,水面上荡起涟漪。诺特和瓦因咆哮起来。

"幸运女孩?"内勒轻声呼唤,"妮塔?"

影子越来越清楚了,那是一个肌肉虬扎的大块头,坐着倚靠在一面朽坏的墙上,水正好没到他的腰际。他在黑暗中发出沉重的喘息声,睁开一只黄色的眼睛,好似一盏灯笼。

"你父亲逮住她了。"那影子隆隆地说。

"图尔!"内勒赶紧跑过去。

半兽人的口鼻处都是血,胸口还有更多黑色黏稠的血液,那是被砍刀砍出的伤口里渗出来的。他的两颊皮肉翻开,是被爪子挠的;还有一只眼睛肿胀不堪,完全睁不开。但还能认得出这是图尔,至少他还活着。

"你没保护她吗?"坎德利斯船长瞪着图尔说,"你的恩主可是指望你保护她呢。"他们此时回到了"无畏号"上,这群沮丧的水手围着内勒和图尔,听图尔解释发生了什么事。

"这小子不是我的恩主。"图尔咕哝道,他擦了擦半闭着的眼睛上方的伤口汩汩流出的鲜血。

船长怒气冲冲地走到船栏杆旁边。天亮起来了,变成了浅灰色,照亮了浮动船坞和远处被雾气包围着的淹没之城奥尔良的建筑。"他们说他们要带她去船上？你确定吗？"

"我确定。"图尔瞟了内勒一眼。"你父亲发现你没和幸运女孩在一起很失望。他想让船再等一会儿，他要再找找你。他可能准备好好收拾你一顿，内勒。"

"而你就袖手旁观，任凭事情发生？"雷诺兹质问。

图尔缓缓眨了眨眼。"理查德·洛佩斯手下的半兽人很多，全都武装到牙齿。我不想打注定赢不了的仗。"

诺特和瓦因听他这么说都噘起嘴来，低声怒吼，表示蔑视。图尔没有退缩，只是看着这两个半兽人。"那个女孩是你们的恩主，又不是我的。你们要是乐意为恩主牺牲就去做，反正不关我的事。"

图尔的话让内勒吓了一跳，这简直是赤裸裸的挑衅。诺特和瓦因也都察觉到了，怒吼声更大了，似乎准备跳起来揍图尔。

船长挥手示意他们克制一下。"诺特！瓦因！退下。我来处理这事。"

他们顿时收住了怒吼，但眼神依然气势汹汹。不过，他们还是转身下了帆船的舷梯，消失在下方的甲板上。船长转头问图尔："他们提到他们的船叫什么了吗？"

图尔摇晃了一下大脑袋。

雷诺兹抿着嘴唇陷入了沉思。"可能是这几艘船中的一艘——'七姐妹号'在南北航线上运送乘客，会经过这里；'光线号'在附近执行任务；负责将废铁运到坎昆的'恒河母亲号'也会经过这里。"说完她耸耸肩，"除了这些船，其他船要等到丰收季节才会来这儿。"

"应该是'光线号'。"船长说,"肯定是'光线号'。妮塔的父亲被迫让位后,马恩先生很快就宣布支持派斯了,所以应该是他的'光线号'。"

内勒皱了皱眉,那一串船的名字让他脑子乱成了一锅粥。"还有别的船吗?"

"其他船上都没有半兽人船员。"

内勒咬咬嘴唇,在回想着什么。"有一艘船,名字不是你们提到的这些,追着幸运女孩进了风暴区。那是一艘大船,是跑北方航线的。可能叫'北方使命号'?"

雷诺兹和船长茫然地看着他。

内勒又皱着眉头想了会儿。他记不太清那个名字了。"北方使命?""北极使命?""北部使命?"他不断想着。"北极使命?"

"北极星?"船长突然说。

内勒不置可否地点点头。"也许是吧。"

雷诺兹和船长交换了一个眼神。"真是个难听的名字。"雷诺兹嘟囔了一声。

船长严肃地看着内勒。"你确定吗?'北极星号'?"

内勒摇摇头。"我只记得那是一艘要穿越极地的船。"

船长苦笑着说:"希望你说的是对的。"

"是对是错有什么关系吗?"

他摇摇头。"跟你没什么关系。"他瞟了雷诺兹一眼,"就算是'北极星号',他们也不知道我们已经和他们是敌人了。你们都还没有在岸上暴露身份。"

"除了你。"雷诺兹淡淡地说。

"我们死掉的那个副官是没法儿去给敌人送信儿了。"船长停下来想了想,"我们可以干掉他们,只要想个法子赢得他们的信任就行。我们能做到的。只要耍诈,同时再有命运女神的庇佑……"

"还需要一次血祭。"有人喃喃地说。

船长笑了。"'光线号'或'北极星号'上有我们能信任的人吗?"

其他人摇摇头。"他们的船员总是来回倒换。"雷诺兹说,"我觉得利奥和弗里茨可能在'光线号'上。"

"你信任他们?"

雷诺兹微微一笑,露出因为嚼槟榔而染黑的牙齿。"我就像信任你一样信任他们。"

"还有别人吗?"

"李燕呢?"

猫子摇摇头。"不,如果她在船上,肯定已经变节了。"

内勒在一边听着,不太理解他们在说什么。船长瞥了他一眼。"啊,小子,我们是要去拿下派斯的走狗,然后占领他们的船,解救妮塔小姐,再从那个篡位者手中夺回我们的公司。"他对船员们点点头。"行动起来吧,雷诺兹,现在亨利走了,你晋升为我的副官了。"

雷诺兹咧嘴一笑。"本来我就是在做他的活儿。"

"要不是知道这事儿,我还没机会摆脱他呢。"

船员们散开去忙各自的事情了，有的去放帆索，有的去拉船锚。

图尔站起身来。"你留在船上吧，"他说，"我不想和你们一起。"

内勒转身惊讶地问："你要走了？"

"我可不想死在海里。"半兽人露出凶狠的微笑，尖利的牙齿一闪而过。"如果你够聪明，就会选择和我一起离开，内勒，别掺和这事儿。"

船长好奇地看着他们。"这么说他不是你的恩主？"他问，"这小子不是，妮塔也不是，那谁是你的恩主？"

图尔平静地看着他说："我没有恩主。"

船长大笑起来，一脸不可置信："这不可能。"

"随便你怎么说吧。"半兽人转身摇摇晃晃地向码头走去。

内勒跑着跟在他后面。"等等！你为什么不能和我们一起去呢？"

图尔停下脚步。他挨个儿看了看船员们，然后认真地用他唯一能睁开的那只眼睛看着内勒说："我跟塞德娜说过我会保护你。但你要是自己犯蠢，我可保护不了你。如果你自己选择要去海上冒险，那跟我可没有关系。你现在加入了新的组织，我欠塞德娜的也还上了。"

"但是幸运女孩怎么办？"

图尔看着内勒回答："她只是一个人而已，可这些人却都觉得她是无价之宝。其实她只是和我们一样会死的普通人，现在不死，以后也会死。"说完他冲着船上的那群人点点头。

"和我来吧,要不然就留在船上和他们一起冒险。你自己决定。但是你应该知道,他们疯了。他们为了他们的妮塔小姐不惜牺牲自己的性命。如果你和他们一起去,那就也做好为她牺牲的准备。"

内勒犹豫了。和图尔在一起,他可以安全无虞,他们去哪儿都行。

随即,他脑海中又浮现出妮塔那张脸,想起当她嘲笑他吃饭不用刀叉时那张得意扬扬的脸,想起当他在她眼中还只是个拆船工时,她焦急地为他寻找药物。还有他们躲在木板路旁边时她的眼神,还有她的手捧着他的脸……

"我要和他们一起去。"他坚定地说。

图尔打量着他说:"你看上去就像一只咬上猎物不愿松口的獒犬。"内勒想反驳,但图尔示意让他把话说完:"这是显而易见的事实,别同我争了。洛佩斯和你一样,决定要做什么事就绝不更改。你要小心,别螳臂当车,内勒。我见过几只猎狗围攻一只巨大的科莫多巨蜥,结果全都死了,就因为它们不知退缩。你父亲比科莫多巨蜥厉害多了。要是被他抓住,他会生吞了你。船长倒是自信他们能打败敌人,可这是艘商船,不是战舰,他们这样做太蠢了。"

图尔点点头,转过身,但马上又停住了。他蹲下,将大脑袋凑近内勒,用剩下那只眼睛盯着内勒,呼出来的气带着战斗留下的汗臭味儿和血腥味儿。

"听我说,小子。科学家用狗、老虎、土狼和人的基因把我造了出来,人们总以为我就是他们的一条狗。"图尔说着朝船长眨眨眼,然后露出一个短暂的微笑,尖利的牙齿闪出一道寒光。"等到该战斗的时候,就尽情地释放你的杀戮天性吧。我不是听话的狗,你也不是理查德·洛佩斯。血缘不代表你的命运,不管别人怎么说。"图尔再次直起身子,转过头。"祝你好运,小子,要顺利找到她哦。"

船长注视着半兽人一瘸一拐地走下踏板。"他可真够奇怪的。"

内勒没有吭声。人们起了锚,将踏板收回到船侧的一个隔间里。这时,图尔已经消失在码头上了。内勒突然感到一阵孤独,他想喊着图尔的名字追上去……他环顾四周,船员们都在忙着干他不熟悉的工作。这些人之间都相互熟识,对彼此的工作也了如指掌。内勒感到自己无法融入这个集体。

浅色的船帆展开了,在风中猎猎作响。帆船的帆桁横跨整个甲板,所有船员都在它下方。黎明的风越来越大,鼓满了帆,船开始移动了。

船长朝内勒打了个手势。"到下面来,小子,我想看看你。"

内勒想待在甲板上看大家干活儿,还想在码头上瞟到图尔的身影,但他还是随着船长走下狭窄的楼梯,来到了逼仄的内部空间。

船长打开他的船舱的门,里面占最多空间的是一张小小的床。舱室的窗户朝着船尾。天色越来越亮,他们可以看到船后拖出一条翻滚的白色尾迹,那是一个开口越来越大的V字。船长朝内勒点头示意,让他将一个折叠椅打开坐下。他自己也找了把椅子坐。坐下之后这个舱室几乎就没有任何多余的空间了。

"船上空间十分宝贵。"他说,"我们这是艘货船,所以不太舒适。"

内勒点点头,尽管他并不明白船长在说什么。这艘船极好,一切都整洁有序,一个房间至多住四个人。吊床也收拾得十分利索。没有任何一样东西乱放。这和幸运女孩早先的那艘船不同,但也很接近了。

"告诉我,内勒,你是从哪儿来的?你家在哪儿?"

"金沙海滩。"

"没听说过。"

"就在一百多英里之外的海滨地区。"内勒说。

"那儿什么都没有……"船长皱着眉头问,"你是个拆船工?"看到内勒点头后,船长做了个鬼脸。"我是看你的肋骨和劳工文身猜出来的,"他端详着内勒皮肤上的符号,"那活儿可不好干。"

"能挣钱就行。"

"你多大了?十四?十五?看得出来,你饿坏了。"

内勒耸耸肩。"皮玛十六了,我想。她应该比我大……"

船长也耸耸肩。"这么说你不知道自己多大了?"

内勒说:"有什么关系呢?要么就块头小,适合做轻工;要么块头大,适合做重工。要是太笨、太懒或者不可靠,那就什么都做不成,因为没人会举荐那样的人。我不知道自己多大年纪,但是我可以做轻工,而且每天都能完成任务。在我来的那个地方，重要的是这个，而不是你说的什么年龄。"

"别恼，我只是对你很好奇。"船长似乎想在这个话题上再多说几句，但是最后还是把话头拐到了理查德·洛佩斯身上。

"半兽人说你父亲在追捕你？"

"是啊。"内勒讲了讲沙滩和他父亲的事，还有拆船场的那些事儿，他父亲是怎么对付反对他的人的。

"你为什么不顺着他呢？"船长问，"那样的话你不是轻松很多吗？也会赚很多钱。派斯一向舍得花钱买忠诚。你只要把妮塔小姐交给他，就能暴富，而且不用像现在这样冒险。"

内勒耸耸肩。

船长变得严肃起来。"我想要一个答案。"他说，"你这是在和自己的亲人对着干。也许你会反悔，和你的父亲讲和。"

内勒大笑。"我爸爸才不会给我机会'反悔'，他逮到我就会把我弄死。他是说过亲人之间应该互相帮衬的话，但是他的意思其实是让我给他赚钱，这样他就可以放心地大吃大喝，过放纵的生活，想起来就打我一顿。"内勒苦笑一声，"幸运女孩都比他更像我的亲人。"

他说完了就立刻意识到，这些都是他的真心话。虽然跟妮塔相处时间并不长，但内勒确信自己懂她。他一只手就能数过来自己可以信任的人，其中排在前两位的就是皮玛和塞德娜。令他惊讶的是，妮塔现在也是他信任的人。她带给他一种亲人的感觉。他突然感到一种强烈的迷失感,几乎要将他吞没。

"现在你想报仇?"船长问。

"不,我只是……"内勒摇摇头,"我这么做和我爸没关系。是因为幸运女孩。她挺不错的,是吧?她抵得上一百个我的前工友,一千个我爸。"他的声音有些沙哑。内勒深吸一口气,想控制住自己,然后抬头看看船长。"我连一条死狗都不愿意交给我父亲,更不用说幸运女孩了。我一定要把她抢回来。"

船长若有所思地看着内勒。二人陷入了沉默。

"你这个可怜的臭小子。"船长最后嘟囔了一句。

"我?"内勒糊涂了,"我怎么可怜了?"

船长笑笑,"你知道妮塔小姐的家族是北方最有势力的商业集团之一吧?"

"那又怎么样?"

"嗯,算了。"船长叹了口气,"我敢说,妮塔小姐要是知道她有你这么忠心耿耿的拆船工,一定会感到很高兴。"

内勒感到脸上有些发烧,尴尬得不行。船长简直把他说成了一条饥饿的杂种狗,拉扯着妮塔的脚后跟,希望得到些剩骨头。他想说点别的,改变船长对他的印象,让他认真地看待他。船长眼中的他只是一个有拆船工文身和劳动留下各种疤痕、瘦得肋骨凸出的小孩子,一只沙滩耗子。仅此而已。

内勒瞪着他。"幸运女孩以前和你看待我的方式一样。现在她不一样了。这就是我要和你们同行的原因。没有其他原因了。明白了吗?"

船长觉得有些尴尬,把目光移向别处,换了个话题。"幸运女孩。这个昵称有意思。"船长说,"为什么这么叫她?"

"她有命运女神的庇护。她在风暴中幸存了下来,和她同船的其他人都死了。还有什么能比这更幸运?"

"你的人看重幸运。"船长说。

"我的人。是的,拆船工重视运气。做拆船的工作没有什么别的可指望。"

"技术呢?勤劳呢?"

内勒大笑。"这些都不错,但是这些能给人带来的不多。看看你自己吧。你有一条好船,还过着阔佬的生活。"

"我这是辛勤劳动才赚来的。"

"可你生来就是有钱人。"内勒指出,"皮玛的妈妈比你工作勤劳一千倍,可是她无论如何都不会拥有你这条船上的一切。"他耸耸肩,"如果这都不算是幸运给你带来的,我不知道还有什么是。"

船长开口解释,但是很快便住了嘴,点点头,"我想就连我们的霉运在你看来都是好运。"

"除非你死了。"内勒说,"死亡才是霉运。"

"好吧,不过我还没准备去死。"

"谁不是呢?"

船长咧嘴一笑。"我会定期做占卜。"他站起身来,"到时候我会请你帮我扔骨头什么的。通过这个,我至少可以预知自己愿不愿意继续留你在船上。"他上下打量了内勒一番。"我们现在要让你洗个澡,换身干净衣服,然后吃顿像样的饭。"说完他催促内勒走出舱门,来到门外狭窄的走廊里,"然后我们再看看你是否能学会用枪。"

"是吗?"内勒努力掩饰自己的兴趣。

"你的半兽人图尔有一件事说对了。如果你想把妮塔小姐救回来,那就免不了一场恶战。派斯的人不会轻易放了她。"

"你觉得你能打过他们吗?"

"当然了。之前派斯打败我们是因为出其不意,但这次我们不会再犯低估对方的错误了。"他拍拍内勒的肩膀,"只要再有一点儿小幸运,我们很快就能把妮塔小姐救回来。"

船驶离安全的港湾,驶入大海深处,船底的海浪不停翻滚。内勒在走廊里被颠得七荤八素,屡次想要站稳脚跟都失败了。船长看见之后说:"很快你就能站稳了,别担心。当船依靠水翼前进时,就跟站在陆地上一样平稳了。"

内勒不太相信他说的。船猛地往上一颠,内勒直直地撞向了一堵墙。船长被这一幕逗乐了,大步流星地走过走廊,丝毫不受颠簸的甲板影响。

内勒跟跟跄跄地跟在他身后。"船长?"

船长回过头。

"你的人可能对付得了派斯,但是一定别低估我爸爸,他可能看起来和我一样瘦骨嶙峋,但是他是个狠角色。如果不小心被他抓住,他杀掉你就像踩死一只蟑螂一样。"

船长点点头。"我不太担心这个。如果派斯的人还没能杀掉我,你父亲也没这个本事。"说完他就转身领着内勒一起上了甲板。

　　他们迎着晨光上了甲板,海风吹过来,阳光也越来越强。一排金色的浪花在海面上翻滚着。"无畏号"就在粼粼波光中起伏着,往大海更深处驶去。

　　一场追逐开始了。

## 第二十章
## 无畏而战

"无畏号"船头溅起洁白的水花,洒在内勒身上,一颗颗清凉的水珠反射着晨光。他欢呼起来,等待帆船碾过另一道浪、翘起船头的时候,再次俯身探出船栏杆。

从远处看,这些帆船总是平稳顺畅地在海上行驶,但站到"无畏号"船头才知道这其实是多么的冒险。一波波海浪向他打来,低密度的船体切开浪花,汹涌的波涛便爆开,变成了喷溅的水沫,从天而降。船甲板上,船员们喊着号子、顶着烈日干活儿,有的调整风帆朝向,有的在做火攻防御训练,有的清理甲板,这都是在为即将到来的战斗做准备。

"无畏号"在距离奥尔良城几英里的蓝色海面上寻找着"猎物"的踪迹。人人都希望妮塔是在"光线号"上。若是面对那艘装备一般的船,"无畏号"的胜算就大得多了。但对方若是"北极星号",大家就该害怕了,就连船长都会担心。坎德利斯是个太合格的领导者,他不会承认自己内心的恐惧。但是,他每每提到那艘纵帆船有环球航海之力,和这样的船作战不公平,脸上的表情就变得凝重起来。内勒就是从这里看出他其实是害怕的。

"那艘船速度快,而且武装到了牙齿。"内勒问起来的时候,雷诺兹这样说道,"那艘船的船体有护甲,还有可以把我们炸飞的导弹和鱼类系统。遇上那样的对手,我们可能连向上帝祈祷都来不及就死了。"

雷诺兹接着解释,"北极星号"是一艘货船,同时也是一艘战舰,在跨越冰层覆盖的北极前往日本的途中,它和西伯利亚海盗与因纽特海盗都较量过。海盗是商船的劲敌,他们遇到货船最喜欢把一整艘船的人都杀死,或者干脆把船弄沉,就是为了给自己祖先报仇,因为他们的祖先居住的陆地被水淹没了。世界上已经没有北极熊了,海豹也极为稀少,且分布零散。不过,随着北方通道的打通,极地地区出现了一种富得流油的新动物——北方商人。他们去往欧洲或俄罗斯作短途旅行,甚至绕过北极点前往日本和太平洋地区。随着北极地区冰盖消融,西伯利亚人和因纽特人渐渐成了海上民族。他们沿用以前在冰冻的北极大陆上追捕海豹和北极熊的方法来追捕新猎物,无止无休。

"北极星号"反倒盼着在航行中碰到这样的劲敌,甚至故意放出消息诱惑他们前来"捕猎"。

尽管有内勒的提醒,但雷诺兹说他们最可能碰上的还是"光线号"。"因为'北极星号'现在应该正在世界的另一头呢。"她说。

"可是幸运女孩……"

"妮塔小姐也会犯错。在暴风雨里,又遭到敌人追击,任何人都可能犯错。"

"幸运女孩又不蠢。"

雷诺兹凶狠地瞪了他一眼。"我又没说她蠢，我说她也可能犯错误。按照'北极星号'的航程安排，它可能刚驶离东京，而且这还是在顺风的情况下。它不可能更近了。"

甲板上的准备工作继续着。船上相当多的设备都是自动的，动力来源于太阳能电池。风帆的升降则靠的是卷扬机。这些帆不全是帆布做的，相当一部分是太阳能板，用来给系统收集电能，是船舱顶部的太阳能电池的备用动力源。虽然有这些自动化的电子设备，但坎德利斯船长仍不忘训练船员手动升降船帆，以防自动化设备失灵。他还教给船员们如何使用手泵，以防船下沉或电能耗尽。他说过，如果一个水手不会运用自己的头脑，不了解他的船，等遇到危险，全世界的技术都救不了他。

"无畏号"上的船员对他们的船了解得很。

船员们爬上桅杆，检查卷扬机的挂钩和环点是否生了锈或需要维修。在离内勒不远的地方，猫子和另一名船员给船首巨大的巴克尔大炮填满了炮弹，并将拖曳伞安置在炮筒中，同时检查大炮旁边的卷轴上细如丝却硬如钢的单丝牵引绳。

即使有人为没有召回岸上的那些船员感到担心，他们也没有多说什么。船长说了，有几名船员大概希望换一个主人追随，但现在这都没关系了，因为他们已经启程了，有什么牢骚也只好咽下肚。坎德利斯手下忠诚的追随者让每个船员都井然有序地工作，确保"无畏号"能顺利穿过墨西哥湾的风浪，寻找敌人的踪迹，等待对方现身。

第一天夜里，内勒睡在一张软床上，结果睡得背疼。以前他都是睡在沙滩、棕榈树叶或硬木板上，现在睡软床垫还真不习惯。但第二天他就舍不得离开这张床了，还妄想等回到沙滩后能继续享受这样的床。

一个想法让他十分烦恼：什么时候回去？

他要回去吗？

如果他回去了，等着他的是他父亲和父亲的工友，这些人都会要他好看。但是船上没人说他可以留下来。他现在只能悬着一颗心。

海浪打在他身上，让他从遐想中回过神来。又一排海浪让船猛地摇晃起来。他跌倒在地，从甲板的一边滑到另一边，直到救生索猛地绷直他才停下来。要不是被钩在栏杆上的救生索拉住，他早就跌进海里了。巨浪还在继续冲刷着倾斜的甲板。这时，又一排海浪向帆船袭来。内勒摇摇头，将海水从眼中甩了出去。

雷诺兹看到他一次次爬起来，大笑道："你真该感受一下我们开快船的时候。"

"我以为这就是在开快船了。"

"没有。"她摇摇头，"等我们用上拖曳伞的时候你就知道了。那时候我们这船就不叫航行了，而是飞行。"她说着目光瞄向远方。"我们真的能飞起来。"

"为什么现在不试试？"

她又摇摇头。"现在的风不对。等起了大风，你又懂得如何御风而行的时候,才能开炮。我们会先放出风筝测试一下,等确定可以了,水流对了,风也对了,"她指指大炮,"我们再开一炮,射出拖曳伞,让船飞上天。"

"真的能飞?"

"没错。"

内勒犹豫了一下,然后说:"我想见识一下。"

雷诺兹思考了一下,回答他:"也许会有机会的。如果我们要逃命,就会让船在海面上滑翔。"

内勒迟疑了一下。"不,要等我们救出幸运女孩之后才行。我的意思是,我想跟你们一起。你们去哪儿,我也去哪儿。"

"有些话,还是考虑好再说吧。想要跟着我们,就得干活儿。"

"就这些?"内勒做了个鬼脸,"我又不怕干活儿。"

"我只看见你站在甲板上玩'乘风破浪'的游戏了,没见你劳动。"

内勒注视着她,认真地说:"如果你们能带上我,想让我做什么都行。只要开口吩咐就行。我什么活儿都能干。"

雷诺兹咧嘴笑了。"看来我们得让你爬到桅杆顶去看看。"

内勒眼都不眨就回答说:"爬就爬。"

这时船长出现在雷诺兹身后。"你们这是在聊什么?"

雷诺兹微微一笑:"内勒想给咱们打工呢。"

船长略作思考。"很多人都想在快速帆船上打工。有好多帮派都是专门做这个的。有的家族先买下上船做甲板水手的工作权,再找机会一点点往上爬。我的家族前三代都是在快速帆船上工作的。所以想在这儿打工,竞争激烈。"

"我可以的。"内勒坚持道。

"嗯。"船长说,"也许等我们找到妮塔小姐之后再讨论这个也不迟。"

内勒不知道坎德利斯这么说是不是在敷衍他,或者在用一种礼貌的方式拒绝他。内勒想再追问一句,但是他担心会惹恼船长。"你真觉得你能找到幸运女孩,把她救回来?"他换了个问题。

"嗯,我有主意。"坎德利斯说,"如果'光线号'的船长还是马恩先生,那么还没等他们弄清是什么撞到他们,我们就已经翻过他们的船舷了。"他一边遐想,一边微笑,但接着又严肃起来,"要是查韦斯女士做船长的话,我们就免不了打场硬仗。她可不好糊弄,她的船员也都很能打。到时候恐怕我们的甲板上会血流成河。"

"如果是'北极星号'呢?"雷诺兹问。

"他们都有半兽人船员吗?"内勒问。

"只有几个。"船长回答,"但是'北极星号'上一半的船员都是强化人。"

"强化人?"

"就是你说的'半兽人'。我们管他们叫强化人是因为他们比人类的体能强。"

"就像图尔一样?"

"图尔是个异类,我从来没听说过哪家回收公司会雇那种生物。"

"他不是劳森-卡尔森公司雇佣的,他不受雇于任何公司。"

船长摇摇头。"不可能。强化人和我们不一样,他们会有一个主人,失去主人后,他们也会死。"

"你会杀了他们?"

"才不是呢。"他大笑道,"他们会伤心至死。因为他们非常忠心,失去主人之后他们也不想活了。这种特质是因为他们有来自犬类的基因。"

"图尔没有主人。"

船长点点头。但是内勒知道,他肯定不相信。内勒没再继续这个话题。他可不想让船长以为他是个疯子。

但内勒不禁开始琢磨起图尔。了解半兽人和他们的基因的人都说,图尔是个不可能出现的生物,因为世上从未有过独立的半兽人,可图尔的确离开了几位主人。他为幸运星和理查德·洛佩斯效过力,也为塞德娜工作过,还保护过他和幸运女孩,但一旦他不想干了就会一走了之。内勒想知道图尔现在正在干什么。

内勒的思绪被坎德利斯船长拔枪的动作打断了。"我差点儿忘了,"船长一边说一边把枪递给内勒,"我之前承诺过要教你。等我们找到那艘船之后你就会用到,所以最好现在先练习一下。猫子负责训练船员,你也跟着学吧。你还要学如何登船之类的事儿。"

内勒接过这把轻巧的武器,发现这和其他人用的枪都不一样。"怎么这么轻?"

船长大笑。"你可以游泳的时候都带着它,完全不累赘。里面装的是穿甲弹,不靠重量而是靠从枪膛得到的旋转力穿透人体,一共三十发。"他还给了内勒一把匕首。"你知道怎么用刀吗?"他指了指刀鞘,"别想着一招致命或者冲着头部出招,不然会误伤到自己。要冲着下面一点儿的位置刺,比如说腹部、膝盖、腿窝。要是他们倒下了……"

"割喉。"

"好小子,你真是个嗜血的小浑蛋!"

内勒耸耸肩,他还记得手上沾着蓝眼的血。"我父亲很会使刀。"他一边说,一边努力忘掉那一幕,"你觉得我们什么时候会用得到这些?"

"我们正在这片海域巡逻,一旦有船只进入方圆十五英里之内,我们就能及时发现。到时候有船员会透过望远镜好好观察一下,然后我们再决定追上去端掉他们还是友好谈判。"他耸耸肩,"我不知道他们想做什么。也许他们打算在此停留一段时间,在南方低调地躲藏起来,等北边上层的斗争结束之后再走。但是我猜他们不会等,而是会一路向北,争取早日和派斯取得联系。"

船长转过头,朝舵桨走去。他走开的时候向内勒手中的枪扬扬下巴,"内勒,好好练,一直练到能指哪儿打哪儿。"

内勒振作起来,追上去大喊:"船长!"

坎德利斯转过身。内勒说:"如果你可以信任我到把枪交给我的程度,那么也请相信我能干活儿。"说着他朝船上忙碌的人们比画了一下。"这里一定有什么工作你能用得到我。"

雷诺兹摇摇头。"你现在就像狗身上的虱子,为了不被甩下去什么都做。"

"我只是想帮上忙。"

船长认真打量了他一番,然后对雷诺兹点点头说:"可以,就给他点儿活儿干吧。"

雷诺兹给了内勒一个赞赏的眼神。"干得不错,小子。"然后她露出微笑,"我想到有个活儿适合你干。"

她领着内勒走进光线昏暗的帆船货舱,这里有帆船的水力系统。维护面板就安装在货舱地板上,装在一个个柜子里。地板下面安装着巨大的齿轮,咬合在一起,表面的油性涂层闪闪发光。控制台旁的小小 LED 指示灯闪烁着。空中弥漫着润滑油和金属的气味。内勒感到有点儿恶心,这让他想起了在拆船厂做轻工的情形。

齿轮系统中忽然爬出一个巨大的身影,那影子用一双黄澄澄的眼睛盯着他们。是诺特。

雷诺兹说:"内勒说他想找点儿活干。"

诺特看看他,鼻翼翕动,似乎心怀疑问。"是吗?"他点点头,"他个头小,正好能帮上我。"

于是,雷诺兹离开了。诺特交给内勒一只油罐和一把喷枪,让他绑在背上。然后,他吩咐内勒给齿轮上润滑油。这些齿轮是用来展开水翼的。诺特指给内勒看那些埋在地板下的大齿轮，有些齿轮直径超过一米。

"确保给每个齿轮都擦去润滑油，然后重新上油。不过一定要润滑得到位，我们可不想让系统中生锈。但是也别忙活太长时间。船长知道我们在维护系统，而且我们已经将系统设置成了超驰控制。"诺特指着齿轮旁边的一排控制杆和LED指示灯。"严格来说，我们已经锁定了水翼，所以没人能让水翼展开，不过……"他耸耸肩，"意外总会发生。我见过有船员失去了一条手臂，就是因为有人忘了再次检查锁死系统。所以，就算你觉得水翼总有得换，也一定别磨蹭。"

内勒仔细看了看长得邪恶的齿轮系统。轮齿发出暗淡的光芒，好似想择机咬他一样。"那么可怕啊？"

"水翼展开的速度非常快，到时候你根本来不及反应或撤出。它们一旦开始旋转，就会将里面的任何东西都吸进去，就算隔着一段距离都逃不掉。到时候几千磅的压力会通过它们向你压来，你会变成一摊肉酱。"

"好吧。"

"你想找份工作。"诺特淡淡地望着他，"这就是我能交给你的工作。"

内勒得到了命令，便爬进了维修室，挤进齿轮系统的缝隙。诺特看了他一会儿，然后说："你还应该给制动阀的接头加润滑油，以防单丝进给受阻。"

内勒伸长脖子迟疑地问："那是什么？"

半兽人不耐烦地看了他一眼。"标签上写着呢。"他朝系统部件上贴着的一面面快剥落的、油乎乎的标签比画了一下。

内勒傻乎乎地看着那些他看不懂的文字。他看看标签,再看看半兽人,然后又看看标签。"好吧。"

半兽人轻蔑地瞟了他一眼。"你不认字?"

"我认识我的标记。我认识数字之类的。"

诺特恼火地喷出鼻息。"你们拆船公司真差劲。"他摇摇头,"你得学学认字了。"

"不认字有什么关系?"内勒问,"告诉我该给什么上润滑油就行了。我能记住。如果我能记住任务量,那我也能记住这些。"

诺特露出嫌弃的表情。"不认字的我可没法用。"他指了指一排控制杆,"不认字的话,你怎么知道哪些控制杆能让齿轮从水翼上脱离,哪些能让你测试润滑油?你又怎么知道哪些能启动传动系统,哪些能让齿轮和水翼重新咬合?"诺特猛地扳动一根控制杆,然后按下维修孔中的一个按钮。他伸手将内勒拽出去,"站远点儿!"

一盏红灯亮了起来,诺特扳动了另一根控制杆,齿轮发出吱吱嘎嘎的声音,转动起来。机油味弥漫开来,齿轮彼此咬合,慢慢达到了最大转速。整个维修室变成了一个由转动的齿轮组成的涡流,仿佛要将内勒吸进去。若是真被卷进去,他会立刻变成血肉喷泉。内勒这时才明白雷诺兹让他做的是一份怎样的工作,顿时感觉皮肤上像有小虫在爬。

"你怎么知道该做什么?"诺特的喊声盖过了齿轮的吱嘎声,"你怎么知道怎么让这些东西停下来?"他又扳了一个操纵杆,飞速旋转的齿轮顿时慢下来,最后平稳地停止了运转，整个系统都停了。房间里恢复了安静。

"我需要有不会因为按错按钮葬送掉一条胳膊的人来操作这一切。"他发出隆隆的声音，"我会告诉雷诺兹你有什么不足。"

"等等！"内勒连忙喊，"你能教我吗？我什么都能学的，只要你不告诉雷诺兹。给我个机会学习，别轻易就把我踢出队伍。"

诺特的一双黄色狗眼认真地望着内勒。"你希望我瞒着我的恩主？"

"不。"内勒意识到半兽人无法站在他这边，"我只是说，我可以学习你教给我的任何东西。求求你给我个机会。"

诺特歪着头，微微一笑。"那就看你的表现吧。"

"这么说你不会告诉她了？"

诺特大笑，用低沉的声音说："当然要告诉她。在这艘船上，我们从不相互隐瞒。但是也许雷诺兹副官会宽限你一段时间……只要你上进。"

"我很上进的，相信我吧。"

诺特的尖牙在昏暗中显得格外明亮。"看到年轻人对学习感兴趣总是让人精神振奋。"

## 第二十一章
## "血缘"情

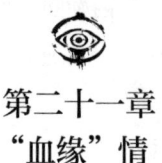

在海上的第八天,他们才交到好运。远方出现了"光线号"的身影,它正朝佛罗里达和更远的大西洋驶去。这个新闻像电波一样传遍了整艘船。很快,大家全都登上了甲板。坎德利斯船长得知这个好消息脸上才绽放出一丝微笑。

"是'光线号',"他说,"不是'北极星号'。"

内勒感觉船长安心不少。他竭力想看清海平线上的那个小点,因为幸运女孩就在上面,但完全是白费力气。船长见他心急如焚的样子,咧嘴一笑,带他来到船长室。这儿有一架望远镜和图像采集系统,可以拍摄远方的景物,还能将照片放大。地平线上模糊的小点变成了帆船,船头和船尾都清晰可见,甚至能看见模模糊糊的人脸。这可是十五英里之外啊。内勒望着这些照片,惊呆了。

"咱们要靠近他们,再多拍一些照片。"船长说,"看看船上都有谁。"他朝着自己船上的甲板扬扬下巴。"同时也要清空我们的甲板。"说到这儿,他顿了顿。"我们准备好交战之前,你先待在船舱里。如果妮塔小姐告诉了他们你的存在,或者你父亲看到了你,他们就会有所准备。我们可不想让这种事发生。"

"你能追上他们吗?"内勒问。他们看起来实在太远了。

船舵旁的雷诺兹笑了。"在速度上,他们遇上我们就是小巫见大巫。"

"这么说我们能追上?"

"当然了,不仅能追上,我们还能登船,然后好好犒赏自己。"说完她和船长微笑着交换了一个自信的眼神。

"看到马恩先生倒大霉我一点儿都不愧疚。"船长说着向内勒挥挥手,"过来。我们要过一会儿才能追上他们。你在甲板下面的时候要好好利用时间。回去接着学认字吧。"

内勒本想叹口气,但还是忍住了。

诺特担负起了教内勒认字的工作。结果没过多长时间,内勒就对单调乏味的看书认字厌倦了。可诺特毫不理会。这个大块头不断逼迫内勒记住一个个生词,然后写下来,还时不时来个小测试。

实际上,这份工作并不如内勒想的那么难;主要是因为背后有半兽人诺特那双黄色狗眼监督着他,内勒只能迎难而上。可是,工作本身枯燥无聊。大多数情况下,他工作之余还有不少时间。船在海上航行,水翼的齿轮擦拭干净并都上了润滑油之后,诺特唯一允许他做的事就是学习。前几天夜里,内勒躺在床上,满脑子都是单词和字母,做梦都是诺特教他的单词拼写。

半兽人诺特喜欢当老师。对内勒来说,记字母还好,记单词就比较困难了。很多单词的发音跟拼写并不吻合。归根结底，认字就是靠背，这跟数清楚管道里有多少处拐角和记住生产任务是一样的。不过，即使数错了，诺特也比巴皮的脾气要温和得多。

内勒进入甲板下的船舱，找到诺特，开始读诺特的一本书。书里讲的是一个老头在船上钓鱼的故事。内勒很难集中注意力，他满脑子都是幸运女孩和即将到来的战斗。

最后，他合上书，抬头看着半兽人问："你一直有主人吗？"

诺特面无表情地看着他回答："我效忠坎德利斯船长。"

"我知道，不过，如果你愿意的话，可以效忠别人吗？"

诺特耸耸肩。"我不想效忠别人。"

"那你能吗？"内勒进一步问。

诺特的眼神严肃起来。他的鼻孔微张，翻起的嘴唇后面稍稍露出獠牙。"我不想效忠别人。"半兽人咆哮起来。

内勒往后缩了缩。诺特突然看起来好似一条被逼到绝境的獒犬，随时准备反扑。他身上的肌肉之前看起来十分松弛，但是突然紧张地聚成了疙瘩，怒气冲冲的样子。内勒本想再追问几句，但是看到半兽人令人恐惧的状态，他赶紧闭嘴了。

半兽人又盯着内勒看了一会儿，最后重复了一遍"我不想效忠别人"，接着将目光移到了别处。

内勒突然奇怪地感到特别羞愧，于是他用手指戳了戳大块头，有点儿迟疑地说："我们接着读书吧。"半兽人缓缓点了头。

"好,请继续。"

内勒读了一会儿,诺特在旁边纠正他的错误。最后,半兽人说:"我觉得今天差不多了,我还有别的事情要做。"

"你准备好战斗了吗?"

诺特微微一笑,露出尖利的牙齿。"战斗是我的本性。"他顿了顿,"不一样的是这次的战斗我很乐意。"

"因为幸运女孩?"他马上又改了口,"因为妮塔小姐?"

"没错。"

"她是你的主人吗?"他犹豫地问,"她也是你发誓要效忠的人?"

诺特看着他说:"不完全是。坎德利斯船长效忠于她,我效忠于船长。但是我们对她的家族也发下了效忠誓言。"

"但是她的家族现在分裂了。派斯也有效忠于他的半兽人。"

"是啊,时局艰难。"

关于诺特忠诚的本性,内勒想了解更多,但是他又怕惹恼了这个大块头。上次他有这种忐忑感觉的时候是一只老虎可能扑向他。他还是有些敏感问题想知道。"你永远也不会为派斯做事吗?"

尖牙露出。一声低沉的咆哮响起。"他就是个渣滓。他背叛了我们。"

"可是坎德利斯船长也为他干活儿啊,几天前还是如此……"

诺特迅速站起身。"只要妮塔小姐活着,我们就不会为派斯做事。我们之前以为她死了，现在才知道她没有，事情就这么简单。我们会一直效忠于她，直到她死，或者直到她的家族将大权真正交到派斯及其继承者手中。她父亲愿意为她做任何事，我们也一样。"

"他那么在乎她？"

"当然了，她可是他的女儿啊。他们是亲人。"

"对啊。亲人。"内勒努力不去嫉妒，"我的亲人只会给我脑袋上来一巴掌。"

"亲人和亲人也不一样啊。"

内勒没答话。诺特走开去做他的事了，只剩下内勒躺在他的床铺上，等待"无畏号"。

亲人。这只是一个词而已。内勒现在能拼出这个词了，他分明地看到组成这个词的字母紧密地聚在一起。但这也是一个象征。人们都以为自己明了它的意思。人们将它用在各种地方。不管是拆船工、他父亲、"无畏号"上的船员还是图尔，人人都对这个词有自己的见解——这是当你一无所有时仅存的依靠，亲人永远在你身旁支持着你，毕竟血浓于水。

可是，每当内勒想到这个词，他都觉得这只是人们为很差劲地对待亲近的人并且不用付出任何代价而找的借口。亲人并不比伴侣、朋友或歃血为盟的工友可靠多少，甚至可能还不如他们可靠。如果他父亲找到他，会真的把他宰掉的，不管他们之间有没有血缘关系。至于妮塔，追捕她的可是她的亲舅舅。

但是内勒相当肯定，如果需要，塞德娜会尽全力保护他，也许甚至会不惜牺牲自己的性命去救他。塞德娜是真正关心他的人,皮玛也是。

血缘关系什么都说明不了。真正重要的是人。如果你们彼此关心、相互依靠和守护,那么也许才真正值得称对方为亲人。除此之外,一切皆是虚妄。

## 第二十二章
## 海上战火

"光线号"是一艘线条优美的时髦小艇,上面有一小队船员。"无畏号"始终跟在它后面,坎德利斯船长则一边通过船上的无线电闲聊,一边观察着眼下飓风季节的天气状况。

他们越靠越近,船长的信心也越来越强。船上的人不多,他看到的情况并没有什么值得担心的。过了很长时间,这艘小艇才意识到坎德利斯打什么算盘,于是马上开始加速逃跑。

"光线号"最后展开船帆,顺着风向开始逃跑。船长大笑:"啊!看来马恩先生不像咱们以为的那么蠢啊。现在咱们得追赶一下了。"

他冲船员们喊了一嗓子,命令他们加速。于是"无畏号"展开了更多风帆,朝着它的猎物疾速驶去。"无畏号"比"光线号"更大,也更快,所以船长开始嘲笑对方逃跑的举动:"就像一只小猫想从老虎的爪下逃生一样可笑。"

不过,另一位船长——马恩先生也很聪明。他左冲右突,频繁转向,还有一次让对方冲过了头,跑到前面去了。对方甲板上的人对着他们不停射击。但是,"无畏号"终将追上

"光线号",这只是时间问题。

"投降吧,不然我会击沉你们,让你们统统都到大海里游泳去!"坎德利斯大喊。"光线号"只好放弃抵抗。

还没有等"光线号"将风帆完全收拢,"无畏号"的船员就跳了上去。他们手里拿着枪,搜寻着甲板及其下方的舱室。紧张的几分钟之后,"光线号"的半兽人守卫、厨师、服务员等人纷纷走上甲板,双手举过头顶。最后,马恩船长也走了出来。他们都怒气冲冲地瞪着"无畏号"的人。

"妮塔小姐在哪儿?"坎德利斯喊道。

马恩咧嘴一笑,回喊道:"如果你找不到她,那说明我们这儿根本就没有她。你们这些浑蛋叛徒!"

"叛徒?跟在派斯屁股后头赚钞票的可不是我。"坎德利斯转身对上尉说,"雷诺兹,占领这艘船。"说完便走下梯子,准备登上"光线号"。内勒跟在他身后。跳上另一艘船终归有些危险,但内勒不想露出怯意。他向前一跳,跟跟跄跄地站在了还在晃动的甲板上,但好歹他跳过去了,没有掉进海里。

坎德利斯船长检视了一番甲板。"去看看你能不能找到妮塔小姐,她应该就在船上。"

内勒溜进甲板下的船舱,一个接一个的舱房搜索下去,但哪儿都没有幸运女孩的踪迹。什么都没有。那些大得惊人的舱室中,没有一间里有她。其他人也帮着他搜寻。诺特、瓦因和猫子,所有人进入船舱时都分外紧张。

"会不会有密室?"内勒问。

"她听到外面有动静不会喊救命吗？"猫子感到疑惑。

"没准儿被下了药或者捆绑起来、堵着嘴呢？"

猫子做了个憎恶的表情，然后继续寻找。最后，他们都回到甲板上。

"什么都没有。"猫子说，"我们都找遍了还是没找到她。"

船长咒骂了一声，转身问马恩："她在哪儿？"边说边用手指戳着马恩的胸膛。"如果你放了她，我就不把你扔下船。要知道你的下场本该更惨的，因为你违背了效忠誓言，应该被绞死。"

"从我的角度看，违背效忠誓言的只有一个人，那就是你这个浑蛋海盗。"

坎德利斯船长转身冲他的船员大喊："把它拆了！把这艘该死的船大卸八块！一个角落都不要放过！我要找到妮塔小姐，然后把这艘船沉掉。"他怒视着对方。"你本来有机会做正确的选择，而且不止一次机会。"

马恩船长突然咧嘴笑了。"我们一直怀疑你不忠诚。宋女士发生了那样的事，你又怎么可能忠诚呢？我们从一开始就清楚这一点。但是你比大多数人都善于伪装，你忍气吞声，凡事低调，越是这样越值得怀疑。"

坎德利斯挤出一丝微笑，抬了抬帽子。"多谢你的关注。我会一边想着你的美意，一边看着你和你的船一起葬身大海的。"

"不用谢。"马恩大笑，"现在我们知道你是哪边儿的了。我们就算到天涯海角也要抓住你。"

"那也得等到董事会的会议结束之后。到时候也许你已经消失了,而我还在开我的船。"

马恩船长狞笑着摇摇头。"我真是服了你了,你以前脑子蛮灵光的啊。"

坎德利斯眯起眼睛。"你这话什么意思?"

马恩耸耸肩。"我只是说,你没有以前那么狡猾了。你以前第六感很准的,我还以为你已经闻到了陷阱的味道,绝对不会往里跳呢。结果你就这么大大咧咧地跳进来了,和他们想的一样。"

"他们是谁?"坎德利斯瞪着马恩,脸上闪过一丝恐惧和焦虑,然后大喊,"雷诺兹!"

"船长,有什么吩咐?"

"看看海上的情况。"

"一切如常,船长。"

"再仔细看看。"

半晌,雷诺兹又说话了:"我看到一艘船。"

"辨别身份!"

又过了一会儿,她大喊道:"是'北极星号',船长!确定是'北极星号'!"

听到这个消息,马恩船长和他的船员纷纷露出笑容。"如果你们现在投降,我们可以不当你们是叛徒,而是一般的敌人。"为了让人人都能听到,他提高了声音,"你们现在投降的话,可以自行离开!不然,你们就等着像狗一样跟着你们的船长一起赴死吧。你们自己决定!"

坎德利斯船长盯着他身边一甲板的船员，脸色煞白。他想下达命令，但只发出一个嘶哑的声音，只好清了清嗓子，再次开口终于发出了清楚的声音。他愤怒地高声说："回船！扬帆！"

他的船员已经往回走了，但并非全部。猫子和另外三个船员站在栏杆处张望。猫子悲伤地冲他们挥了挥手，然后任凭"光线号"上的船员解除了他的武装。

坎德利斯还没完。"瓦因！诺特！摧毁他们的船。"

"无畏号"上的枪对准了"光线号"。马恩刚要反抗，坎德利斯已经用手枪瞄准了他的脸。"我本想让你和船一起沉到海里，但是你的船员不该跟着你这条满嘴谎言的走狗一起倒霉。"

枪炮齐发，爆炸声响起。瓦因和诺特举着火炬向帆船跑去，丝绸船帆和缆绳顿时烧了起来。火焰瞬间蹿了起来。"光线号"上一时到处都是愤怒的咒骂声。火舌舔舐着天空。坎德利斯其余的手下都跳回了"无畏号"，随船离开了这条火船。

"满帆前进！"

内勒向天边正向他们靠近的船望去。就算不用"无畏号"的望远镜看，那艘船看起来也是一个庞然大物。

"'北极星号'是一艘战船。"坎德利斯说，"我们只能寄希望于他们想把咱们这艘船当成战利品俘获，否则就等着他们把咱们和船一起炸成碎片吧。"

内勒望着身后那两艘船。"他们有什么理由放过我们呢？"

"我们没有他们的装备，所以他们会很自信。"坎德利斯说着回头扫了一眼"光线号"，上面的船员正在用泵抽吸海水，努力浇灭船上着火的地方。他苦笑一声，"现在我们成了被老虎追的小猫了。"他扭头向船员们喊出一连串命令。

"现在你准备怎么办？"内勒问。

"我们向岸边逃，同时找机会让他们犯个错误。他们虽然早有准备，但要追上我们还需要一段时间。"说着他向大海望了望，"咱们看看能不能耍个花样。"

"耍什么花样？"

坎德利斯面带微笑，但是在内勒看来，他笑得很勉强。"等等就知道了。"

他匆忙向大炮跑去。内勒因为没有接到任何指令，干脆也跟着他跑了过去。船长和雷诺兹展开地图，研究了一下海底的深度。

"我们的船比'北极星号'吃水浅，"坎德利斯喃喃道，"所以我们得找一个可以藏身的浅水区躲进去。"

"咱们可以沿着密西西比河往上游走。"雷诺兹建议。

"他们肯定会通过无线电叫增援的。我可不想在河里被包围。"

内勒盯着这些地图，想弄清地图上各种符号的含义。船长指着地图上的线条。"这些线条表示水深。只要水深超过六米，我们的船就可以安全通过，少于六米的话……"他耸耸肩，"……我们就搁浅了。"然后，他又指了指地图上墨西哥湾海面的某个点,"我们大概在……在这儿。"他又指了指稍远的海岸线,"那里是你以前生活过的海滩。"说完,便继续与雷诺兹讨论起来。

内勒看着地图上组成"金沙海滩"的那一串字母,惊讶地发现自己居然能看懂那些单词了。他伸出手指沿着表示水深的各种线条和符号移动,阅读上面的数字。奇怪的是,他和皮玛发现妮塔那艘船搁浅的那个小岛在地图上只是一个点,而且仍与大陆相连。"这是老地图吗?"他问。

"为什么会这么问?"

"地图上标的水深不对。这里应该是一个岛,至少在涨潮的时候是。"

雷诺兹和船长乐呵呵地对视了一眼。"你还真说对了。现在的水深的确比这些地图刚制作出来那会儿要深,但比例没变,即使考虑了海平面上升的因素。所以说,不管是哪里,实际的深度要比你在地图上看到的深。"

内勒思考了一下,在头脑中勾勒出海水上涨之前,小岛与大陆相连的样子,比较了一下他记忆中的和很久以前的地图上的"金沙海滩",皱起了眉头。

"你的地图还是错的。"内勒指指小岛边缘的水域,那里是尖牙城的位置,"这片区域都是错的。即使是涨潮的时候,这里的距离也不超过几米。"

"哦?"坎德利斯仔细看了看地图,然后抬头若有所思地看着内勒,"你怎么知道的?"

"那儿老是有船搁浅。"内勒用手指划出尖牙城的区域,

"这里水下有许多建筑，我们管这里叫尖牙城，所有经过这里的船只都会被这些水下建筑嚼烂。"他指着一条水路说："你不想沉掉的话只能这么走。"

"这可能吗？"雷诺兹怀疑道，"地图上竟然会弄丢一整座城市？"

"也许是真的。"坎德利斯似乎陷入了沉思，"绘制这些地图的时候，人们正抛下大批房产去避难。海水上涨，饥荒爆发，造成了巨大的损失。如果有城市被遗弃了，地图上也许就不再标注这个地方了。因为这对绘图的人毫无影响，他们不知道百年后我们会驾船驶过那片区域。"

"绘图的人丢掉的不是一两栋房子。"内勒说，"这下面有一整座城市，各种各样的建筑和铁戳出来，所以这里的深度和上面写的根本就对不上。"

"那到底有多深？"

"在涨潮的时候？"内勒耸耸肩，"也许一两米？"他又耸耸肩，"水位低的时候你能看到那些比较高的大楼的顶部，它们会冒出来。"

雷诺兹还是不太相信，但坎德利斯说："那不是主要的海运水域，地图上出点儿差错也是可能的。"他朝着内勒扬了扬下巴，"他们那些人又不会抱怨地图错误。即使抱怨，谁又会在乎呢？那里一半的海岸已经被淹没，变成了疟疾肆虐、罪犯横行的荒芜之地。"

"查韦斯用的地图和咱们的一样。"雷诺兹提醒道。

"没错。"坎德利斯微微一笑，突然露出凶狠的目光，

"公司统一发的地图。"

"你得把握好时机。"雷诺兹沉思了一下说道,"这一趟可不好走。"

"再难走的水路,再难打的仗,我都随时做好了准备。"

坎德利斯凑近内勒。"现在,小子,你告诉我这座城市的布局如何,都什么地方有尖角冒出来?"

# 第二十三章
## 尖牙城布局

内勒描述了一遍尖牙城的布局后,雷诺兹开始反对这个主意。

"这太冒险了。你根本不知道这小子对水深的判断是否正确,还要趁着晚上涨潮的时候过去?"她摇摇头。

"你有更好的主意?"坎德利斯平和地问。

尽管不愿承认,但雷诺兹确实想不到更好的办法了。于是,伴随着雷达系统的嘀嘀声和嘎吱声,他们回到了船长室。坎德利斯船长下令,"无畏号"向金沙海滩进发。根据当前的风况,船长决定使用巴克尔大炮射出拖曳伞。大炮发出轰鸣声,整艘船都跟着震动起来。

只见大炮发射出一个投掷物,拖着蛛丝般纤细的拖绳,在天空画出一道弧线。接着,投掷物展开了拖曳伞,上面涂抹了帕特尔全球运输公司的标志色——红色和金色,在阳光下闪闪发亮。"无畏号"颤抖着、跳动着升到了海浪之上。船的主帆收了起来。内勒的脸上突然感到吹来一阵风。他以前从未留意,但是现在他感觉到了,这阵风十分强大。

"这儿的风速比上边要慢多了。"船长解释说,"以前我们顺风航行,所以你感觉不到风,现在我们和气流升到了同一层。"

他们的船身之下,海流涌动。内勒俯身望去,波浪反射出闪烁的光亮,似乎整个海面上的微光都汇聚到了他眼前,变成了飞速移动的一片模糊。

"速度五十二节。"船长满意地说。

他们身后的"北极星号"也展开了它的拖曳伞。水面上再次传来轰隆隆的炮声。

"如果我们幸运,"坎德利斯注视着投掷物越升越高,说道,"他们的拖曳伞会缠成一团,咱们可以抢占先机。想乘风飞驰还真挺难的。一旦飞起来了,什么都好说,但开始是最难的。"

可是"北极星号"的拖曳伞展开得十分顺利,透过"无畏号"船长室长长的玻璃窗,他们看到对方的船被水翼托起,猛兽般的庞大船体轻盈地掠过水面。

"他们为什么不向我们的船开火?"内勒问。

"他们会的。只要他们和我们之间的距离小于一英里,他们就可以让我们的拖曳伞烧起来。"

"但是他们不会像咱们一样把整条船烧了?把我们弄沉?"

船长和雷诺兹交换了一个眼神。"查韦斯生性贪婪,但凡能完整地俘获我们的船,她肯定不愿把我们击沉。俘虏我们之后,她可以称我们是海盗;要是船沉了,她什么好处都捞不到。"

两艘船掠过海面。有时"无畏号"似乎甩开了敌人，但当内勒望向地平线时，会发现那艘大船苍白的身影越来越大。看到那船像鲨鱼一样追杀着自己，他不寒而栗。

船长再次指指地图。"如果内勒说得没错，我们可以从这里擦着尖牙城飞过，表现出想要躲藏的意图。"

"如果他说得没错的话。"雷诺兹强调了一句。

"我说得没错。"内勒坚称，"我熟悉那片水域。"

"但你在那片水域行过船吗？"

内勒犹豫了。他想告诉他们他在那里行过船，他熟悉那里的风浪，他知道自己是对的。

"没有。"他还是坦白了，"但我的确很熟悉尖牙城，我曾在落潮时见过那座城市的样子。"他指了指地图上的数字，"如果绘制地图时这些水深数据没弄错的话，那么涨潮时，我们完全可以从这里穿过。"他指了指小岛边缘，"小岛和尖牙城之间有一个缺口。"

"这不明摆着要搁浅吗？"雷诺兹说，"天黑之后才会涨潮，那时就看不清地标了，全球定位系统有误差，我们可能无法得到警告。到时候，水下的工形梁就会卡住'无畏号'。"

"可我知道该怎么走。"内勒有些不高兴地说，"我熟悉那个缺口的位置"

"是吗？"她问，"在黑暗中你也知道？仅凭月光你也知道？我们可只有一次机会。"

"别烦这小子了。"船长说。

内勒瞪着她。"那你有更好的主意吗?你们无论如何都是死路一条,不是吗?你打算怎么做?投降吗?任凭他们说你们是海盗,然后把你们绑起来?"内勒沉着脸,"你们这些有钱人真是软蛋,都被人逼到死路上了还不敢放手一搏。"

他们身下的船突然颤抖了一下。大家挪动着,重新站稳。坎德利斯和雷诺兹交换了一个眼神。整个下午,他们行过的水域越来越深。现在,他们站上甲板,发现浪头越来越高,波涛越来越汹涌。借助水翼的托举力,"无畏号"躲过了大多数浪峰,但现在船首几乎要被越来越高的浪掀起的水沫埋掉了。坎德利斯看着高高飘扬的拖曳伞,上方的云层越积越厚了。

"在这样的海面状况下,我们没法儿再展开水翼航行太久。"

他们的船颠簸着越过又一道海浪。船从浪谷中翻出来时,海水涌上甲板。甲板突然倾斜,就好像一面水翼在浪涛中失衡了一样。内勒抓住一根栏杆,努力支撑。船马上又摆正位置,向前冲过去,后面拖着高高的拖曳伞。风暴云越来越沉,翻滚着,好似一锅翻滚的蛇。闪电在云腹中闪烁。

"摧城飓风要来了吗?"他问。

船长摇摇头。"不是,但情况同样复杂,这下一切都难办了。"

"我们可以利用风暴甩开他们。"雷诺兹建议。

"他们可以用雷达跟踪我们,紧紧咬在后面。"坎德利斯说,"我们唯一逃生的办法就是让他们搁浅。"

"如果妮塔小姐在船上,你这样干可能会威胁到她的性命。"

坎德利斯皱着眉头瞟了雷诺兹一眼。"你以为我不清楚吗?"然后他又把目光挪向别处,"这就是个险招儿,到时候我们会派一队人登船寻找,趁着混乱把她救出来。"

"可你没法确保一定能成功。"

"谢谢你啊,雷诺兹,谢谢你的提醒。但是我们要是因为过于谨慎,错过了这唯一翻盘的机会,最后葬身大海,那我这船长才真要让人骂死呢。"

"无畏号"在风暴中飞速前行。气流变化时,船长就下令收拢拖曳伞,大炮旁的卷轴便开始卷动,通过单丝将猎猎作响的拖曳伞收拢到甲板上。突然,呜呜的风声中传来一个刺耳的声音,卷轴卡住了。诺特、瓦因和特林布尔急忙跑去维修。拖曳伞被风刮得偏到一边,带得整艘船跟着倾斜起来。

从船长室望出去,透过雨幕,内勒瞧见几个船员在和卷轴较劲。他身边的坎德利斯船长正奋力把握住船舵。坎德利斯摇摇头。"告诉他们把拖曳伞的线缆割断吧。"他说。

内勒犹疑不决地望着他。

"快去,小子!现在就去!把它割断。"

内勒冲到甲板上。他忘记把自己钩在锚上就跑进了风里。一个浪头翻过船头,打上甲板,冲击力让他踉跄了一下,跌倒了。他挣扎着凑近主桅杆,奋力站起身,跌跌撞撞地穿过倾斜的甲板。

"割断线缆!"内勒在咆哮的风暴中高喊。

诺特瞟了一眼内勒,又看看船长,然后抽出匕首,用力一割,单丝便与帆船分离开来,像条翻滚的蛇一样迅速被风卷上了天,拖曳伞也消失在了黑压压的乌云中。

内勒看着远去的拖曳伞,不知道这是否算失去了一个优势,也许过一会儿他们就会为此感到惋惜。诺特朝他苦笑道:"小子,这是没办法的事情。"说完,诺特便走进暴风雨,和其余船员一起展开了主帆。

内勒敬畏地看着船员们在风雨中拼搏。雨像鞭子一样抽打着他们的脸,大海掀起惊涛骇浪,似乎要将"无畏号"吞没,但船员们冷静地忙碌着,努力让船重新回到人的控制下。"无畏号"也对船员们的努力做出了回应,在雷雨交加的海面撕开一条血路,跌入波谷,然后没等下一个浪头袭来,就又攀上浪涛的斜面,逃出绝境。环顾四周,整片海域都巨浪滔天。内勒紧紧抓住栏杆,腰间绑着安全绳索,远远望着为帆船顺利前行而拼命干活儿的船员们。

夜幕就像一条沉重的毯子压在他们身上。除了偶尔照亮天际的一两道闪电,他们四周一片漆黑。身后不知什么地方,"北极星号"还在穷追不舍,但内勒看不到,也不清楚它在哪儿。他多么希望"北极星号"放弃追击,那流线型的轮廓永远消失在身后,但这只能是幻想。

最终,船长坎德利斯下达命令,"无畏号"开始朝海岸线靠近。在那里,他们可以布置陷阱。虽然夜里难以视物,但"北极星号"仍然通过雷达追寻着"无畏号"的踪迹。最后，恶劣的天气终于过去，内勒捧起一杯热咖啡准备享用。但"无畏号"的主雷达显示，代表"北极星号"的那个小点正马不停蹄地向他们逼近。

内勒倒吸一口冷气。"他们来了。"

船长点点头，脸色铁青。"比我们预想的还要近。去船尾看看。"

内勒跑到一架梯子前，顺着它爬过船尾舱口。雨点打在他身上，船越过又一道海浪，腥咸的泡沫涌过来，围住他的脚踝。他一边犯恶心，一边继续往上爬。

内勒透过斜斜的雨线回望。

闪电撕裂黑暗，雷声轰然响起。"北极星号"突然出现了，距离比他们料想的近得多，它随着一个巨浪跳上波峰，然后又跌进波谷，再次消失在黑暗中。

内勒回到船长室。船长说："他们用拖曳伞的时间比我们长，船况比我们更稳定。"

"他们要做什么？"

船长盯着雷达上追击他们的那个闪动的小点。"他们要胁迫我们停下来，然后他们会登船。"

"在暴风雨中登船？"

"在更恶劣的环境中他们都这样干过。北极地区是整个地球上战斗环境最糟糕的地方。他们可不怕这么点儿风浪和雨水。"

船长俯身凑近内勒。"小子，你悄悄告诉我，尖牙城的情况你确定吗？"

内勒点点头,但是船长并没有就此放过他。"这是一场豪赌。我不喜欢这样孤注一掷,妮塔小姐有可能因此丧命,你明白吗?"他朝着甲板上忙碌的船员们扬扬下巴,"也许你觉得自己的命贱,丢了也算不得什么,但是你这是在拿大伙儿的命冒险。"

内勒将目光移到别处。"要是天气晴朗……"他的声音越来越小。最后,他抬起头直视船长。"我不知道在漆黑中会怎样,在暴风雨中会怎样。"他摇摇头,"我在海湾中行过船,也穿越过那道缺口,但是我不知道咱们这招儿可行不可行。因为我从来没冒着这样的天气去过那里。"

船长点点头。他再次望向追逐他们的敌人曾出现的漆黑的远方。"好吧。不是我想要的答案,但你足够诚实。接下来,就看命了。"

"你还是决定试一试?"内勒问。

"有时候宁死也要一试。"

"可其他人怎么办?"

坎德利斯严肃起来。"离开奥尔良的时候,他们就知道跟我混要冒怎样的风险。比起跟着像我这样忠诚而固执的人闯荡江湖,他们本有很多更安全的选择。"他指指导航系统的屏幕上红外线信号反馈回来的海岸线轮廓,那轮廓线在他们眼前闪烁出莹莹的绿色,同时反射出闪电的光芒。"现在,小子,你来做我的双眼,帮助我们找到一处安全的港湾吧。"

内勒望着屏幕,在电闪雷鸣中,海岸线的阴影显现出来。一架大炮悄然在他们身后出现,一颗炮弹呼啸着升上了他们的头顶。

"她怕我们逃进丛林里去。"坎德利斯分析道。

内勒回头看看。"他们想击沉我们吗？"

"'北极星号'的事你不用操心！"船长抓住内勒的双肩，然后指着前方给他看，"你现在操心的事情在前面！告诉我我们该去哪儿！"

内勒俯身仔细地研究屏幕，看到扫描显示出了前方黑魆魆的海岸线。小岛也显示在屏幕上了。他皱起了眉头。不，全错了。这里的山和他见过的不一样。在黑暗和暴雨中，一切都变了样。他们的船随着海浪起伏不定。

"我看不见那里。"他说着透过被雨水打花的玻璃窗向外窥探。除了一望无际的黑暗，什么也看不到。

"那就再仔细看看！"船长的手指几乎要插进他的肩膀里了。

内勒盯着眼前的一片漆黑。想在黑暗中视物几乎是不可能的。望远镜中的陆地只是一团无甚区别的模糊的绿色。他再次透过前挡风玻璃外的雨幕望向前方。一道又一道闪电劈下来，然后是一声惊雷。他终于看清了小岛的所在，不禁深吸一口气：他们已经驶过小岛很长一段距离了。

"往回走，就在那儿！"他指着一处大喊，"我们开过了！"

船长骂了一声，猛地回打船舵，命令全体船员掉头。船帆疯狂但徒劳地摇摆着，一个浪头打在船上，船身剧烈晃动，以不可思议的角度歪向一侧。一个船员的身影从桅杆处猛地冲出来，接着又被安全带拉住，猛地停下，悬在半空，摇摇欲坠。狂风中船帆轰隆隆的响声传遍了整个甲板。"无畏号"终于成功地掉过头来。这时，"北极星号"那巨大的船身赫然出现在对面，咄咄逼人。"无畏号"在巨浪中颠簸着，船帆疯狂地扑打个不停。内勒听见雷诺兹在甲板上大喊："快点儿！快点儿！"她在提醒船员注意不要搁浅，"用抽水机抽水！"

"北极星号"已经追上了"无畏号"。内勒看见半兽人们站在船舷边缘，正飞速地转着铁钩，迫不及待地想要跳上"无畏号"。"无畏号"的船帆抖动着，突然鼓足了风，再次提起速度，向前方冲刺。"北极星号"靠近"无畏号"，想要正好与其并行，抓住机会用钩子搭上对方的船舷，但"无畏号"乘着海浪从它身旁绕了过去。

"向右！"内勒高喊，"右拐！"他看到小岛了，尖牙城就在他们下面。那几座高大的建筑应该已经在附近了，他们只需要兜圈子绕过去就好。

"我们叫'右舵'。"坎德利斯一边转动船舵，一边淡淡地说。他似乎突然放松下来了。一个浪打向小岛遍地礁石的外缘，推着"无畏号"也猛地向前冲去。在强大的吸力下，船载着他们经过了浅滩、岛屿和尖牙城。

最后，船来到了相对平静的海湾中央。

"抛锚！"船长坎德利斯大声命令道，船员们开始收拢船帆，"无畏号"开始减速，在一阵剧烈震动和左右摇摆中，船终于停了下来。海浪拍打着突然停下来的帆船，海水涌上船头，船身随着海浪不断起伏。等船尾的锚也抛下，他们的船终于稳定下来。

内勒从船长室所在的甲板上爬下去，来到疾风骤雨中。

"两分钟后行动！"雷诺兹高喊，"准备登船！"

一道闪电划过，"北极星号"巨大的身影向他们压了过来。看着这巨兽咆哮而至，内勒不禁抓紧了栏杆。"命运女神啊……"他用另一只手触碰着额头，喃喃道。直到这一刻，他才意识到自己竟然有信仰，竟然向神明祈祷起来。

雷诺兹来到他身边，注视着向他们俯冲过来的船只。"现在全看你说的对不对了，小子。"

内勒的喉咙发干。"北极星号"的架势仿佛想直接撞上来，凭借自身重量将"无畏号"压扁。看着乘浪呼啸而来的庞然大物，内勒突然被新的恐惧攫住了心：现在正是海水高涨的时候，尖牙城可能比平时离海面更远一些，这样一来，"北极星号"有可能也平安无事地驶过这片海域。他几乎被绝望吞噬了，他之前没有考虑到暴风雨会导致海水上升，难怪"无畏号"一开始走错了方向也毫发无伤。

"北极星号"正在收拢船帆，放慢速度，以最小的加速度前进，想要正好停在"无畏号"旁边。内勒绝望地看着"北极星号"。他一直都估算错误了，他本以为自己的脑子一向灵光，但这次没有考虑到所有细节，不得不眼睁睁地看着敌人登上"无畏号"。

"船长！"内勒大喊，"他们不会……"

"北极星号"突然停住了，即使一波又一波巨浪猛烈拍打着它，船依然纹丝不动。甲板上顿时炸开了锅，船员们像被踢翻了蚁穴的蚁群一样，突然涌上甲板。"北极星号"先是左右摇晃了几下，然后彻底停了下来。一个巨浪打在船身上，转眼又是一个巨浪。整面侧舷贴上了海面，然后船体被水面下的另一个尖顶钩住。又一个巨浪袭来，整艘船便彻底倒进了大海。

雷诺兹大笑，拍拍内勒的肩膀。"现在有他们忙活的了！"然后她在暴风雨中咆哮道，"让我们结束这一切吧！"

人们疾跑起来，内勒挤在雷诺兹身后的船员中间，朝翻滚的海面上悬吊的汽艇跑去。和他一起登上汽艇的还有诺特、瓦因、坎德利斯和另外六名船员。他们下方一条船那么远的地方，还有两艘汽艇挂在船的侧面，里面全是"无畏号"的船员。伴随着尖利的轰鸣声，生物柴油引擎发动了。引擎加速旋转，桨叶也随之飞速旋转起来。汽艇发动了起来，艇身震颤不止。

他们前面的几艘汽艇与帆船相连的线缆已经被切断了。它们像石头一样落到波涛中。引擎嘶鸣。它们砸到水面上，然后被海浪托着向前涌去，如离弦之箭一般朝着正在下沉的"北极星号"飞驰而去。

"准备就绪！"雷诺兹高喊。钩子张开，他们的小艇扑向大海，内勒的胃里翻江倒海，差点儿就吐了出来。自由坠落。他们最后砸进了海中。内勒弯着腰，猛地撞到了瓦因宽阔的后背上。疼痛蔓延开来。他咬紧嘴唇，紧紧抓住小艇边缘，才艰难地保持好平衡，随着汽艇加速冲向前方。

"检查武器!"坎德利斯大声下令。内勒伸手去拿腰上别的手枪。他能感到自己心跳得厉害。这时,他身边的特林布尔竟然咧嘴笑了。

"在暴风雨中登船比什么都刺激,对吧,小子?"

内勒脸色苍白,但还是点点头。在雷诺兹熟练的操作下,他们这艘小小的汽艇乘风破浪,向目标快速接近。最后他们从船尾靠近倾斜的"北极星号",来到了船身旁边。敌人的船员全都站在甲板上。内勒依稀看到"北极星号"的船长正紧紧抓住栏杆,指挥他的船员站到甲板对侧,以保持船的平衡。内勒顿时感到胜利的狂喜。"北极星号"船长之前是那么自信,但现在却跟疯子一般乱了阵脚。内勒在雨中大笑,任凭雨水在脸上恣意流淌。他成功了。

他们的汽艇抵着"北极星号"的船体。诺特将绳梯抛过栏杆,然后和瓦因前后脚紧挨着翻过了船舷。他们身携枪支和砍刀,身后是其余的船员。

雷诺兹从内勒身后推了他一把。"快点儿,小子!"

内勒抓着绳梯往上爬。他翻过船舷,正巧看到坎德利斯和敌船的船长扭打作一团。他一扭身,将那个女船长抛下了船。她落进水里,扑打着求救。坎德利斯用手枪指着敌船上其余的船员。

"老实点儿!投降吧!"在暴风雨的咆哮声中,他的声音并不洪亮,但是他的枪已经足够震慑对方了。内勒低头望向汹涌的浪涛,心中想,不知那位船长怎么样了。她消失了,被漩涡吸进了水下的尖牙城。

他们拿下了"北极星号"。

内勒扭头对雷诺兹微笑。这时,几个"北极星号"的半兽人起身反抗,顿时枪声大作。坎德利斯倒在血泊中。雷诺兹推开内勒,拔枪射击。内勒也举起自己的手枪,在雨中射击。他知道自己没有击中目标,但还是不停地扣动扳机。一个巨浪打在船身上,"北极星号"的甲板倾斜得更厉害了,甲板上战斗中的人们纷纷滑进海中。

内勒也向船舷滑去,他赶紧抓住了栏杆,但枪掉进了水里,一半身子还吊在船舷外。巨浪拍打着他的双腿,迫不及待地要将他卷进水里。内勒紧抓栏杆不放手,抵抗着漩涡的吸力。这艘看上去曾坚不可摧的快速帆船,变得不可思议地渺小。它正在下沉。

雷诺兹在黑暗中向某人射了一枪,但是内勒看不到被射中的是谁。雷诺兹瞥见了他。"快去找妮塔小姐!"她喊道,子弹在她身边呼啸而过。

"北极星号"上的一个半兽人从他们身边的水中蹿了起来。他们似乎有着不死之身。雷诺兹转而用手枪瞄准他,当胸射了一枪。他后退几步。内勒却看不到"无畏号"上的半兽人,也许诺特和瓦因都死了。

雷诺兹的枪又响了。她对着内勒大叫:"快去!"

内勒抽出匕首,然后将身上如今已经没用的弹药交给了雷诺兹。然后,他跟跄着朝最近的舱门爬去,祈祷着不要开门就撞见一群半兽人。

暴风雨的势头逐渐小了。进入船舱,周遭一下子安静下来。内勒在脸上胡乱抹了几把，使劲眨了眨眼，好让视野清楚些。靠帆船电池供电的紧急 LED 灯照亮了这条走廊。内勒在走廊里一边走，一边不禁算计着这照明系统值多少钱。沿途有各种黄铜配件和钢门，还有各种容易扒下来的维修线路。在外面巨浪的拍打下，走廊也倾斜了。内勒跟跟跄跄地继续朝前走。

*集中注意力。你个白痴，找到幸运女孩，然后离开这个鬼地方。*

在这暗红灯光照耀下的走廊里，没有一个活物。走廊上方，枪声还在继续，但船舱内部异常安静。内勒往船舱深处走去，除了船外汹涌的海浪，他只听得见自己小心翼翼的脚步声和粗重的呼吸声。他停下脚步，想让呼吸平稳下来，同时注意聆听着前方的动静。

什么动静都没有。

他沿着走廊继续走，握着匕首的手藏在身后。底下不可能只有他一个人。幸运女孩一定就在附近，她在的地方一定还有其他人。

内勒再一次觉得自己蠢到家了。背叛父亲已经是蠢得可以，而在一艘快要沉没的船里寻人更是蠢上加蠢。他但凡聪明一点儿，早在幸运女孩在奥尔良失踪的时候，就应该放弃这一切，去找个工作，将过去种种抛到脑后；或者干脆一走了之，去密西西比河上游开始新生活。明明有这么多选择，他却偏偏跟着坎德利斯、雷诺兹、诺特、瓦因等忠于妮塔的人一起卷入了这场冒险。说实话，他做出如此选择，主要原因是他迷恋上了这个美丽的阔小姐。

路选得不错啊，小英雄。

他摇摇头，想象自己回到最初生活的地方——金沙海滩，过着一贫如洗的艰苦日子。结果他因为对一个阔小姐心存幻想落到了更糟糕的境地，脑袋差点儿被半兽人拿枪打开花。

"再把这儿封上！不！那儿！不是那儿！是这儿！这儿！"喊声越来越多了。船员们在抢险，努力封堵不断涌进船的海水。

内勒透过洞口看到了下面的情况。洞口下方的走廊已经积满了海水，男男女女们在及膝深的海水中走来走去。海水源源不断地从内壁的裂缝渗进来，船员们忙得不可开交。内勒真希望自己手中有一把枪，能将这帮人消灭干净……但他随即就打消了这个念头，跟这帮与他毫无关系的人交火纯粹是没事找事。

一个船员转过身，睁大了眼睛。"嗨！"

内勒连忙把脑袋从洞口缩回去，跑开了。

"入侵者！"喊声大了起来，"入侵者！"

但是内勒已经到了走廊深处。梯子上响起脚步声，他赶快躲进了一间舱室中，关上了舱门。这是一间船员舱，里面有上下铺，还有因为颠簸撒得满地都是的维修工具。脚步声从他门前过去了。

内勒深吸一口气，溜出了这间船舱。船已经倾斜得很厉害了，在船舱里走动非常困难。走廊里原来墙上的门现在到了地板上。他必须得靠向上举起门才能走出这个房间。然后，他滑到了走廊的另一端，这才站稳脚跟。船即将倾覆。内勒手忙脚乱地去抓梯子，祈祷不要撞见更多敌人。

这次顺着梯子往下爬的体验实在是奇怪，因为梯子是横着的，而且几乎整艘船都侧翻在海中。海水涌进船舱，内勒置身一片汪洋之中。他经过刚才船员想要用密封胶带封住裂口的地方，朝船的深处爬去，疯狂地搜寻各个船舱和储存室，但一无所获。人们要么爬上了甲板，要么就在忙着堵海水，这里只有内勒一人。终于，他忍不住了，不顾一切地高声叫喊起来。

"幸运女孩！你到底在哪儿啊？妮塔！"

没人回应。

她一定是在上层的舱室里。只能是这么回事了。不知怎的，他有点儿想她。

要不就是她被下了药，正在昏迷中。

要不就是她已经被转移了。

要不就是她根本不在这儿。

内勒苦笑了一声，她可能压根儿没有离开过奥尔良，也可能已经被杀了。他艰难地在水中行走，想找到一条出路。甲板上到处是水。在这艘倾倒的船上，墙变成了地板，他花了好大力气才找到正确的方向。这时，船猛地震动了一下，世界又颠倒了。海水从四处渗透进来。内勒使劲拉开一扇门，结果被一股水流冲倒在地，随流水滑向走廊尽头。他气喘吁吁地挣扎着站起来，想要逃离这越涨越高的海水。

"幸运女孩！"

还是没人回应。这里已是一片汪洋，LED 灯也短路了，四周一片漆黑。船还在下沉，他必须赶紧逃出去。无论是走廊还是舱室，哪里都空荡荡的，"北极星号"的船员们也都在逃命。内勒不禁想到甲板上的战斗，哪一方是胜利者呢？

内勒踉踉跄跄地走过船内颠三倒四的几条走廊，机油的恶臭味儿始终挥之不去。他感觉自己又回到了拆船场的一艘旧油轮上，又被困在了储油室中。

他又推开一扇门，爬了进去。此时，他已经完全迷失了方向。房间里，幽暗的红色灯光中，他看到了水翼的驱动装置，那是给船帆、水翼和拖曳伞卷轴提供动力的齿轮和自动机械装置，它们有的咔嗒作响，有的飞速旋转。机械装置上有警告标识：机器高速运转中！小心伸手！严防宽松衣物卷入！内勒已经能认出这些字了。他感到有些好笑，他就要淹死了，但好歹能识字了。

一面墙上，闪光装置和安全超控警示灯还在闪烁。这代表有电气故障，上层甲板也有问题，大概是船体倾斜导致的。这些机械装置和"无畏号"上内勒在诺特的监督下上过润滑油的那些装置差不多，结构惊人地相似，只不过更大一点儿。随着船的倾斜，地板上原先固定好的维修面板也纷纷松脱、掉落，露出下面那些大型齿轮和紧密连接的液压系统。这样看来，帕特尔全球运输公司的船用都是同一套设备。妮塔不会在这儿。内勒继续搜寻其他地方。船呻吟着继续倾斜。内勒不知道自己会不会最终落得和杰克逊男孩一样的下场。虽然死在不同的船上，但结果都是死。

"妮塔！你到底在哪儿啊？"

他闯进一条从未走过的走廊。船几乎要头朝下完全颠倒过来了，完全是因为卡在尖牙城缝隙中的桅杆，船才没有彻底掉个儿。要是船完全沉下去，他就不得不游出去了。到时候，汹涌的海浪和船的残骸会形成漩涡，他不知道自己能否成功逃脱这巨大的吸力。

"真是活见鬼了。"一个熟悉的声音打断了他的思绪，"你好啊，幸运男孩。"

内勒转过身，起了一身鸡皮疙瘩。

他的父亲就站在海水泡着的走廊里，妮塔被他扛在肩膀上，嘴堵着，手腕和脚踝上都捆着绳子。海水顺着他的脸流下来。他手中握着一把寒光闪闪的砍刀。

内勒害怕地向后退去。他的父亲露出一抹微笑。他睁大了双眼，眼神透亮，脸上挂着狂野的笑容。

"该死的，"理查德·洛佩斯说，"我没想到能在这儿碰见你。"他把妮塔胡乱丢到地上，随便地挥了一下大砍刀。"我以为再也见不着你了呢。"

内勒装作无所谓地耸耸肩，想掩饰自己的恐惧。"是啊，我也没想到。"

他的父亲大笑，笑声回荡在逼仄的船舱中。他双臂上的龙文身显得尤其突出，盘曲而上，像麦穗一样绕过他的喉结。他战士般隆起的胸肌下，肋骨若隐若现。

"你就在那儿呆站着？"他父亲问，"还不来帮帮我？"

内勒踌躇着，困惑地问："帮你？你想让我帮你把这女孩抬出去?"

他父亲咧嘴一笑:"开个玩笑。找到她那艘搁浅的帆船的时候,我就该不管你,任你死掉。早该知道你就是个忘恩负义的小浑球儿。"

"放她走吧。"内勒说,"你又不需要她。"

"才不呢。"他父亲摇摇头。"我是不需要她,但是我不想空手而归。她是这里最有价值的回收品了。"

"他们会抓住你的。"

"谁?"他父亲大笑起来,"没人会关心她的。人人都为自己而活。"说到这儿,他耸耸肩,"总之,他们不会在意她是死是活。我可以把她身上的零件卖给收割者,反正对他们来说都一样。"他向她瞟了一眼。"她也许以前是个阔小姐,但现在只是我手上的回收品。"

内勒顺着他父亲的目光望过去,惊喜地看到妮塔是醒着的,她正在努力挣脱绳索。

内勒的父亲使劲踢了踢她。"老实坐着。"他说。

妮塔痛得哼了一声,屏住呼吸,而后抽泣起来。理查德转向内勒。他翻动着手中的砍刀。"你在想什么,小子?想怎么用你的小刀子把你老爸砍翻吗?想为自己挨过的鞭子报仇吗?"

他又翻转了一下手腕,将颤动的刀锋伸到内勒面前。"那就来吧,"他示意内勒过去,"小子,徒手格斗,就像在角斗场上那样。"他露出参差不齐的牙齿。"我要让你的肠子肚子流一地。"

理查德向前一跃，内勒往旁边一闪，砍刀擦着他的脸劈了过去。他父亲大笑。"好小子！动作挺快啊！"他又砍出一刀，在内勒肚子上留下一道浅痕。"快和我一样快了！"

内勒跟跄着向后退了几步。伤口不深——他当轻工时受过更重的伤——但父亲闪电般的速度还是让他感到十分恐惧。父亲仿佛和半兽人一样致命。理查德向内勒逼近，打算再砍一刀。内勒不停后退，同时挥舞着短匕首伴攻，其实是想绕到砍刀内侧刺出一击。但父亲料到了他的意图，这次挥动砍刀，在内勒的脸上划了道口子。

"小子，你还是嫩了点儿。"

内勒被迫后退了几步。他擦掉脸上的鲜血，告诫自己要战胜恐惧。面前这个男人速度实在快得吓人，用过苯丙胺之后，他简直成了超人。内勒还记得父亲曾在角斗场上同时与三人对战，虽然是以少敌多，但最后将那二人打得骨头碎裂、昏死过去。当时，父亲站在他们身边，咧嘴露出沾满鲜血的牙齿，这是他胜利的笑容。这个男人简直就是为角斗而生的。

父亲又挥刀砍了过来。内勒跳了回去。

集中注意力。内勒告诫自己。

父亲挥刀暴起，内勒也随之一闪身，躲过了这一刀。父亲的身体向他撞过来，内勒手上沾满了血，匕首一滑，飞了出去。他和父亲抱作一团。理查德揪着他，内勒则挣脱掉，手忙脚乱地爬到走廊另一头。他父亲大笑。

"想跑没那么容易！"

内勒疯狂地寻找他的匕首，但光线太暗，根本找不到。

父亲跟在他后面。内勒转身狂奔。父亲大笑起来,开始追逐朝机控室跑去的内勒。在昏暗的应急灯光下,内勒环顾四周,寻找能充当武器的工具。结果,父亲突然在他身后闯进了机控室。

"哎呀呀,你这个小滑头。"

内勒后退。该死的"北极星号"船员把船上收拾得太规整了,附近连一把扳手或者螺丝刀都没有。内勒抓住一块松脱的维修面板,猛地向父亲抛去,但父亲轻轻松松地就躲开了。

"你就这点儿本事?"他问道。

内勒抓起另一块松脱的维修面板,然后抬头看看它是从哪儿掉下来的。隐约中,他看到自己身后一整面墙都是齿轮和液压系统——曾经的地板现在变成了墙。如果他能爬上去,就能进入一个维修口,也许就能甩掉父亲了。

内勒跑到这面暴露着诸多齿轮的墙边上,攀了上去。由于船倾斜到一边,墙上的许多维修面板都打开了,露出不少可供攀爬的孔隙。可是,他看看那些大大小小的孔隙,绝望地要哭出来了——这些孔隙都太小了,根本钻不进去,无法躲避父亲的攻击。他不得不继续往高处爬去。

"你想去哪儿啊,小子?"

内勒没有理他,而是抓住一个巨大的齿轮,往更高的地方爬去。他先是拍打一块维修面板的锁,将它扯掉,再把那块维修面板卸了下来,朝下方的父亲扔去,但再一次被父亲躲开。理查德·洛佩斯在下面看着这一切,一副饶有兴味的样子。

"你觉得我不能爬上去把你拽下来？"他摇摇头,"我以为你很聪明呢,小子。"

内勒接着往上爬。他父亲说:"你为什么不爬下来,像个男人一样赴死呢？那样咱们都省事儿多了。"

内勒摇摇头。"你要想抓住我就追我啊。"

他扯松了另一面门板。如果他父亲没禁住他的激将法,开始往上爬,他就可以把这东西扔下去,砸到他脑袋上。

"好吧,小子,我看你是敬酒不吃吃罚酒。"他父亲一手抓住一个齿轮,紧接着伸手去够旁边的维修面板上的把手,开始往上爬。因为带着大砍刀,他往上爬的过程并不顺利,但就算这样,他的速度还是快得吓人。

内勒丢出面板。有那么一瞬间,他以为它能准确地落到父亲头上。结果,一个海浪打过来,船身起伏,面板错过了目标。理查德·洛佩斯毫不担心地冲内勒笑笑。"看来你这个'幸运男孩'也不是次次都走运。"接着,他像个蜘蛛一样快速地向内勒爬去。

内勒慌忙爬向更高处,但上面已经无路可走了。他抓住一个巨大的齿轮,盯着下方的父亲,明白自己是死路一条了。父亲微笑着朝内勒挥起砍刀,内勒赶紧缩起脚,以免被砍伤。大刀咣当一声砍在钢制设备上。

一盏闪烁的 LED 灯吸引了内勒的注意。他盯着那盏灯,心中突然涌起希望。他身边恰好有一个控制台,上面贴了一张内勒很熟悉的标签:水翼超驰控制装置。小心伸手！严防宽松衣物卷入!

内勒拼命拉动分离杆,同时按下超驰控制按钮,就像诺特做过的那样。他低头看着父亲,"放过我吧,爸。放过我和妮塔吧。"

"这次不行,小子。"理查德·洛佩斯抓着内勒的一只脚踝。

内勒说了句求命运女神保佑的话,然后抓住控制杆纵身一跳,用他的体重将杆子压了下去,然后他也跟着坠下去了。

机器运转的尖叫声顿时响彻整个舱房。

# 第二十四章
## 绝境逢生

内勒摔倒在地板上。他的一边脚踝扭得生疼。机械运转发出的尖叫声戛然而止。内勒往上一看,他父亲就吊在他头顶,半个身子都被卷入了水翼的传动装置。他挣扎着想把自己的一条胳膊和一条腿从机器中拽出来,口中冒出鲜血。

"该死的。"他说,脸上浮现出迷惑的表情。他继续挣扎,想甩脱机器的束缚。内勒感到浑身发冷。看齿轮吞噬他的情形,这男人必死无疑,但他依然在挣扎求生。在苯丙胺的作用下,他父亲对自己的处境毫无察觉。有那么一瞬间,内勒特别怕父亲根本死不了,而是会撬开齿轮,钻出来继续追杀他。

理查德低头瞪着他。"过来,小子。"

内勒摇摇头,向后退去。父亲再次伸出没有被齿轮卷进去的那只手,去扳动齿轮。"该死的,你都做了些什么?!"他先是盯着齿轮看了一会儿,然后又盯着从机器中渗出的鲜血。在LED昏暗的光线下,血近乎黑色。"我还没活到头儿呢,"他父亲低头看着内勒,喃喃道,"我离死还远着呢。"

但他的声音已经低下去了。内勒抬头盯着这个让他一直活得战战兢兢的男人。突然间,理查德·洛佩斯变成了另一个人,不再是那个神气活现、散发着危险气息的男人,而是一个悲惨无助的可怜人。

"来啊,幸运男孩。"他父亲发出低沉沙哑的声音,"我们是亲人,把我弄出去。"他伸手想去够内勒,舔舔沾血的嘴唇,努力挤出一个微笑。"求你了,"他说,然后用更轻的声音说,"对不起。"

内勒因为强烈的不适而浑身颤抖,他最后看了父亲一眼,便转过身,一瘸一拐地向被绳子绑着的幸运女孩所在的方向走去。

他一路大叫她的名字,最后终于在门边找到了她。她举起他的匕首。"多亏了这个。"她说,"你父亲……"她气喘吁吁地问。

内勒拉着她——几乎是拖着她——走出了舱室。"走吧。"他催促着她走过走廊,心中竟然有点儿期待身后响起父亲呼唤他的声音。但是他们身后一片死寂。

"我们去哪儿?"她气喘吁吁地问。

"我们先出去再说。"他拉着她来到一段通往上层甲板的梯子旁。突然,船身一颤,翻滚起来。主桅杆终于折断了。现在整艘船彻底颠倒了。这样一来,往上层甲板爬就相当于爬向深海。"彻底翻了。"他咕哝了一句,"我们不能往下走。"他探头向梯子所在的洞口望去,下面已经被水淹没了一半。再下一层甲板肯定已经被全部淹没了。

"我们能游出去吗?"她问。

"摸黑游可不行,我们得先搞清楚要走哪条路。"水位越来越高。"我们要沉下去了。"他说。此时,他的心中充满了绝望。

妮塔看了看海水。"那我们应该往上走,对吗?"她晃了晃他,"对吗?我们往上走!"她使劲拽了拽他的胳膊。"快点儿!我们得找一条通往船底的路。"

"你在找什么?"他问。

"船正在往下沉,对吧?海水从四面八方涌进来,也许船体上有个洞。"

内勒点点头,突然明白了她的意思。他示意她不用再多说,然后拉着她往另一个方向走去。"这边走,我们得先找到货舱。货舱在这边!"

"你怎么知道该怎么走?"

"我是拆船工啊。"内勒大笑,"大部分时间都花在拆卸各种破船上,所以对一般船的布局了如指掌。"他们冲进另一条走廊,爬上一段楼梯,再沿着一条走廊的天花板奔跑——之前的走廊地板现在翻到了他们的头顶上。"到了!"内勒看见了那截通往之前船员封堵漏洞的舱室的楼梯,脸上浮现出一抹微笑。

"准备好。"他说着把匕首插进了刀鞘里。

"准备什么?"

"准备迎接大量海水。"

妮塔用一只手抓住一个黄铜把手,另一只手抓住内勒的腰带，对他点点头说："准备好了。"

内勒划开了之前船员们为拯救帆船在漏洞上贴的密封胶带。胶带裂开，海水一下子涌向他们，将他们重重地冲到墙壁上。内勒不顾水流的撕扯，连忙抓住妮塔。过了一会儿，水势才减弱。这比内勒之前担心的情况要好很多，他想，应该是有大量的水已经从其他漏洞流进了帆船。他爬过舱门，"这边走。"

"你是怎么找到我的？"妮塔跟在后面问道，"他们在奥尔良抓住我的时候，我以为自己完了。"

"坎德利斯船长……"内勒突然停顿了一下，他响起了黑暗中响起的枪声和船长倒下时喷出的热血，"是他想办法找到你的。"

"结果你也跟他来了？"

内勒咧嘴一笑。"是啊，挺傻的吧？"

她大笑："确实挺傻的。"

他们小心翼翼地穿过乱七八糟的一连串舱室，爬过地上成堆的垃圾，摸到了现在已经颠倒到他们头顶上的舱门。最后，他们掉进了那个货舱里。破损的灯具照亮了他们头顶上的一个洞，像是有人把碳纤维的船壳撕开了一道口子。下方还有一个洞。找到这两个洞，证明内勒的计划成功了。一波海浪朝船身袭来，海水如瀑布一样灌进了这两个洞口，周围一地的货箱和凌乱的机械设备便泡在了水里。灯光闪烁，内勒抬起头，眯着眼睛看着破裂的船身，那个洞口还不算太大，更像是个裂隙。它太高了，太高了！

妮塔扯了扯他的胳膊。"装货的板条箱。"她说,"咱们把它们堆起来。"

她把一个板条箱拖到洞口下方。内勒明白了她的意思,赶快上手帮忙。他俩热火朝天地忙活起来。有的板条箱太重了,他们两个人一起才拖得动,还有的连两个人联手都无法抬起来。内勒将这些板条箱堆成塔的样子,这一番重体力劳动让他的脚踝火辣辣地疼了起来。越来越多的海水涌进货舱。内勒因为用力拖曳箱子和身体的疼痛,呼吸越来越急促。妮塔爬上板条箱搭成的高塔,伸手接住内勒从下面递上来的一个又一个板条箱。

又一个海浪涌入货舱,这是一个巨浪,差点儿把妮塔从上面扑下来。

"我们要沉下去了!"伴着暴风雨的呼啸,内勒高喊。

妮塔盯着她头顶上的窟窿说:"我觉得我们已经够高了。"

"那就跳吧!"

"你呢?"

"你先跳,我的脚踝不太行。等你上去了,再把我拉上去。"

妮塔点点头,摇摇晃晃地在这座塔的顶端蹲下,然后往前一跳。这时,又一道海浪袭来,但她抓住了洞口的边缘,拼命向上爬,终于爬出了货舱。内勒跟在她身后也爬上了板条箱堆。船身还在不停晃动,这些货箱也随着不停摇晃。他的脚踝疼痛不止,让他几乎迈不开步子,更别提跳跃了。

妮塔的脸从上方洞口冒了出来。她伸出手说:"快!"

内勒蹲起来,对自己说,别管脚踝有多疼,跳起来。他深吸一口气,猛地一跳,脚踝像炸开了一样剧痛。虽然他抓住了洞口参差不齐的边缘,但手心打滑,差点儿失手。幸亏妮塔及时抓住了他的手腕。"坚持住!"又一道海浪袭来,冲刷着二人。内勒牢牢抓住船体的洞口边缘,咳嗽着,将灌进肚子的海水吐了出来。紧接着又是一道海浪。

妮塔的手也打滑。"我拉不动你!"她高喊。

起来!他告诉自己。如果你就这样吊在这儿,迟早摔断你的脖子。你走到现在这步不容易,可不能功亏一篑。

可他太累了。

"用力,内勒!"幸运女孩大喊,"你以为光靠我这个没用的阔小姐能把你拉上来吗?"

内勒差点儿放声大笑。他紧紧抓住洞口边缘,将自己缓缓往上拉。妮塔抓住他胳肢窝的衬衫往上提。内勒在滑溜溜的船身上摸索着,寻找可以借力的地方。又一道海浪朝他们袭来,但这一次他抓稳了。海浪过去之后,他手脚并用,在妮塔的帮助下终于爬出了洞口,气喘吁吁地坐在船身上。

滂沱的大雨浇在二人身上。妮塔躺在内勒身边,湿漉漉的黑发就像一条小蛇粘在她脸上。闪电照得天地如同白昼。因为在昏暗的船舱里待得太久,二人几乎要被这闪电晃瞎眼睛。雨越下越大。百米外,抛锚的"无畏号"在暴风雨中剧烈地摇晃。

"我们过去吧。"内勒说。

"什么？没有水上出租车怎么去？"

内勒不禁笑了。"你们这些有钱人总想衣来伸手，饭来张口。"

"是啊。"她看着"无畏号"，表情变得严肃起来，"要么沉底，要么游过去，对吗？"

"差不多是这个意思。"

她眯着眼看着瓢泼大雨。"我游过更长的距离。"她说，"我们能行的。"

她脱掉鞋，等下一道海浪拍上船身后便随之游入海里，借助海浪的力量前行。她像鱼一样在水中上下浮动。内勒向命运女神祈祷了一番，想着消失在海中的"北极星号"船长，然后也跟着妮塔游入水中。

大海翻滚着，咆哮着，将内勒吞没。他每次踢水，脚踝都会剧烈疼痛。他疯狂地打水，向他认为是海面的方向挣扎前行。水流想将他吸下去，但他拼命扑腾着，努力冒出水面呼吸。他在水中挥动着四肢，终于浮出了水面。可是，刚大口地喘了几口气，他就被又一道海浪拉了下去。他翻滚着，再次奋力挣扎，扑腾，呛水，再次冒出水面，呼吸到空气。然后继续蹬腿，一边忍受着剧痛，一边大口呼吸。

"借力！"妮塔大喊，"让海浪托着你走！"她就在他身边，被另一道浪裹挟着。浪花翻卷着从她身上越过，她潜入其中，再随之从水下冒出头来，奋力划水。"别和海浪对着干！"她大喊。然后她就游到了他的旁边，托着他，帮助他向前游。

内勒惊讶地发现妮塔在微笑。接着，他们两人打着旋儿被海浪簇拥着向前游动。内勒找到了海浪的节奏。他们游过了尖牙城，游出了漩涡。现在，水流突然变得听话起来，推动着他们向前，带他们前往目的地。

"无畏号"就在他们的前方。

几个救生圈就挂在帆船一侧，被打着漩儿、冒着白沫的浪花舔舐着。内勒突然想到，也不知道船上现在管事儿的是哪一方。但是他很快就意识到，他其实根本不在乎这一点。重要的是，他和幸运女孩都脱险了。于是，他们向救生圈奋力游去。

# 第二十五章
# 再次起航

"杀戮总是要付出代价的。"

坐在他旁边说话的是皮玛的母亲。他们二人都凝望着大海。内勒向她讲述了"北极星号"上发生的一切,讲完之后,他惊讶地发现自己竟然哭了,于是赶紧让自己止住眼泪。现在,他似乎没什么情绪波动了,只是肋骨下面有种奇异的、挥之不去的空虚感。

"他是个恶魔。"她说,"我不常用这个词来形容别人,但是理查德·洛佩斯生前给别人带来了太多痛苦。"

"是啊。"内勒表示同意。但是他还是觉得心里别扭。他爸爸疯狂而危险,实话实说,甚至可以说是个彻彻底底的魔鬼。但是现在他死了,内勒的脑海中不禁浮现出其他记忆片段——爸爸没有吸毒的时候。那时,他听到笑话会开怀大笑,他们还在海滩上烤肉吃。他想到的都是幸福的时光、安宁的日子。他的父亲脸上挂着微笑,给他讲一夜暴富的拆船工——幸运星等人的故事。

"他不是一个彻头彻尾的坏人。"他喃喃道。

"当然不是。"塞德娜摇摇头,"但他也不是好人,起码临死时不是好人,而且死前相当长一段时间都不是好人。"

"是的,我知道。如果我没杀掉他,他肯定会杀了我。"

"可这并不能让你释怀,对吗?"

"是的。"

她感伤地笑道:"听你这么说我很开心。"

内勒困惑地看着她。

"理查德伤害别人的时候自己心中毫无波澜,他根本不在乎别人的痛苦。你却还有感受。相信我,就算是感到难受,那也是好事儿。"

"我不清楚。"内勒看着大海,"也许你说错了,其实我……"他犹豫了一下,接着说,"杀他的时候我真切地感到了高兴。真的。我记得,当时一看到那些控制杆我就明白自己该怎么做了,而且我真的下手了。"他抬头看着塞德娜,"一听到机器运转的声音,我就知道我赢了。我感觉自己就像幸运星一样走运。那种感觉好到什么都没法比,就连从储油室里成功逃生的感觉都没它棒,发现幸运女孩的那艘搁浅的帆船的感觉也没它棒。我活了下来,他却死了,我感到自己变强大了,真正变强大了。"

"现在呢?"

"我不知道……"内勒耸耸肩,"先是杀了蓝眼,然后又杀了他。"他看着塞德娜。"图尔说我杀掉蓝眼的时候跟我父亲一模一样……"

"不是这样的……"

"也许我和父亲确实一样,对吗?我也内心麻木,什么都感觉不到。当我成功杀掉他的时候,内心是喜悦的,可是现在我又什么都感觉不到了。我只觉得空虚。除此之外,再无其他。"

"这吓到你了吗?"

"你说过,我爸爸伤害别人的时候就心中毫无波澜。"

塞德娜伸出手,抬起内勒的下巴,将他的头转过来,紧盯着他的眼睛。"内勒,听我说,你和你的父亲不一样。如果一样的话,你早就回到沙滩上和你的朋友们喝酒聊天、寻欢作乐了。你会满足于那样的生活,而不会来到这里,为自己内心缺少波澜而忧心忡忡。"

"可能是这样吧。"

"如果你不相信你自己,就相信我吧,事情就是这样的。想要释怀需要时间。今天你的心情不会转好,明天也不行。可能过个一年半载,你才能摆脱这种别扭的心情,也许到时候你已经把这些忘得差不多了。但发生过的事情始终无法抹去,你的双手确实沾上了鲜血。"她耸耸肩,"总要付出代价的,这样的债你永远得背着。"她朝着幸运星在林中搭建的祭拜命运女神的祭坛扬扬下巴。"去祭拜一下命运女神吧,愿神明保佑你永远幸运、敏捷、聪慧,然后就去行善事,让这个世界好起来吧。"

"就这样吗?这就行了?"内勒笑了,"就行善事这么简单?"

"不然你还想挨顿揍吗?让幸运星因为损失了你父亲而

## 第二十五章 再次起航

报复你才好？"

"我也说不清。"内勒耸耸肩,"最后……"他犹豫了一下,然后颤抖着呼出一口长气。"最后的时候,我觉得他变成了另外一个人,就好像回到了他最初的样子。我觉得他的目光中……"内勒的声音逐渐变小,然后又开口说道,"他不是一个彻头彻尾的坏人。"说完他摇摇头,重复了几遍这句话。他讨厌反复说这句话,但他不知道为什么心里就是过不去这个坎儿。

他死了,我就不能单纯地为此高兴吗?

"会好起来的。"塞德娜抓住他的肩膀,"相信我。"

"是啊,多谢。"他深吸一口气,望向远方碧蓝的波涛。他们静静地坐了一会儿。

皮玛走过来,在他们旁边蹲下。"你们俩准备好了吗?"

塞德娜点点头。"我还要跟几个人交代一下。"她拍拍内勒的后背,"多关照他一下,好吗?"然后,她站起来,向沙滩走去。

皮玛坐到内勒旁边,什么都没说,只是耐心地等待着。

他们一起看着海湾中的忙碌景象。"无畏号"快要完成补给了。他们即将起航,向北方——妮塔的族人那里——进发。他们已经和妮塔的家族取得了联系,妮塔还活着的消息和派斯的叛徒行径震动了集团上层。效忠妮塔及她父亲的人们正为了争夺公司的控制权全力斗争。妮塔说,投票集团变化不断。不管这意味着什么,她的心情似乎很不错,所以内勒想这应该是件好事。

"外面的世界真神奇。"内勒说。

"是啊,"皮玛表示同意,"你准备好去见识一下了吗?"

内勒迟疑了一下,然后点点头。"差不多吧。"

他们站起来,朝海滩走去。在幸运星的监督下,数艘装着淡水的小艇正驶向"无畏号"。幸运星很快就跟这场海战的胜利者做了这笔交易。他跟过去一样,依旧好运不断。妮塔说,他甚至取得了回收沉没的"北极星号"上废品的权利,只要他有办法将它打捞上来。

阳光下,"无畏号"闪闪发光。内勒看见坎德利斯船长伫立在甲板上,脖子和胸口上大部分地方都裹着白色绷带。雷诺兹说,他之所以活到现在,唯一的原因就是他太蠢了,都不知道自己当时已经死了。船长在监督出发前最后的维修和准备工作,他高声下达了一连串命令,声音飘过水面,传到了远方。

一阵海风吹来,带着拆船行当的特殊气味。海滩的另一边,旧世界的那些黑黢黢的油轮残骸像不成样子的尸体一样躺在沙滩上,向外渗透着石油和化学液体,上面满是拆船工忙碌的身影。不过,内勒已经不是其中一员了,皮玛和塞德娜也离开了这个行当。他无法拯救所有人,但可以拯救自己的亲人。

皮玛顺着内勒的目光望去。"你觉得幸运女孩是来真的吗?她真会劝说劳森-卡尔森公司为这片地方做点儿事?"

"谁知道呢?帕特尔全球运输公司可是劳森-卡尔森的大客户,如果她得到了家族企业的控制权,那么这件事说不定真能实现。"说完他冲着"无畏号"扬扬下巴,原来是妮塔出现在甲板上,她的白色短裙在风中摆动着,在热带阳光下显得格外亮眼。"不管是谁,只要有那么多钱,都能做成点儿事,不是吗?"

"她是个货真价实的阔小姐,这一点没错。"

"是啊。"

妮塔身上的金银首饰在阳光下闪闪发亮,那是幸运星为了巴结"无畏号"特地给她送去的示好赠礼。妮塔欠身跟坎德利斯船长说了几句话,然后转身朝沙滩走去。她的黑色长发摆动着,好像海风中一面招展的旗帜。

内勒微笑着向她挥挥手,妮塔也向他挥手。皮玛瞟了他一眼说:"你不会是认真的吧?"内勒耸耸肩,故作镇定,让自己不要脸红。皮玛大笑,"她可是个阔小姐啊。"

"可你必须得承认,她长得很美。"

"还相当有钱呢。"

"不仅如此,她给鳗鱼剔骨也相当拿手。"

皮玛大笑,用胳膊肘捅了捅他的肋骨。"你这样的癞蛤蟆到底是怎么起了吃天鹅肉的心思的?"

"不行吗?"内勒白了皮玛一眼,然后咧嘴笑了,"也许我要交好运了呢。"

"是吗?"皮玛抓住他的胳膊,"你真这么想?"

她想把他推倒在沙滩上,但是内勒躲到了一边。他沿着海滩一边大笑一边奔跑,皮玛在他身后追逐着。

海湾中,阳光与海浪间,工人们还在继续往"无畏号"上搬运补给。远方,海天相接,碧蓝如洗,令人神往。